Henrike Wöbking

Auf Eis

Roman

Deutscher Taschenbuch Verlag

Von Henrike Wöbking
ist im Deutschen Taschenbuch Verlag erschienen:
Drei Tage dreißig (20722)

Originalausgabe
Dezember 2005

www.dtv.de
Dieses Werk wurde vermittelt durch die Literarische Agentur
Thomas Schlück GmbH, D-30827 Garbsen
Umschlagkonzept: Balk & Brumshagen
Umschlaggestaltung: Stephanie Weischer unter Verwendung einer
Illustration von © Moni Port
Satz: Fotosatz Reinhard Amann, Aichstetten
Gesetzt aus der Sabon 10,5/13,75'
Druck und Bindung: Kösel, Krugzell
Gedruckt auf säurefreiem, chlorfrei gebleichtem Papier
Printed in Germany · ISBN 3-423-24504-2

Pride, passion and desire.

Dedicated to Canada for inventing
the coolest game on earth

Und für Annie, Moni und Karin.
Niemals ohne euch!

»Wenn ganz Köln dran glaubt,
dann schaffen das die Haie!«

München, 9. April 2002

Nachher …

Wenn du Eishockey in dein Herz lässt, dann wird es die zweitgrößte Liebe deines Lebens.«

»Wieso nur die zweitgrößte?«

»Na ja, es ist schon schöner, dass deine allergrößte Liebe immer noch so aussieht wie der Mann, neben dem du morgens aufwachst, und nicht wie zum Beispiel Dave McLlwain … hab ich das gerade gesagt?«

Vorher …

Zwanzig nach zehn.
Mikro auf, Regler hoch, Luft holen, los geht's.

»Guten Tag, Köln! Ich bin's noch mal, Nicola Brinkmann von ›Hallo Wach‹, Ihrer Morningshow auf Radio Köln 107,1. Und hier sind die Veranstaltungstipps für heute, Freitag, den 22. März 2002. Gefeiert werden kann heute Abend ohne Ende in der Stadt. Partys gibt's im Alten Wartesaal, in den Rheinterrassen und im Filmhaus. Beginn ist jeweils um 20 Uhr. Eine neue Ausstellung gibt es ab heute im Museum Ludwig zu sehen. Gezeigt wird junge Kunst aus Deutschland. Das Ganze läuft noch bis einschließlich 19. April. Und in Mühlheim findet heute zum dritten Mal der inzwischen traditionelle Volkslauf statt. Gestartet wird um 15 Uhr am Wiener Platz. Mitmachen kann, wer will. Und wer nur zugucken möchte, dem wird garantiert auch nicht langweilig. Es gibt ein buntes Rahmenprogramm, unter anderem mit Live-Musik und vielen Gewinnspielen.

Was auch immer Sie tun, viel Spaß dabei! Ich wünsche Ihnen noch einen charmanten Resttag! Machen Sie's gut! Wir hören uns, wenn Sie mögen, am Montag wieder in diesem Lautsprecher!«

Regler runter, Mikro zu.

Jetzt nur noch die Sendung für Montag vorbereiten, und dann ist endlich Wochenende!

Viertelfinale

Als ich den Schlüssel ins Schloss meiner Wohnungstür stecke, höre ich Musik aus Manus Wohnung nebenan. Manu hat ein Radio. Das Radio läuft immer, wenn sie zu Hause ist. Manu hat keinen Fernseher. Nur das Radio. Das 21. Jahrhundert hat begonnen, und ich kenne jemanden, der keinen Fernseher hat. Und warum hat Manu keinen Fernseher? Weil sie nicht gerne fernsieht? Wegen der GEZ? Weil sie sich keinen Fernseher leisten kann? Nein. Manu findet Fernseher hässlich. Punkt. Deswegen stellt sie sich keinen in die Wohnung. Punkt.

Die Henkel an meinen beiden total überfüllten Einkaufstüten sind selbstverständlich auf halbem Weg vom Supermarkt nach Hause ausgerissen. Die eine Tüte habe ich deshalb im Arm, die andere zwischen Knie und Türrahmen eingeklemmt. Unter großem Geklapper schließe ich meine Wohnungstür auf. In zwei Sekunden wird mir die Tüte mit den Saftflaschen aus der Hand rutschen. Da öffnet sich Manus Wohnungstür.

»Hey, Nicola! Wochenendeinkauf, was?«

Es ist Freitag. Natürlich Wochenendeinkauf. Was denn sonst? Mein Lächeln fällt etwas gequält aus. Manu fährt unbeirrt fort.

»Alles gut bei dir?«

»Ja, ja. Danke.«

Das Wichtigste ist jetzt, keine Stichwörter zu liefern.

Manu ist eine Meisterin im Ins-Gespräch-Verwickeln. Hat sie einmal einen Aufhänger gefunden, leitet sie einen durch geschickte Moderationen tiefer und tiefer in gewichtige Konversationen. Und man hat keine Chance, ein »Siehst du nicht, dass ich gerade nicht quatschen will?« einzustreuen. Jedenfalls nicht, ohne unhöflich zu werden. Ausnahmsweise bemerkt Manu meine angespannte Körperhaltung und macht es deshalb kurz.

»Wir treffen uns um halb acht im Kings. Burger und Fritten. Wenn du magst.«

»Mal sehen.«

In diesem Moment taucht eine Gestalt hinter Manu in der Tür auf. Verhältnismäßig groß, dunkelhaarig, gut gebaut, schlecht rasiert. Er legt Manu den Arm um die Schultern, als sie ihn vorstellt.

»Das ist übrigens der Martin.«

Der Martin. Aha!

»Freut mich. Wir sehen uns später.«

Damit verschwinde ich in meiner Wohnung und schiebe mit dem Absatz die Tür hinter mir zu. Burger und Fritten. Was für eine armselige Belohnung für eine echt miese Woche. Die Alternative wäre Sofa und Fernsehen. Ich mag meinen Fernseher. Sehr sogar. Burger und Fritten? Heute nicht. Und wo hat sie den Typen überhaupt schon wieder her?

Die Einkaufstüten landen vor dem Kühlschrank. Ich werfe meine Jacke über einen der Küchenstühle und will mich gerade ans Auspacken machen, als es an der Tür klopft. Das kann ja nur Manu sein, der bestimmt doch noch irgendwas enorm Wichtiges eingefallen ist.

Ich öffne, und herein stürmt Rita. Rita wohnt auch bei uns im Haus. Nur eine Etage tiefer. Sie ist außer sich.

»Du glaubst nicht, was mir gerade passiert ist!«

Mit diesen Worten rauscht sie an mir vorbei in die Küche. Ich schließe die Tür und folge ihr. Meine Überraschung hält sich in Grenzen, da solche Spontanbesuche bei uns gang und gäbe sind. Rita lässt sich auf einen der Stühle fallen und erzählt sofort drauflos, während ich endlich meine Einkäufe im Kühlschrank verstaue.

»Da sitzt doch immer dieser Penner vor dem Supermarkt –«

»O Gott, Rita! Wie viel hast du ihm diesmal gegeben?«

»Nein, nein. Ich weiß schon. Er hätte Schnaps davon gekauft. Na ja, aber er tat mir so leid. Und da hab ich ihm gesagt, ich kauf ihm was zu essen.«

»Du hast was?«

»Ich hab ihm so kleine Frikadellen gekauft. Und diese Brotchips.«

Sie wartet auf einen Einwurf meinerseits, aber ich bin sprachlos. Also fährt sie fort.

»Und jetzt kommt der Hammer: Als ich aus dem Supermarkt komme, ist der Typ einfach nicht mehr da! Das glaubst du doch nicht, oder?«

»Doch, Rita. Dir glaub ich jedes Wort davon.«

Wenn Rita könnte, würde sie jeden Monat die Hälfte ihres Gehalts in bar abheben und an die Bedürftigen der Stadt verteilen. Wenn Rita könnte, hätte sie längst die Welt gerettet. Manchmal glaube ich, sie sucht geradezu nach Menschen mit Problemen, die größer sind als ihre eigenen. Das macht es einfacher, die vermeintlich kleineren Sorgen zu verdrängen. Bei manchen Leuten funktioniert das sogar.

Die letzte Milchtüte ist im Kühlschrank verstaut. Rita wirft einen Blick auf die Uhr und springt wie von der Tarantel gestochen auf.

»Meine Güte! Schon halb sieben! Ich hab noch so viel zu tun! Du weißt, dass wir ins Kings gehen?«

»Halb acht. Burger und Fritten. Ja, ich weiß.«

»Gut, dann können wir ja nachher weiterquatschen.«

Sie rauscht aus der Tür, die unsanft hinter ihr ins Schloss fällt. Ich lausche noch kurz ihren eiligen Schritten im Treppenhaus hinterher, bevor ich mich zu einem heißen Bad entschließe. Burger und Fritten. Macht ihr mal. Ich drehe den Heißwasserhahn bis zum Anschlag auf, als das Telefon klingelt. Der Anrufbeantworter kann auch mal seinen Job machen, selbst wenn ich zu Hause bin. Aber irgendwie bringe ich es nicht fertig. Es könnte ja doch was Wichtiges sein.

»Nicola Brinkmann.«

»Ich bin's! Die Toni! Hast du einen Moment Zeit?«

Sie klingt ein wenig unglücklich. Ich werfe einen Blick durch die halb offene Badezimmertür. Die Wanne füllt sich langsam.

»Sicher. Was gibt's denn?«

»Ich hab mich in einen Tisch verliebt.«

Ich überlege kurz, ob ich das Wasser abstellen soll. Das hört sich nach einer längeren Geschichte an.

»In einen Tisch? Glaubst du wirklich, dass das Zukunft hat?«

»Er ist wunderschön. Aber die wollen endlos viel Geld dafür haben. Gehst du da morgen mit mir hin und guckst ihn dir an? Ich weiß nicht, ob ich so viel ausgeben soll.«

Es gruselt mich weg bei der Vorstellung, an einem Samstag in die Innenstadt zu müssen. Wissen die Leute nicht, dass sogar die jährlichen Pilgerfahrten nach Mekka Hunderte von Todesopfern fordern? Große, wabernde Menschenmengen sind gefährlich. Aber natürlich kneife ich nicht, wenn mich eine Freundin um Hilfe bittet.

»Gerne. Aber lass mich vorher bitte ausschlafen. Ich hatte diese Woche Frühschicht.«

»Danke! ’ne Uhrzeit können wir nachher noch verabreden. Wir sehen uns ja im Kings. Bis gleich!«

Sie legt auf, bevor ich ein »Mal sehen« loswerden kann. Und irgendwie beschleicht mich allmählich das Gefühl, dass ein »Mal sehen« gar nicht zur Debatte steht. Aus dem heißen Bad wird eine Fünf-Minuten-Dusche, denn viel mehr Zeit bleibt nicht, wenn ich einigermaßen pünktlich im Kings sein will. Burger und Fritten. Na gut.

Es ist bereits weit nach halb acht, als ich das Haus verlasse. Der Nieselregen ist nicht gerade stimmungsfördernd. Ich schlage den Kragen hoch, verschränke die Arme vor der Brust und mache mich auf den Weg. Die letzten Einkäufer hasten noch durch die dämmrigen Straßen. Der Versuch, mir so was wie Vorfreude auf das Treffen mit den Mädels einzureden, scheitert kläglich. Dabei bin ich so dankbar, dass ich sie habe. Aus den nachbarschaftlichen Beziehungen zu Rita und Manu ist über die Jahre eine dicke Freundschaft geworden. Antonia, genannt Toni, die ich schon viel länger kenne, hat sich in die kleine Familie nahtlos eingefügt. Schon erstaunlich, wenn man bedenkt, wie unterschiedlich wir vier sind. Der einzige gemeinsame Nenner, der sich finden lässt, ist die Tatsache, dass wir alle dank der uns anerzogenen Freiheitsliebe noch Singles sind und auch – bis auf Manu – keinen besonderen Ehrgeiz entwickeln, daran etwas zu ändern. Wären wir ein Club und bräuchten ein Motto, würde es vermutlich lauten: »Grenzen setzt man sich selbst.« Fragt sich nur, wohin mit all der Freiheit. Das Thema »Berufliche Selbstverwirklichung« ist abgearbeitet, die Erkenntnis, dass einen drei Kilo weniger nicht zu einem besseren Menschen machen, hat eingesetzt, und seit ein paar Jahren starten die Silvesterabende mit Raclette oder Fondue – das sicherste Zeichen für beginnendes Settlement. Die echten Highlights sind selten geworden. Das ist die traurige Wahrheit. Unsere verzweifelten Bemühungen, daran etwas zu ändern, sehen inzwischen so aus wie der heutige Abend. Immerhin tun wir das im vollen Bewusstsein der Gegebenheiten, aber mit wenig Hoffnung auf großen Erfolg.

Das Kings ist eine Sportsbar nach amerikanischem Vorbild. Die Speisekarte liest sich wie das Who's Who der Cholesterin- und Kalorienbomben. Eben nach amerikanischem Vorbild. Irgendwer hat irgendwann das Gerücht in Umlauf gebracht, im Kings gebe es die besten Burger der Stadt. Wenn wir Olivenöl- und Ballaststoffjunkies also über die Stränge schlagen, dann bilden wir uns ein, es wenigstens mit Stil zu tun. Die Rufe meines Sofas werden immer lauter, je mehr ich mich dem Eingang nähere. Als ich mein Handy aus der Tasche krame, um den Mädels doch noch abzusagen, höre ich eine vertraute Stimme hinter mir.

»Na, das nenn ich Timing!«

Toni umarmt mich zur Begrüßung und schiebt mich dann sanft, aber bestimmt durch die Drehtür. Es gibt kein Entrinnen mehr.

Normalerweise ist das Erste, was man sieht, wenn man das Kings betritt, die runde Theke in der Mitte des Raums. Doch die Sicht ist heute versperrt durch eine Wand von Menschen in weiß-roten und rot-weißen übergroßen Nachthemden, die bei näherem Hinsehen Trikots darstellen sollen. Der Blick all dieser Leute ist wie hypnotisiert auf die Großleinwand über dem Tresen gerichtet. Es läuft ein Eishockeyspiel. Wir sind in einer Sportsbar. Mit so was muss man rechnen. Meine Abneigung gegen zu viele Menschen auf zu engem Raum macht jegliche Hoffnung auf einen zumindest entspannten Abend zunichte. Toni hat inzwischen den Tisch entdeckt, an dem Manu und Rita es sich schon bequem gemacht haben. Sie zieht mich am Ärmel hinter sich her. Manu begrüßt uns mit einem vorwurfsvollen Blick auf die Uhr.

»Ihr seid fast 'ne halbe Stunde zu spät! Ich hab Hunger!«

Der Kellner erscheint wie aufs Stichwort. Noch bevor ich meine Jacke ausziehen kann, nimmt er unsere Bestellung auf. Viermal Burger und Fritten. Dazu vier Cola light. Als ob es das irgendwie besser machen würde. Toni ist bester Laune und kann ihre guten Neuigkeiten keine Sekunde länger für sich behalten.

»Es gibt was zu feiern! Haltet euch fest: Ich habe eine Boutique gefunden, die meine Taschenkollektion ins Herbstprogramm aufnimmt!«

Die Gäste an den umliegenden Tischen drehen sich ob unseres lauten Aufschreis konsterniert zu uns um. Auch die Nachthemden-Fraktion direkt vor uns ist aufmerksam geworden. Ich ermahne die Mädels zur Ruhe.

»Reißt euch zusammen! Womöglich denken die sonst, wir sind für die anderen. Ich würde hier gerne lebend wieder raus!«

Rita wirft einen Blick auf die Leinwand, wo gerade ein Interview zwischen zwei Menschen mit rot-gelb gestreiften Krawatten geführt wird.

»Ach was. Die sind doch ganz friedlich. Sieht eh aus, als wär's schon vorbei.«

Das Nachthemd mit der 21 auf dem Rücken sieht Rita verwundert an und beugt sich über unseren Tisch. Er lächelt und nimmt einen Schluck aus seinem Kölschglas.

»Nee. Erste Drittelpause.«

Dann reiht er sich wieder zwischen die Nachthemden 12 und 31 ein.

Ein Phänomen, das mich in Köln immer wieder beeindruckt. Wildfremde Menschen mischen sich ungefragt in Gespräche wildfremder Menschen ein. So ist das hier eben. Der Kellner erscheint mit unseren Getränken. Toni erhebt ihr Glas.

»Darauf, dass harte Arbeit und unbedingter Wille zum Erfolg führen!«

Die Parole könnte von mir sein. Aber nicht heute. Wir stoßen an. Während Toni mit leuchtenden Augen berichtet, wie sie den Boutique-Inhaber von sich und ihren Taschenentwürfen überzeugt hat, beschleicht mich ein wenig Neid. Solche Erlebnisse sind so selten und so kostbar. Ich kann mich nicht daran erinnern, wann mein Chefredakteur Achim mir das letzte Mal auf die Schulter geklopft hat oder ich nach einer Sendung das Gefühl hatte, eine außergewöhnlich gute Show abgeliefert zu haben. Mein Radioalltag hat sich über die Jahre zu einer vertrauten, aber an Höhepunkten armen Routine entwickelt. Toni lebt ein Leben in beruflicher und kreativer Selbstbestimmung. Wenn ihr nach Highlights ist, dann macht sie sich eben welche. So kommt es mir zumindest vor.

»Und jetzt werde ich mir definitiv einen Urlaub gönnen.« Sie steckt sich eine Zigarette an und inhaliert tief und genüsslich den ersten Zug.

»Weißt du schon, wohin?« Rita fischt gerade mit den Fingern die Zitrone aus ihrer Cola.

»Mir ist nach Asien. Aber ich hab noch kein festes Ziel.«

Die Zitrone landet mit einem matschigen Klatscher im Aschenbecher.

»Los Angeles ist um diese Jahreszeit toll. Wenn ich jetzt in Urlaub fahren würde, wär's auf jeden Fall Los Angeles.«

Manu verdreht die Augen.

»Rita, du würdest auch nach Los Angeles fahren, wenn da drei Meter Schnee liegen!«

Mit Rita ist es ein wenig wie mit Transsexuellen. Nur dass Rita nicht im falschen Körper, sondern im falschen Land geboren wurde. Ihre Amerika-Liebe nimmt gelegentlich erschreckende Ausmaße an. Seit ich sie kenne, lässt sie keine Greencard-Verlosung aus. An ihrer Stelle würde ich den US-Behörden meine Situation erklären und einen regulären Einbürgerungsantrag stellen. Ich will ihr gerade diesen Vorschlag unterbreiten, als das Kings von einem ohrenbetäubenden Lärm erfüllt wird. Mir bleibt vor Schreck fast das Herz stehen. Die Nachthemden brüllen und liegen sich jubelnd in den Armen. Der Kommentator ist nur noch bruchstückhaft zu verstehen.

»... zweiundzwanzigste Minute. Tor für die Kölner Haie. Alex Hicks bringt die Gäste mit eins zu null in Führung ...«

Das Kings erbebt unter den einsetzenden rhythmischen Gesängen. Mir bleibt das Wort im Hals stecken. Manu betrachtet die tobende Menge und grinst von einem Ohr zum anderen.

»Ist das nicht toll, wie die sich freuen können?«, brüllt sie mir über den Tisch zu.

»Ich hätte nur gerne in Ruhe mit euch was gegessen!«, brülle ich zurück.

Manu hat kein Wort verstanden, grinst aber zur Sicherheit mal weiter, falls ich einen Witz gemacht haben sollte. Es dauert einige Minuten, bis der Geräuschpegel wieder auf normalem Kneipenniveau angekommen ist. Mit vier Tellern auf dem Arm bahnt sich der Kellner unter Einsatz von Leib und Leben seinen Weg von der Küchentür zu uns. Meine

Laune erreicht einen neuerlichen Tiefpunkt, als er das Essen abstellt. Ich betrachte den Haufen fetttriefender Kartoffeln und den graubraunen Klumpen totgebratenen Hackfleischs unbestimmter Herkunft vor mir. Eine kleine amerikanische Flagge an einem Zahnstocher ziert das Weißmehlbrötchen. Ich mache mir Mut. Es wird dich schon nicht umbringen. Inzwischen ist auch die Ketchupflasche bei mir angekommen. Rita nimmt den abgerissenen Gesprächsfaden mit Toni wieder auf.

»Soll ich dir mal ein paar Angebote raussuchen? Es gibt einen neuen Reiseveranstalter für den asiatischen Raum. Ich muss morgen eh ins Geschäft. Wenn ich was zu tun habe, kann ich mich wenigstens um die Laufkundschaft herumdrücken.« Sie zieht das Zahnstocherfähnchen aus ihrem Burger und überlegt, wie sie das Ungetüm auf ihrem Teller in essbare Happen zerlegt bekommt.

»Wieso hast du eigentlich ein Reisebüro, wenn du keine Lust auf Kundschaft hast?« Manu nimmt ihren Burger standesgemäß in die Finger, quetscht ihn auf unter Kiefersperremaße zusammen und beißt herzhaft hinein. Mit dieser Frage will sie nicht provozieren. Nach einem bunten Strauß verschiedenster Tätigkeiten ist es Manu als inzwischen selbstständige Taxiunternehmerin mit abgeschlossenem Germanistik- und Kunstgeschichtestudium nur immer wieder ein Rätsel, wie Menschen sich für einen Beruf entscheiden und ein Leben lang dabei bleiben können. Besonders wenn sie nicht wirklich glücklich mit dem sind, was sie tun.

»Gute Frage. Hab ich noch nie drüber nachgedacht.« Rita überlegt wirklich, während sie beschließt, sich bis zur Lösung des Burgerproblems doch erst ihren Fritten zu widmen.

Die folgende Diskussion über die Vor- und Nachteile

eines Reisebüros läuft an mir vorbei. Ich ärgere mich immer noch über Achim, der meine Verbesserungsvorschläge für die Morgensendung als Kritik an seiner Arbeit aufgefasst hat und mich schon die ganze Woche spüren lässt, wie überflüssig ich für ihn und den Sender bin. Wenn er wüsste, wie überflüssig er für mich ist! Aber wenn ich meinen Job behalten möchte, kann ich es ihm leider nicht sagen. An dieser Stelle drängt sich mir die Frage auf, ob das Duzen von Vorgesetzten wirklich so eine gute Sache ist. »Du Arschloch!« sagt sich immer noch leichter als »Sie Arschloch!«. Ich tue mich doch eher schwer mit Zurückhaltung in hochemotionalen Momenten. Sei's drum. Die Devise kann im Moment nur lauten: Aussitzen. Irgendwann wird er sich schon wieder beruhigen. Dann bleibt die Sendung eben, wie sie ist. Mir doch egal.

»Du isst ja gar nicht!« Manu reißt mich aus meinen Gedanken. »Und wen starrst du da überhaupt die ganze Zeit an?« Sie verrenkt sich fast den Hals, während sie versucht, meinem Blick zu folgen.

»Ich starre niemanden an. Jedenfalls niemand Bestimmtes.«

»Soso. Niemand Bestimmtes. Aber es war doch eine gute Idee, hierher zu kommen. Erfrischender Männerüberschuss!«

»*Männer*überschuss? Die tragen alle Nachthemden!« Ich kann nicht glauben, dass Manu sogar bei dieser Klientel ihr Glück sucht.

»Meine Herren! Du hast ja blendende Laune!« Manu beißt unbeeindruckt in ihren Burger.

Toni nimmt mich in Schutz:

»Sie hatte Frühschicht. Es ist Freitag. Das Schlafdefizit hat seinen wöchentlichen Höchststand erreicht.«

Sofort ernte ich ehrliches Mitgefühl. Natürlich habe ich zu wenig geschlafen. Aber das ist nicht der Grund für meine Laune. Eigentlich ist nicht mal der Ärger mit meinem Chef schuld daran. Ich fürchte, das Problem ist viel größer.

»Habt ihr nicht auch das Gefühl, dass wir total spießig geworden sind?«

Alle drei sehen mich überrascht an. Manu findet als Erste die Sprache wieder.

»Bist du nicht ein wenig zu jung für 'ne Midlife-Crisis?«

»Ich schließe meine Wohnungstür ab, wenn ich zu Hause bin. Meine CDs und Videos sind alphabetisch sortiert – genau wie mein Gewürzregal. Einmal die Woche Bad putzen. Zweimal die Woche Blumen gießen. Und wenn ich die letzte Rolle Klopapier aus dem Schrank nehme, dann stelle ich den Pappkern der alten Rolle ins Badezimmerfenster, damit ich dran denke, neues Klopapier einzukaufen. Ich trete auf der Stelle!«

Rita sieht ernsthaft verwirrt aus. Toni lässt die Gabel sinken. Manu hört trotz voller Backen auf zu kauen. Ich komme so langsam in Fahrt.

»Schlimm genug, dass ein paar Burger die einzige Aufregung sind, die wir uns die Woche über antun. Ich war mit vierzehn Jahren mal auf einer Galopprennbahn und hab zwei Mark fünfzig verwettet. Das war aufregender!«

»Hast du mal über Bungeejumping oder Fallschirmspringen nachgedacht?« Toni bemüht sich um Verständnis.

»Das ist was für lebensmüde Adrenalin-Junkies.«

Ich beiße in meinen Burger. Das Geschmackserlebnis ist keine Überraschung. Rita unternimmt den Versuch eines Lösungsvorschlags.

»Brauchst du vielleicht auch mal Urlaub?«

»Und nach dem Urlaub komm ich zurück, und alles ist genau wie vorher.«

Während ich diesen Satz sage, formuliert sich in meinem Gehirn die scheinbar einzig wahre Lösung für mein Problem. Und ohne groß darüber nachzudenken, spreche ich meinen Gedanken aus.

»Vielleicht brauche ich mal einen richtigen Standortwechsel.«

»Du meinst, 'ne neue Wohnung?«

»Ich meine, 'ne neue Stadt.«

Geschafft. Die Stimmung ist am Boden. Es hat mich wahrhaftig eine halbe Stunde gekostet, den anderen den Abend komplett zu vermiesen. In den Gesichtern der Mädels sehe ich deutlich, dass sie auf Lebensfrust dieser Dimension nicht vorbereitet waren. Manu, die einzige gebürtige Kölnerin unter uns, fühlt sich persönlich angegriffen.

»Was bitte ist falsch an Köln?«

»Nichts ist falsch an Köln«, beeile ich mich gegenzusteuern, »aber es ist doch irgendwie immer dasselbe. Karneval, CSD, Grillen am Aachener Weiher, Ringfest – und schon ist wieder Karneval. Jedes Jahr wieder.«

»Und das hat dir bislang jedes Jahr wieder Spaß gemacht!« Manu ist echt beleidigt. Natürlich hat sie damit Recht, aber im Zuge meiner heraufziehenden Krise lässt sich auch das mit Leichtigkeit schlecht reden.

»Ja, sogar der Spaß ist in Köln planbar. Es gibt feste Termine dafür.« Verzweifelt halte ich nach dem Kellner Ausschau. Schluss mit Cola light. Ich brauche jetzt ein Kölsch.

Rita bleibt bei ihrer Theorie:

»Du brauchst Urlaub.«

»Wenn du was Unberechenbares in deinem Leben willst, dann such dir doch 'nen Mann.« Toni sagt das ohne Ironie.

Der Kellner kommt auf seiner Kontrollrunde an unserem Tisch an:

»Alles o.k. bei euch? Schmeckt's?«

Ich bin mir nicht sicher, ob er diese Frage ernst meint.

»Ganz toll. Ich brauch ein Kölsch.«

»Ich auch, bitte«, klinkt Toni sich in meine Bestellung ein. Rita und Manu ordern durch bloßes Heben der Hand. Auch das eine Geste in Köln, die eindeutig ist und keines verbalen Kommentars bedarf. Der Kellner trollt sich nach einem bestätigenden Nicken. Manu ist als Erste mit ihrem Burger fertig.

»Du solltest darüber in Ruhe nachdenken. So eine Entscheidung bricht man nicht mal eben über's Knie.« Sie knüllt ihre Serviette zusammen und dekoriert die Reste auf ihrem Teller damit.

»Und schon gar nicht hier.« Ritas Gesichtsausdruck ist ernst in diesem Moment. So ernst, dass mir zum ersten Mal die Tragweite meiner Idee bewusst wird. Der Appetit ist mir nun endgültig vergangen. Und wieder lässt mich ein Aufschrei zusammenfahren, der durch die Menge geht. Doch dieses Mal ist es kein Jubel, sondern der Ausdruck kollektiven Schmerzes – anders kann man es nicht nennen. Wie passend. Der Kommentator klärt uns auf:

»... und da ist der Ausgleich für die Krefeld Pinguine! Dan Lambert war's. Das hatte sich angekündigt ...«

Die Unruhe unter den Nachthemdträgern verursacht mir Unbehagen. Als der Kellner unser Bier bringt und meinen besorgten Blick bemerkt, gibt er seiner Stimme einen verbindlichen Ton: »Keine Angst. Die tun nichts.«

Jeder kennt diese Begegnungen beim sonntäglichen Spaziergang. Da kommt ein Riesenköter mit gefletschten Zähnen auf einen zugerannt, der Hundebesitzer winkt aus der

Ferne mit Leine und Maulkorb und ruft einem genau diesen Satz zu. »Keine Angst! Der tut nichts!« Überzeugungskraft gleich null.

Einen kurzen Moment lang erwarte ich sogar, dass unser Kellner noch den obligatorischen Nachsatz »Die wollen nur spielen« folgen lässt.

Die Mischung aus Müdigkeit, Weltschmerz und Todesangst nährt in mir den Wunsch, mich auf den Heimweg zu machen. Die Mädels sind sich nicht ganz sicher, ob man mich in meiner jetzigen Verfassung alleine lassen kann. Ich muss versprechen, keine Dummheiten zu machen und mich morgen auf jeden Fall zu melden. Dann darf ich gehen. Ich lasse ein paar Geldscheine für meinen Teil der Rechnung auf dem Tisch liegen, nehme meine Jacke und bahne mir den Weg zur Tür.

Draußen angekommen, atme ich tief und erleichtert durch. Der Regen ist stärker geworden, also trete ich den Heimweg im Stechschritt an. Wie immer krame ich bereits hundert Meter von meiner Haustür entfernt den Schlüssel aus der Tasche. Ich bilde mir ein, dadurch ein paar Sekunden schneller in den sicheren, heimischen vier Wänden zu sein. Es passiert automatisch. Unabhängig von Wetter- oder Gemütslage. Noch so eine Angewohnheit, die dem alphabetischen Sortieren von Gewürzregalen an Lächerlichkeit in nichts nachsteht. Genauso wie die Tatsache, dass ich selbst bei strömendem Regen keinen Schirm mitnehme, weil ich hundertprozentig sicher bin, ihn irgendwo stehen zu lassen. So landet meine völlig durchweichte Jacke mal wieder auf einem Kleiderbügel über der Badewanne und tropft leise vor sich hin.

Sofa und Fernbedienung erwarten mich in gewohnter Einsatzbereitschaft, aber ich will nur noch ins Bett und endlich schlafen. Mein Kopf ist gerade so voll, dass eh nichts mehr hineingeht. Und so dauert es nach dem Löschen der Nachttischlampe auch nur wenige Minuten, bis ich im sorgenfreien Land der Träume angekommen bin.

Die Kaffeemaschine röchelt in den letzten Zügen, und das Radio dudelt im Hintergrund, während ich eine SMS an Rita, Toni und Manu schicke: »Gut nach Hause gekommen. Gut geschlafen. Hoffe, ihr hattet noch Spaß.« Obwohl ich satte zehn Stunden durchgeschlafen habe, bin ich weit davon entfernt, wirklich wach zu sein. Das macht aber nichts. Es ist Samstag, ich hab frei, der Himmel ist wolkenverhangen, und es gibt überhaupt keinen Anlass, in übertriebenen Aktionismus auszubrechen. Mit einem dampfenden Becher Kaffee mache ich mich am Küchentisch breit, als das Telefon klingelt. Es ist Toni.

»Guten Morgen! Wie geht's dir?«

»Frag mich das noch mal, wenn ich wach bin.«

Dieser Satz hat den leisen, vorwurfsvollen Unterton von »Bist du eigentlich wahnsinnig, mich jetzt schon anzurufen?«. Wie sagte Manu einmal so treffend zum Thema Nicola-anrufen-vor-zwölf-Uhr-mittags? »Ich kann mich auch selbst töten.« Wenn ich eine Frühschichtwoche wie die vergangene hinter mir habe, genieße ich es umso mehr, am Wochenende mein Morgenmuffeltum voll auszuleben. Und das wissen eigentlich auch alle. Umso verwunderlicher Tonis Anruf zu nachtschlafender Zeit. Es ist immerhin erst halb zehn.

»Na ja, ich dachte, wenn wir früh losgehen, ist es noch nicht so voll in der Stadt. Du weißt schon, der Tisch.«

Der Tisch. Ach ja. Verdammt. Hatte ich gestern wirklich Ja gesagt? Ich versuche, zumindest noch ein bisschen Zeit zu schinden.

»Ich bin quasi gerade erst aufgestanden. 'ne Stunde brauche ich bestimmt noch, bis ich vor die Tür kann.«

»Dann hol ich dich um elf ab. O.k.?«

»O.k. Bis gleich.«

Versuchen wir, es positiv zu sehen. Keine große Aktion. Rein in die Stadt, Tisch kaufen, raus aus der Stadt. Das sollte in einer Stunde erledigt sein. Hoffentlich. Mich seelisch auf das Bad in der Menge vorzubereiten lenkt meine schlechte Laune immerhin erfolgreich von meinen Umzugsgedanken ab. Eigentlich ist es mehr als unfair, Köln für meine Stimmung verantwortlich zu machen. Diese Stadt hat mich ausgesprochen freundlich empfangen, als ich vor vier Jahren hierher zog. Ich wollte immer Radio machen. In Köln hat es geklappt. Und es gibt verdammt noch mal kaum eine Stadt in Deutschland, in der so ausgelassen gefeiert wird wie hier. Köln hat so viele liebenswert verschrobene Seiten. Und bei aller Selbstherrlichkeit haben die Kölner nie verlernt, über sich selbst zu lachen. Alles Dinge, für die ich die Domstadt sehr schätze. Es sieht halt nur danach aus, als ob Köln befunden hätte, dass es nun lange genug nett zu mir war. Was für eine schwachsinnige Vorstellung. Aber irgendwie auch ein gutes Gefühl, jemand anderes als sich selbst für die schlechte Stimmung verantwortlich machen zu können. Scheint wohl so, als würde ich mich doch nicht in einer eines Kölners angemessenen Weise mit dieser Stadt identifizieren. Wozu auch?

Als ich um kurz vor elf meine Wohnung verlasse, um vor dem Haus auf Toni zu warten, kommt Manu gerade vom Joggen nach Hause. Sie ist sichtlich überrascht, mich zu sehen.

»Guten Morgen! So früh schon auf den Beinen?«

»Sehr witzig. Ich geh mit Toni in die Stadt.«

»In die Stadt? Es ist Samstag.«

»Wem sagst du das. Wie war's denn gestern Abend noch?«

»Ganz lustig. Die Kölner haben gewonnen. Die Hütte hat echt gerockt.«

»Wie gut, dass ich gegangen bin.«

»Nein, es war wirklich total nett. Ich hab da noch jemanden kennen gelernt ...«

»Manu! Ich dachte, da gibt's jetzt diesen Martin?«

Durch meine inzwischen geschlossene Wohnungstür höre ich die Klingel. Toni steht vor der Tür. Die Diskussion über Manus jugendliche Sprunghaftigkeit werden wir auf später verschieben müssen. Auf ins Getümmel.

Die Ehrenstraße ist trotz der vermeintlich frühen Stunde schon komplett verstopft. Kölns Einkaufsmeilen erfreuen sich großer Beliebtheit. Dummerweise nicht nur bei den Kölnern. Die Kennzeichen der Autos in den Schlangen vor den Parkhäusern sprechen eine eindeutige Sprache. Toni weiß, welches Opfer sie mir gerade abverlangt, und versucht, mich mit Belohnungsversprechen bei Laune zu halten.

»Wir gucken nur schnell den Tisch an, und dann gehen wir 'nen Kaffee trinken.«

Netter Versuch. Ich bin gespannt, wo sie in den übervölkerten Cafés einen freien Platz auftreiben will.

»Warum starten wir diese Aktion überhaupt heute? Montag ist auch noch ein Tag.«

»Na ja, es ist der letzte Tisch. Jetzt stell dir mal vor, den kauft heute jemand anders ...«

Klar. Erschreckende Vorstellung. Die Straßenmusikanten bemühen sich trotz vor Kälte klammer Finger um eine gute Vorstellung. Sollte ich doch ein wenig mehr Dankbarkeit für meinen überdachten, geheizten Arbeitsplatz empfinden? Der Designermöbelladen ist bereits in Sichtweite, als Tonis Handy klingelt.

»Die Toni hier. – Hallo Rita! – Ja, gerne! Ich bin eh mit

Nicola in der Stadt unterwegs. Wir gehen nur schnell einen Tisch angucken. Danach vielleicht? – Ich meld mich, wenn wir fertig sind. Bis später!«

Toni stopft ihr Handy zurück in ihre Handtasche.

»Rita hat ein paar Angebote für mich. Wir könnten doch nachher bei ihr im Laden einen Kaffee trinken, hm?«

Ein Besuch in Ritas Reisebüro würde unseren Marsch durch die Fußgängerzone um indiskutable fünfhundert Meter verlängern.

»Auf dem Weg dahin töte ich alle schreienden kleinen Kinder. Ich schwöre. Aber geh du nur.«

Der Möbelladen ist einer der unmenschlichsten der ganzen Stadt. Man möchte am liebsten direkt einen Transporter vor die Tür stellen, um all die schönen Stücke mitzunehmen, die hier präsentiert werden. Dieses Bedürfnis wird außerdem durch die verschwindend kleinen Preisschilder begünstigt, auf denen die horrenden Preise erst bei genauem Hinsehen die Einkaufseuphorie bremsen. Das ist mit Sicherheit volle Absicht. Die Schweine.

Toni lotst mich in den hinteren Bereich des Ausstellungsraums. Und da steht er, ihr potenzieller neuer Mitbewohner. Rund, schmiedeeiserner Fuß und eine aus einem Fliesenmosaik bestehende Tischplatte. Ein Traum. Toni sieht mich mit leuchtenden Augen an.

»Was sagst du?«

Ich finde das Zwei-Quadratzentimeter-Preisschild auf Knöchelhöhe an einem der Tischbeine. Das gute Stück soll 1450 Euro kosten.

»Die spinnen. Ich such uns mal ’nen Verkäufer. Das kann nicht deren Ernst sein.«

Toni hält mich am Ärmel fest, als ich mich leicht echauffiert Richtung Kasse in Bewegung setze.

»Nein, nein, nein. Ich will nicht feilschen. Ich kann das nicht. Das ist total peinlich.«

»Willst du den Tisch?«

»Ja, schon. Aber ...«

»Lass mal. Ich mach das schon.«

Sie lässt mich gehen, aber das Unbehagen steht ihr ins Gesicht geschrieben. Ich frage die Verkäuferin hinter der Kasse, mit wem ich über den vollkommen absurden Preis sprechen kann. Sie eilt sofort von dannen, um den Geschäftsführer zu holen. Als ich wieder beim Tisch ankomme, hat Toni sich ein paar Meter weggestohlen und widmet sich intensiv den Kinderbadezimmerartikeln im Regal nebenan. Ich nutze die Zeit für eine gründlichere Inspektion der Tischfläche und finde tatsächlich die Anmutung eines Kratzers. Winzig klein, aber vorhanden.

»Guten Tag. Was kann ich für Sie tun?«

Ich drehe mich um und sehe in das freundlich lächelnde Gesicht eines leicht untersetzten Mittvierzigers. Er trägt ein metallenes Namensschild am Revers seines Anzugs. Ich lese es und fälle in diesem Moment sein Todesurteil.

»Guten Tag, Herr – äh – Achim!«

Der nette Herr verwandelt sich vor meinem geistigen Auge in meinen Chefredakteur und muss jetzt konsequenterweise dessen menschliche Verfehlungen der vergangenen Woche ausbaden. Ring frei zur ersten Runde.

»Ich bin sehr an diesem Tisch interessiert. Aber bei den offensichtlichen Beschädigungen können Sie wohl schwerlich bei dem Preis bleiben.«

Augenscheinlich ist Herr Achim solche Überraschungsattacken von seiner Klientel üblicherweise nicht gewohnt. Toni versteckt sich inzwischen mit schamroten Wangen hinter dem Regal.

»Beschädigungen? Ich weiß nicht, was Sie meinen.«

Am liebsten würde ich ihn mit der Nase auf die Schramme stoßen, begnüge mich aber damit, ihm den irreparablen Schaden mit dem Finger zu zeigen. Zu meinem großen Glück entdecke ich in diesem Moment auf einer anderen Fliese noch einen winzigen Fleck, der natürlich auch sofort als preisdrückender Makel aufgezeigt wird. Herr Achim bleibt erstaunlich gelassen und macht ein erstes Angebot.

»Na ja, fünf Prozent könnte ich schon runtergehen.«

»Fünf Prozent? Ich sag Ihnen mal was. Für fünfhundert Euro nehmen wir das Ding sofort mit.«

Um das »Wir« zu unterstreichen, sehe ich mich nach Toni um, aber die ist inzwischen komplett aus meinem Gesichtsfeld entschwunden. Außerdem fällt mir gerade auf, dass wir ohne Auto unterwegs sind und somit das gute Stück mindestens bis zum nächsten Taxistand schleppen müssen. Aber es gibt jetzt kein Zurück mehr.

»Fünfhundert Euro? Da zahl ich ja drauf. Das ist Handarbeit.«

»Sehen Sie's doch mal so. Wenn Sie den Tisch los sind, ist viel mehr Platz für die Sommerware. Die steht doch bestimmt schon im Lager, oder?«

Diesem Argument kann Herr Achim nichts entgegensetzen. Es geht an die nackten Zahlen.

»Sagen wir, tausendzweihundert.«

»Sagen wir, sechshundert.«

»Tausend.«

»Siebenhundert.«

»Achthundertfünfzig. Mein letztes Angebot.«

»Siebenhundertfünfzig. Und Sie liefern frei Haus.«

Ein Seufzer der Resignation entweicht Herrn Achim, als

er mir die Hand entgegenstreckt. Sieg auf ganzer Linie. Ich finde Toni bei den Schlafzimmermöbeln und überbringe ihr stolz die gute Nachricht. Immer noch peinlich berührt, geht sie mit mir zur Kasse, wo sie ihre Kreditkarte zückt. Toni hinterlässt ihre Telefonnummer, um für die Vereinbarung des Liefertermins erreichbar zu sein.

Meine Laune ist blendend, als wir den Laden verlassen. Und so langsam überwiegt auch bei Toni die Freude über das Schnäppchen. Noch von meinem frisch errungenen Sieg berauscht, begleite ich sie zu Ritas Reisebüro, ohne auf dem Weg dahin auch nur einem einzigen schreienden Kind ein Haar zu krümmen.

Der Laden ist gut besucht. Die Osterferien sind nicht mehr fern, und so zieht es – trotz Terroranschlägen und Wirtschaftsflaute – anscheinend doch viele Menschen in den sonnigen Süden. Rita lotst uns direkt in die hinter den Geschäftsräumen liegende Teeküche, wo bereits ein Stapel Kataloge verschiedenster Reiseveranstalter auf dem Tisch liegt. Während sie Milch für den Kaffee aufschäumt, vertiefen Toni und ich uns in die hochglanzpolierte Bilderwelt balinesischer Palmenstrände und thailändischer Tempelanlagen. Rita stellt uns jeweils eine Tasse vor die Nase und setzt sich mit an den Tisch.

»Wie lange willst du denn überhaupt in den Urlaub?«

Toni schlürft die Schaumkrone von ihrem Kaffee und überlegt kurz.

»Na ja, so drei oder vier Wochen. Aber zu meinem Geburtstag wär ich schon gerne wieder da.«

Rita nickt verständnisvoll.

»So alleine in der Fremde feiern ist nicht schön. Außerdem bestehe ich auf dem Original-Toni-Geburtstagsbrunch! Es gibt schließlich so was wie Traditionen!«

Ein Anflug von Fernweh überrollt mich. Vielleicht brauche ich ja doch einfach nur ein paar Tage Urlaub. Ich tauche gerade in die Vorstellung von Cocktails am Pool, türkisfarbenem Meer und sechzehn Sonnenstunden am Tag ein, als mein Handy piept. Eine SMS von Achim. Ich muss unwillkürlich lächeln. Er will sich bestimmt für seinen Ton entschuldigen, Danke sagen für die gute Zusammenarbeit der letzten Jahre und mich zum Essen einladen, um in Ruhe noch mal über meine Vorschläge für die Morgensendung zu reden. Ich öffne die Nachricht.

»14 Uhr Meeting im Sender. Sei bitte pünktlich. Achim.«

So ist er. Kurz, bündig, emotionslos. Jede darüber hinausgehende Erwartung wäre vollkommen realitätsfern. Solche Treffen an Samstagen sind auch nicht unüblich. Wenn es das aktuelle Tagesgeschehen erfordert, dann muss man sich dem fügen. Immerhin hat er das Wort »bitte« benutzt. Nennen wir es einen Anfang.

Ich genieße meinen Kaffee, während Toni sich für Bali entscheidet. Rita rechnet gerade die Reisedaten durch.

»Dreieinhalb Wochen für 1480 Euro, Halbpension im Vier-Sterne-Ressort. Dazu müsstest du aber am Mittwoch schon fliegen.«

»Du meinst, kommenden Mittwoch? Das ist ja schon in vier Tagen.«

»Ich weiß. Aber dafür wärst du noch in der Vorsaison angereist. Wenn du später fährst, wird's 'ne ganze Ecke teurer.«

Toni ist ein wenig unentschlossen und geht im Geiste all die Dinge durch, die sie vor ihrer Abreise noch erledigen muss.

»Einen Bikini kann ich Montag noch kaufen. Meinen Zahnarzttermin müsste ich verschieben. Das geht alles noch. Aber die werden den Tisch irgendwann demnächst liefern.«

Ich fühle mich in diesem Moment auf den Plan gerufen. Weder Toni noch ich können uns vor Herrn Achim die Blöße geben, den Tisch nach all der vorgetäuschten Dringlichkeit jetzt erst in vier Wochen geliefert bekommen zu wollen. Wo wir ihn doch fast in den Bankrott gestürzt haben.

»Lass mir deinen Wohnungsschlüssel da. Dann nehm ich den Tisch entgegen, wenn sie ihn bringen. Außerdem muss ja auch einer deine Blumen gießen.«

»Gut, dann mach ich die Buchung fix. Bin gleich wieder da.«

Rita verschwindet mit ein paar Zetteln in den Laden. Toni ist total selig.

»Was für ein cooler Tag!«

Ich gönne es ihr von Herzen. Und bei all der Harmonie um mich herum fasse ich den Entschluss, meinem Chefredakteur nachher die Hand zur Versöhnung zu reichen. Einer muss schließlich den ersten Schritt tun. Ein Blick auf die Uhr sagt mir, dass es auch langsam Zeit wird, mich auf den Weg zu machen. Er hat das Wort »bitte« benutzt, also werde ich selbstverständlich pünktlich sein. Ich lasse Toni mit ihrem Bali-Katalog sitzen, winke Rita beim Verlassen des Reisebüros noch zu und steuere die nächste U-Bahn-Station an. Der Weg zurück durch die Fußgängerzone birgt schließlich enorme Risiken. Bei all der Harmonie bin ich mir nämlich trotzdem nicht sicher, wie viele schreiende kleine Kinder es braucht, um mir womöglich doch den Kragen platzen zu lassen.

Als ich um Viertel vor zwei den Konferenzraum betrete, treffe ich fast den kompletten Kreis meiner Moderatorenkollegen an. Meine Frage in die Runde, was denn der

Grund für das Meeting sei, wird mit einem kollektiven Schulterzucken beantwortet. Ich bin gespannt. Achim ist noch nicht da, also hole ich mir noch schnell eine Cola aus dem Kühlschrank in der Küche und werfe einen kurzen Blick in einen der Schnitträume, wo unsere neue Praktikantin Vanessa sich an der Zusammenstellung eines Trailers übt. Eigentlich müsste mein Kollege Frank, mit dem ich mir im wöchentlichen Wechsel die Morningshow teile, ihr dabei zur Seite stehen.

»Hey, wie läuft's?«

»Ganz gut.«

»Wo steckt denn der Frank?«

»Keine Ahnung. Der war heute noch gar nicht hier.«

Ich nicke und ziehe mit einem aufmunternden »Du machst das schon«-Lächeln die Tür wieder hinter mir zu.

Im Konferenzraum sitzen alle bereits am Tisch. Einschließlich Achim. Ganz offensichtlich bin ich die Letzte, was Achim vom Kopfende des Tisches aus mit einem missbilligenden Stirnrunzeln quittiert. Mist. Mit ein paar schnellen Schritten bin ich beim nächsten freien Stuhl. Erwartungsvolle Stille. Achim beginnt seine Rede in seiner bemüht hochdeutschen, aber dennoch unverkennbar nordbadisch gefärbten Sprache. Er ist und bleibt ein Mannheimer. Selbst wenn er sich noch so anstrengt, ab und zu einen kölschen Satz zustande zu bringen. Einige der neueren Kollegen amüsieren sich immer noch über seine Ausdrucksweise.

»Mir habe drei Krankheitsfälle. Frank, Claudia und Monique. Alle drei Grippe. Des heißt, mir müsse den Personalplan für die kommenden zwei Woche umstricke. Es wird sich net vermeide lasse, dass an einigen Tagen jemand zwei Sendungen mache muss. Ich möchte dazu eigentlich keine Vorgaben mache. Ich fahr gleich nach Berlin und bin bis

Montag früh nicht zu erreichen. Einigt euch bitte untereinander, wer welche Schicht übernimmt. Bis auf die Morningshow. Die macht Nicola, bis Frank wieder gesund ist.«

Damit steht er auf und verlässt den Konferenzraum, ohne mich auch nur eines Blickes zu würdigen. Ich bin fassungslos. Auch bei den anderen löst Achim mit dieser Ankündigung trotz seines Dialekts keine Heiterkeitsstürme aus. Ein allgemeines Murren macht sich breit. Noch zwei Wochen lang morgens um drei Uhr aufstehen? Das ist doch pure Schikane. Er will Streit? Den kann er haben! Ich unterdrücke den Impuls, ihm hinterherzurennen und das Kriegsbeil direkt auszugraben. Aber das ist unter meiner Würde. Auf keinen Fall werde ich ihn wissen lassen, dass mich das ärgert. Meine Rache wird viel subtiler ausfallen.

Immer noch in düstere Gedanken vertieft, nehme ich die letzten Stufen zu meiner Wohnung. Bei Manu läuft das Radio. Ich überlege kurz, ob ich mich mit meinem Ärger jetzt zu Hause einschließen soll oder ob es vielleicht helfen könnte, sich den Kummer von der Seele zu reden. Die Entscheidung fällt sich von selbst, denn Manus Tür öffnet sich. Das Strahlen in ihrem Gesicht erlischt sofort, als sie meine finstere Miene sieht.

»Das wird ja immer schlimmer mit dir. Willst du's erzählen?«

Ja, ich will's erzählen. Mit hängenden Schultern betrete ich Manus Küche. Die Ungerechtigkeit der Welt lastet auf mir. Zu meiner Überraschung ist mein Stammplatz am Tisch besetzt. Manu stellt uns vor.

»Das ist Nicola. Und das ist der Björn.«

Björn erhebt sich von meinem Stuhl und streckt mir zur Begrüßung die Hand entgegen. Ich mustere ihn kurz von oben bis unten. Verhältnismäßig groß, dunkelhaarig, gut gebaut, schlecht rasiert. Mir ist bis dato nie aufgefallen, dass Manu ein Faible für Männer hat, denen die Handhabung eines Rasierers nicht vertraut ist. Da mich seine Anwesenheit am hemmungslosen Rumheulen über Achim hindert, möchte ich eigentlich schnell wieder verschwinden. Smalltalk ist grad nicht drin. Doch Björn ist glücklicherweise im Aufbruch begriffen.

»Hat mich gefreut. Manu, ich hol dich morgen um eins ab.«

Er lässt mir nicht mal die Zeit für eine höfliche Erwiderung, sondern marschiert direkt Richtung Tür. Manu begleitet ihn hinaus. Auf dem Tisch steht eine offene Flasche Sekt. Ich nutze die Zeit, um ein Glas aus dem Schrank zu holen, meinen Platz einzunehmen, randvoll einzuschenken und so viel davon auf ex zu trinken, wie es das Zuviel an Kohlensäure zulässt. Manus Rückkehr in die Küche quittiere ich zwangsläufig mit einem mehr oder weniger unterdrückten Rülpser. Sie setzt sich zu mir. Es interessiert mich zwar nur latent, aber trotzdem muss ich natürlich nachfragen:

»Wo haste denn den her?«

»Wen? Björn?«

»Nein, deinen Toaster. Natürlich Björn!«

»Wir haben uns gestern im Kings kennen gelernt. Nachdem ihr alle weg wart.«

»Aha.«

»Das war total lustig. Alle waren ja in Rot-Weiß, aber er hatte ein gelb-schwarzes Trikot an. Da dachte ich, er wäre ein Krefelder. Er hat mir dann erklärt, die Farben hängen mit einem ehemaligen Sponsor zusammen. Er ist schon Kölner-Haie-Fan seit Anfang der Neunziger. Da hat ihn sein Vater zum ersten Mal mitgenommen zu ’nem Spiel. Das Trikot hat ihm auch sein Vater gekauft. Das ist von Sergej Berezin, so 'nem russischen Ausnahmestürmer, weißt du?«

»Aha.«

»Das war in der Saison 94/95, als die Kölner Haie das letzte Mal Deutscher Meister geworden sind.«

»Manu?«

»Da haben sie noch in der alten Halle an der Lentstraße gespielt, wo's total kalt war. So mit Glühwein und so zum Warmhalten vorm Spiel ...«

»Manu!!!«

»Ja?«

»Ich hab Ärger mit dem Mannheimer Vollidioten, der blöderweise mein Chefredakteur ist! Kann ich mit dir darüber reden oder willst du noch ein bisschen aus dem bewegten Eishockey-Leben deines neuen Freundes erzählen? Dann komm ich später wieder!«

Ich bin selbst ein wenig erschrocken über die Lautstärke, mit der ich Manu diesen Satz entgegenschmettere. Sie scheint dagegen ziemlich unerschüttert.

»Das hatten wir doch schon mal. Kannst doch eh nichts dagegen machen.«

»Willst du nicht mal wissen, was er getan hat?«

»Ist es was Schlimmeres, als dich in den Status eines freien Mitarbeiters ohne Überstundenvergütung zurückzuversetzen?«

Das war Anfang letzten Jahres passiert. Die Rezession im Lande hatte schleichend, aber spürbar eingesetzt. Achim war erst zum Jahreswechsel von seinem Kurpfälzer Heimatsender zu uns gekommen. Den großen Stamm an Festangestellten zu halten, befand er für zu riskant. Als wären wir ein Fünfhundert-Mann-Betrieb gewesen, der seit Jahren rote Zahlen schreibt! Er ließ mir die Wahl zwischen Kündigung oder eben einer weiteren Mitarbeit als Freelancer. Ich wollte natürlich meinen Job behalten. Endergebnis des Ganzen ist: Ich arbeite genauso viel wie früher, nur eben für weniger Geld. Es gab keine Chance, sich gegen Achims Politik zu wehren. An Manus Stelle hätte ich vermutlich genau dieses Beispiel angeführt, um das anstehende Gejammer im Keim zu ersticken. Wie ich es hasse, wenn sie Recht hat.

»Jetzt sag schon. Was hat er denn getan?«

»Er lässt mich auch die kommenden zwei Wochen noch die Morningshow machen. Frank ist krank.«

»Nimm's als Anerkennung. Du kriegst zwei Wochen lang die Prime Time.«

»Das werde ich mir jede Nacht sagen, wenn der Wecker um drei Uhr klingelt.«

»Es sind doch nur zwei Wochen. Er lässt dich ja nicht zwanzig Jahre Steine klopfen. Wie gesagt, ändern kannst du's eh nicht.«

»Dieses Mal krieg ich ihn dran. Ich lass mir was einfallen.«

»Wenn er das wirklich aus Boshaftigkeit gemacht hat, dann bekommt er seine Rechnung dafür ganz von selbst. Karma und so. Was man austeilt, kriegt man zurück.«

Diese Aussicht tröstet mich nur wenig. Man stelle sich vor, das Karma schlägt irgendwann zu, ich bin gerade nicht da und verpasse alles. Wo bleibt da das warme Gefühl der Genugtuung?

Dass Manu sich nicht auf meine Seite schlägt, verleidet mir den Spaß an dem Thema. Ich hätte zu Rita gehen sollen. Mit der kann man sich so richtig schön in Rage reden, Kriegspläne schmieden und Vergeltungsmaßnahmen austüfteln. Vielleicht werde ich das später nachholen. In diesem Moment stutze ich das erste Mal seit meiner Ankunft über die Flasche Sekt auf dem Tisch.

»Hattet ihr beide was zu feiern?«

»Ja, klar. Den Sieg gestern. Damit war nicht zu rechnen, sagt Björn.«

»Aha.«

»Die Haie haben in der Vorrunde kein einziges Spiel gegen die Krefeld Pinguine gewonnen. Und jetzt in den Play-offs ist jeder Sieg total wichtig. Besonders auswärts.«

Manu vermittelt mir überzeugend den Eindruck, als wüsste sie, wovon sie redet. Schlimmer noch, sie sieht mir an, dass ich ihr seit »sagt Björn« nicht mehr folgen kann. Natürlich hat sie eine wohlformulierte Erläuterung parat.

»Weißt du, in der Vorrunde spielt jeder gegen jeden, und dann gibt es am Ende eine Abschlusstabelle. Und die acht bestplatzierten Mannschaften kommen in die Play-offs. Da spielen dann immer zwei Teams gegeneinander, bis einer drei Spiele gewonnen hat. Und der kommt dann weiter ins Halbfinale. Da sind's dann nur noch vier Mannschaften. Dann geht's wieder jeweils zwei Mannschaften gegeneinander, bis einer drei Spiele gewonnen hat. Der kommt dann ins Finale. Und wer von den beiden Finalteilnehmern als Erstes drei Spiele gewonnen hat, der ist dann Deutscher Meister. Dieses Jahr wird das sehr wahrscheinlich München, sagt Björn.«

Manus Euphorie bei der Wiedergabe des ihr von Björn eingetrichterten Fachwissens überrascht mich nicht. Vor nicht allzu langer Zeit war sie in einen Elvis-Fan namens Waldemar verknallt. Die Kennenlernphase war abgeschlossen, nachdem Manu auch noch wusste, was Mutter Presley ihrem Sprössling auf's Schulbrot geschmiert hat. Manu hat sich von Waldemar getrennt, als er ihr zum Geburtstag eine Elvis-CD geschenkt hat, die sie zu diesem Zeitpunkt bereits besaß. Wie unaufmerksam von ihm.

»Habt ihr auch noch über irgendwas anderes geredet als Eishockey?«

Manu fühlt sich ertappt und senkt kurz beschämt den Blick.

»Nein. Aber es ist wirklich total spannend! Und er nimmt mich morgen mit zum Spiel in die Kölnarena.«

»Wenn er sich dann auch noch rasiert, ist das in Eishockeyfankreisen bestimmt schon so was wie ein Heiratsversprechen.«

Manu sieht mich erschrocken an.

»Nein! Der Bart muss dranbleiben! Das ist ein Play-off-Bart. Das machen die Spieler auch. Wer rasiert, verliert!«

»Sagt Björn?«

Manu grinst nur.

»Ich wünsch dir viel Spaß morgen.«

Sie ist so niedlich, wenn sie sich mal wieder voller Enthusiasmus in eine neue Beziehung stürzt. Letztes Mal war's Elvis, jetzt ist es halt Eishockey. Ein Besuch bei Rita scheint unumgänglich. Schließlich habe ich Ärger mit meinem Chef und will meine schlechte Laune in diesem Zusammenhang endlich rauslassen. Dank Björn und den Kölner Haien ist Manu dabei wahrlich keine Hilfe.

Nach einem mehr als üppigen Sonntagsbrunch hocke ich mit Rita beim achtundsiebzigsten Milchkaffee in unserer Lieblingskneipe am Friesenplatz, dem »All In One«. Lieblingskneipe ist untertrieben. Heimliches Hauptquartier beschreibt das Ganze wohl besser. Die Wahrscheinlichkeit, hier auf Mitglieder der »Familie« zu treffen, ist fast größer als bei uns zu Hause. Sei es der Absacker nach Feierabend, das Frühstück am Wochenende oder der Kaffee nach dem Einkaufsbummel – das »All In One« liegt irgendwie immer auf dem Weg. Und es ist quasi unmöglich, ohne einen Kurzbesuch daran vorbeizugehen.

Obwohl Rita und ich seit geschlagenen vier Stunden hier sitzen, haben wir noch kein Wort über meine Sorgen gewechselt. Sie hat das Gespräch vorhin höflichkeitshalber mit der Frage eröffnet, wie ich denn den gestrigen Samstagabend verbracht habe. Ich antwortete wahrheitsgemäß mit »Sofa und Fernseher«. Rita hatte zu Hause über den Bilanzen des ersten Quartals gebrütet. Und die sind nicht gerade rosig. Um nicht zu sagen besorgniserregend. Der Andrang in ihrem Laden gestern war augenscheinlich eine Ausnahme. Es geht also seit vier Stunden genau darum. Aber anstatt festzustellen, dass Ritas Kummer in seinem Ausmaß den meinigen um Längen in den Schatten stellt, bin ich eigentlich nur ungeduldig, wann ich ihr endlich von meinem Ärger berichten kann. Schmerzempfinden ist schließlich eine äußerst subjektive Angelegenheit. Und wenn man lange genug Single ist, mutiert man außerdem ganz automatisch zum Egoisten. Ist ja niemand da, auf den man Rücksicht nehmen müsste. Als die Kellnerin den nächsten Kaffee bringt, werfe ich einen Blick auf die Uhr.

»Schon kurz nach fünf! Ich sollte aufhören, mich mit Koffein voll zu pumpen.«

Rita rührt gedankenverloren in ihrer Tasse herum.

»Wann musst du denn morgen aufstehen?«

Endlich! Die Chance, das Gespräch in eine andere Richtung zu lenken.

»Um drei. Achim hat mir für die kommenden beiden Wochen die Morningshow aufgedrückt.«

»Was ist denn mit Frank?«

»Der ist krank. Grippe.«

»Ach herrje, der Arme!«

»Wieso der Arme? Der dreht sich morgen früh noch mal um und pennt weiter! So gut möchte ich es mal haben!«

»Du wärst lieber krank, als morgen früh arbeiten zu gehen? Das ist nicht dein Ernst, oder?«

Eigentlich ist das mein Ernst. So 'n bisschen Grippe ist doch lächerlich. Aber Ritas Frage mit Ja zu beantworten wäre wohl in Anbetracht ihrer angespannten beruflichen Situation politisch nicht unbedingt korrekt. In diesem Moment taucht Manu aus der U-Bahn-Station an der gegenüberliegenden Straßenecke auf. Sie steuert zielstrebig auf den Eingang des »All In One« zu, obwohl sie uns vermutlich noch gar nicht gesehen hat. Manu strahlt über das ganze Gesicht, als sie sich Minuten später zu uns an den Tisch setzt. Um ihren Hals hängt ein Schal, der in seiner Farbkombination in krassem Kontrast zu Manus restlicher Garderobe steht. Ich mache mich auf die nächste »Sagt Björn«-Geschichte gefasst, als Rita sich nach dem Auslöser für ihre gute Laune erkundigt:

»Hast du im Lotto gewonnen oder was ist los?«

Manu nimmt den Schal ab und hält ihn ausgebreitet mit gestreckten Armen über ihren Kopf. Und darauf steht in schwarzen Lettern auf rot-weißem Grund »Play-offs 2002«.

»Wir haben gewonnen!«

Rita und ich tauschen einen kurzen, verwirrten Blick aus.

»Wir?«

Manu versteht gar nicht, was an »wir« so schwer zu begreifen ist. Netterweise erklärt sie es uns trotzdem.

»Na ja, die Haie! Ein Wahnsinnsspiel! Das war so spannend, das glaubt ihr nicht! Und die Stimmung und die Fans und überhaupt! Das war der Hammer!«

Es sprudelt nur so aus ihr heraus. Ich will Rita gerade erklären, dass es seit Freitag einen neuen Mann in Manus Leben gibt, dessen Eishockeyleidenschaft sich ungebremst auf Manu übertragen hat, aber Rita hängt zu meinem Erstaunen mit großen Augen an Manus Lippen. Und Manu ist in ihrer Begeisterung auch überhaupt nicht zu stoppen.

»Erst hat der Sundblad das eins zu null für Köln gemacht. Aber dann waren die Krefelder total stark. Da kam ein Torschuss nach dem anderen. Aber wir, also die Haie, haben einen superguten Torwart. Der heißt Rogles. Der hat Dinger gehalten, das war unglaublich! Aber im zweiten Drittel haben wir dann doch das eins zu eins kassiert. Der hieß, glaube ich, Christian, der das geschossen hat. Aber dann hat der Norris das zwei zu eins für die Haie gemacht. Das war so cool! Und die Fans sind dermaßen abgegangen!«

Rita scheint sich wirklich für Manus Bericht zu interessieren. Die ganze Zeit hält sie ihre Tasse in den Händen, ohne auch nur einen Schluck zu trinken. Und Manu ist auch noch lange nicht fertig:

»Und im dritten Drittel hat der Hicks sich den Puck hinterm Tor geschnappt, ist ums Tor drumrum gefahren und hat das drei zu eins gemacht. So lässig! Das nennt man übrigens Bauerntrick, sagt Björn.«

Sagt Björn. Ich habe diesen Nachsatz schon viel früher erwartet. Rita lauscht immer noch völlig gebannt.

»Dann waren nur noch vier Minuten zu spielen, und ich dachte, das Ding wär schon gelaufen. Aber dann hat dieser Christian doch noch das drei zu zwei gemacht. Hey, die Krefelder haben ums Verrecken nicht aufgegeben! Und in der letzten Minute hat Krefeld dann den Torwart rausgenommen und dafür einen zusätzlichen Feldspieler gebracht. Aber die Haie haben's trotzdem geschafft, an den Puck zu kommen. Und dann hat der Millen das vier zu zwei gemacht. In der letzten Minute! Also ins leere Tor, weil der Krefelder Torwart ja nicht auf dem Eis war. Das nennt man übrigens *empty net goal*, sagt Björn.«

Ich muss gleich brechen. Rita strahlt inzwischen genauso wie Manu.

»Aber dann war's immer noch nicht vorbei! Neunzehn Sekunden vor Schluss hat Krefeld noch mal getroffen. Der hieß Stas oder so. Und schon stand's nur noch vier zu drei! Meine Herren! Neunzehn Sekunden können ganz schön lang werden. Und dann der Jubel, als es vorbei war! Ich stand mit Björn in der Nordkurve. Das war so irre laut!«

Manu holt nun doch endlich mal Luft. Sie nimmt Rita die Tasse aus der Hand und trinkt einen großen Schluck. Ich bin kurz davor, ernsthaft beleidigt zu sein. Seit vier Stunden warte ich auf die Gelegenheit, meinen seelischen Müll abzuladen. Und Manu kommt hier reingeschneit und kriegt binnen Sekunden Ritas ungeteilte Aufmerksamkeit. Als ob Eishockey irgendwie wichtig wäre! Bis vor drei Tagen hat das keinen toten Hund interessiert! Rita hingegen ist total hin und weg. Und natürlich erkundigt sie sich nach Björn. Jetzt reicht's. Bevor Manu ansetzen kann, die Damals-mit-seinem-Vater-an-der-Lentstraße-Litanei herunterzubeten, trete ich den geordneten Rückzug an.

Auf dem Weg nach Hause überlege ich kurz, ob ich bei meinem Stammkiosk noch eine Flasche des einzig genießbaren Rotweins kaufen soll, den das dortige Sortiment hergibt. Wie sonst soll ein Mensch um neun Uhr abends schlafen können, wenn er erst um zehn Uhr morgens aufgestanden ist? Neun Uhr abends ist die absolute Schmerzgrenze, wenn ich so früh wieder aus den Federn muss. Unter sechs Stunden Schlaf bin ich nicht zu genießen. Man muss ja auch an seine Hörer denken. Andererseits macht es genauso wenig

Sinn, mit einem handfesten Kater zur Arbeit zu gehen. Also kein Rotwein. Ich werde es mit der guten, alten Kleinkindermethode versuchen. Ein heißes Bad, und direkt danach ins Bett. Ich habe bestimmt noch irgendwo was von diesem supertollen, klinisch getesteten Vergiss-deinen-Chefredakteur-Badezusatz, den Toni mir letztes Jahr zu Weihnachten geschenkt hat. Einen Versuch ist es wert.

Die Leuchtziffern auf meinem Wecker bilden die Zahl 01:30. Vielleicht war das Verfallsdatum des Badezusatzes überschritten. Jedenfalls hat er seine Wirkung komplett verfehlt. Ich bin putzmunter. Immer noch. Da sich diese schlaflose Nacht ohnehin dem Ende nähert, kann ich auch genauso gut jetzt schon aufstehen. Die Überprüfung meines Kühlschranks auf frühstückstaugliche Nahrung fällt ziemlich ernüchternd aus. Der Notfallplan in dieser Situation sieht vor, mich zu Fuß zum Sender zu bewegen und bei der kleinen indisch-mexikanisch-italienischen Dönerbude an der vorletzten Straßenecke, die jeden Tag bis drei Uhr morgens geöffnet hat, eine Pizza Margerita einzusammeln. Der griechische Inhaber heißt Vasily Dimkos. Wir duzen uns seit letztem Sommer. Allein die Tatsache, dass es diesen langjährig erprobten Notfallplan gibt, lässt folgerichtig den Schluss zu, dass meine Wochenendeinkäufe wirklich nur für das Wochenende reichen und dass ich vor einer Frühschichtwoche sonntags eigentlich nie so richtig schlafe.

Mit dem Pizzakarton und einem Sixpack Cola unter dem Arm betrete ich um kurz nach drei die heiligen Hallen meines Arbeitgebers. Und spätestens bei dem Gedanken daran, gleich richtig laut Musik hören zu können, werde ich hellwach. Im Newsraum, den nur ein schalldichtes Fenster vom eigentlichen Studio trennt, sitzen Marcel und Rainer, die in der Sendung für Nachrichten und Wetter zuständig sind. Ich muss schon grinsen, wenn ich die beiden nur sehe. Es ist faktisch unmöglich, einen schlechten Morgen mit den Jungs zu haben. Keine Überleitung von oder zu den beiden vergeht ohne einen Austausch von Faxen. Egal, ob Früh- oder Spätschicht – wir haben immer mächtig Spaß während der Show. Die schmalen Schlitze links und rechts ihrer Nasenwurzeln kann man um diese Zeit beim besten Willen noch nicht als Augen bezeichnen. Eigentlich bin ich ja immer erst um halb fünf hier. Dann haben sie meistens schon richtige Gesichter.

In dem Großraumbüro, wo auch mein Schreibtisch steht, herrscht noch gähnende Leere. Ich beiße in meine inzwischen lauwarme Pizza und checke meinen E-Mail-Account. Und siehe da, Post von Frank.

Hallo Nicola! Hab gehört, du gibst jetzt durchgängig den Frühaufsteher. Tut mir wirklich leid. Mich hat's aber echt so richtig erwischt. Mit Fieber und allem. Versuche, so schnell wie möglich wieder zum Dienst zu erscheinen. Viel Spaß so lange, Frank.

Wenigstens einer, der mich versteht. Marcel steht in der Tür und beobachtet mich beim Verspeisen meiner Pizza.

»Wie kannst du so was am frühen Morgen essen?«

»Für mich ist noch nicht früher Morgen, sondern noch gestern Nacht.«

»Na dann. Ich hab dir die Playlist hingelegt. Schon gesehen?«

»Gesehen ja, aber noch nicht angeguckt. Ich komm gleich zu euch rüber.«

Ich spüle den letzten Bissen mit einem Schluck Cola runter und überfliege dabei die Aufmacher für die Sendung. Leise schleicht sich der Ärger über die frühe Stunde und meinen gnadenlosen Chef aus der Tür. Die Routine greift. Die Abläufe vor einer Sendung sind immer beruhigend gleich. Egal, ob es vier, acht oder elf Uhr ist. Sobald ich hinter dem Pult im Studio stehe und den Kopfhörer aufsetze, stellt sich das Lächeln in der Stimme ganz von allein ein. So kriegt wenigstens kein Hörer direkt nach dem Aufstehen meine privaten Querelen mit. Und das ist auch gut so.

Als ich um zehn vor neun die Sendung abmoderiere und allen Kölnern wie immer einen charmanten Resttag wünsche, taucht Achim hinter Marcel und Rainer im Newsraum auf. Er winkt mir zur Begrüßung zu und scheint blendende Laune zu haben. Muss ja ein tolles Wochenende in Berlin gewesen sein. Ich fahre den letzten Titel ab, bevor ich das Studio für meine Kollegin räume, die die nachfolgende Sendung moderiert.

Achim erzählt gerade mit Händen und Füßen, als ich den Raum betrete.

»Und dann ham mer des Ding drei zu zwei gewonne. Die Serie is wieder ausgegliche.«

Ich bemühe mich um einen unverkrampften, beiläufigen Ton.

»Guten Morgen, Achim! Was habt ihr gewonnen?«

Er macht eine abfällige Handbewegung.

»Eishockey. Davon verstehst eh nix.«

So, davon verstehe ich also eh nichts? Wie gut, dass du die Weisheit mit Löffeln gefressen hast! Ich weiß, wie ein Bauerntrick geht. Ich weiß, was ein *empty net goal* ist. Ich weiß, dass der Torwart Rogles heißt. Und ich weiß hundertprozentig, wie das Spiel gegen Krefeld gestern ausgegangen ist.

»Die Haie haben aber vier zu drei gewonnen und nicht drei zu zwei.«

Achims Lächeln hat etwas gönnerhaft Mitleidiges.

»Ach Gott, die Haie, ja. Aber die Adler gegen die Eisbären mit drei zu zwei.«

Adler? Eisbären? Wovon redet der Mann? Und wie komme ich aus der Nummer wieder raus? Das hat man davon, wenn man sich mit Halbwissen aus zweiter Hand zu weit aus dem Fenster lehnt. Lächeln. Lächeln ist immer gut.

»Freut mich jedenfalls, dass du ein schönes Wochenende hattest. Ich geh dann mal für morgen vorbereiten.«

Mit diesen Worten bin ich schon fast aus der Tür, als plötzlich Achims Hand auf meiner Schulter liegt.

»Sag mal, des is doch kei Problem für dich, dass du die Morningshow machst, bis der Frank wieder da is, oder?«

Ich drehe mich zu ihm um. Lächeln. Lächeln ist immer gut. Wenn auch schwer.

»Aber Achim! Das ist jetzt keine ernst gemeinte Frage, oder?«

Im Geiste schiebe ich ein »Und fass mich gefälligst nicht an, du arroganter Penner!« hinterher. Das kommt von Herzen. Und dann lächele ich noch ein bisschen mehr und schlage mit lässig-schwungvollem Schritt den Weg zu meinem Schreibtisch ein. Ich hasse ihn. Ich hasse ihn. Ich hasse ihn. Und wer auch immer diese Adler sein mögen, die hasse ich ab jetzt auch.

Selbstverständlich begleite ich Toni auch heute in die Stadt, um ihr beim Kauf eines neuen Bikinis zur Seite zu stehen. Genauso ungern, wie Frauen allein zur Toilette gehen, suchen sie ohne freundschaftlichen Rat einen Bikini aus. Wenn schon jemand sagen muss: »Vielleicht doch lieber ein anderes Modell probieren?«, dann bitte nicht die wildfremde Verkäuferin mit Laetitia-Casta-Maßen, sondern ein vertrauter Mensch, der es gut mit einem meint. Außerdem ist der Spaßfaktor beim Kauf von Bademode nicht zu unterschätzen. Besonders wenn man einen Abstecher in die Abteilung für ältere Semester macht. Was hier an Farben und Mustern angeboten wird, ist an Absurdität bisweilen nicht zu überbieten. Und obwohl mich so allmählich die Müdigkeit einholt, haben wir einen wirklich lustigen Nachmittag. Tonis Vorfreude auf ihren wohlverdienten Urlaub steckt einfach an. Den Reiseführer, den sie sich am Samstag noch gekauft hat, hat sie augenscheinlich inzwischen auswendig gelernt, jedenfalls referiert sie auf dem Weg nach Hause ohne Punkt und Komma mit leuchtenden Augen über Bali. Man könnte meinen, sie sei schon da gewesen. Die Auslöser echter Begeisterung sind im wirklichen Leben einfach rar gesät. Da muss man die wenigen Gelegenheiten nutzen, die sich bieten. Auch wenn das im Zweifelsfall bedeutet, die Begeisterung eines anderen Menschen zu teilen, anstatt eigene zu entwickeln. Urplötzlich holt Toni uns doch wieder ins Hier und Jetzt zurück.

»Ich hab übrigens dem Heini von dem Möbelladen deine Nummer gegeben. Die melden sich im Laufe der Woche wegen dem Liefertermin.«

Eben noch in der Hängematte, schon zurück im Kölner Alltag. Bin halt leider doch nicht ich, die dreieinhalb aufregende Wochen vor sich hat. Ich finde mich besser gleich damit ab.

Mein Dienstag beginnt weit weniger müde als der Montag. Ich hatte es am Vorabend wahrhaftig geschafft, um zehn im Bett zu liegen und auch ziemlich zügig einzuschlafen. Ohne Badezusatz, ohne Alkohol. Netterweise erscheint Achim den ganzen Tag nicht im Sender. Zumindest nicht während der Zeit, in der ich da bin. Und als mich zu Hause auf dem Anrufbeantworter auch noch Ritas Einladung zum Abendessen erwartet, scheint der Tag gar nicht mal so schlecht zu sein. Es gibt keinen besonderen Anlass für dieses Essen. Rita hat nur mal wieder viel zu viel eingekauft und beschlossen, lieber die Familie damit zu füttern als den Mülleimer. Aus Rücksicht auf meine knapp bemessene Schlafenszeit versammeln wir uns schon um sechs in ihrer Küche. Der Tisch ist nur für drei Personen gedeckt.

»Toni kommt nicht. Sie will in Ruhe packen. Die ist schon total aufgeregt.«

Rita schiebt die Gemüselasagne zurück in den Ofen.

»Die braucht noch ein paar Minuten.«

Das Beste am Essen bei Rita ist der Nachtisch. Sie hat immer Angst, dass jemand hungrig nach Hause gehen könnte. Deshalb gibt es hinterher meistens eine ihrer legendären Kuchenkreationen. Niemand ist nach einem Essen bei Rita jemals hungrig nach Hause gegangen.

Manu sitzt schon am Tisch und schenkt Wasser ein. Ich nehme den Stuhl daneben.

»Man hätte ja eigentlich auch Björn einladen können. Ist vielleicht noch ein bisschen früh für die Vorstellung bei der Familie, aber wäre doch nett gewesen.«

Rita plagt sofort das schlechte Gewissen.

»Daran hab ich gar nicht gedacht. Willst du ihn noch anrufen, Manu?«

Manu freut sich sichtlich über das Angebot, wiegelt aber ab.

»Der hätte eh keine Zeit gehabt. Der ist in Krefeld. Heute ist das dritte Viertelfinalspiel.«

Rita ist einigermaßen beeindruckt.

»Drei Spiele in fünf Tagen? Die Jungs müssen aber fit sein.«

»Vor allem jetzt in den Play-offs holen die echt das Letzte aus sich raus. Da wird kein Zentimeter Eis hergeschenkt.«

Manu hat schon wieder dieses Leuchten in den Augen. Frisch verliebt hin oder her, langsam nervt es.

»Manu, mal ehrlich. Du findest Eishockey doch nur wegen Björn toll, oder?«

Damit treffe ich zielsicher einen ganz wunden Punkt bei Manu. Eine ähnliche Diskussion hatten wir seinerzeit auch schon wegen Waldemar und Elvis. Erstaunlicherweise geht sie dieses Mal nicht direkt in die Luft.

»Ich bin bestimmt wegen Björn mit zum Spiel gegangen. Aber dann war ich einfach nur überwältigt von der Atmosphäre, dem Spiel und dem Gefühl, ein Teil davon zu sein. Weißt du, wie das ist, wenn vierzehntausend Leute um dich herum jubeln? Dazu kommt, dass die Haie der krasse Außenseiter waren. Wie die sich reingehängt haben, das hat einen einfach mitgerissen.«

Manu scheint aus der Waldemar-Debatte gelernt zu haben. Was sie da sagt, klingt erstaunlich schlüssig. Und trotzdem hat ihre Argumentation einen entscheidenden Haken.

»Du hast doch gar keine Ahnung von Eishockey. Wie willst du das überhaupt beurteilen?«

In diesem Moment mischt Rita sich vom Herd aus ein.

»Und du warst überhaupt nicht dabei. Wie willst du also beurteilen, ob es nicht genau so war, wie Manu sagt?«

Punkt für Rita. Wie ich es hasse, wenn sie Recht hat. Und mit dem Rückenwind haut Manu direkt noch mal drauf.

»Du bist nur neidisch, dass ich so ’n grandiosen Sonntag hatte und du nicht.«

Bin ich das? Ich glaube, ich kann mir nur beim besten Willen nicht vorstellen, was an ein paar Jungs auf Schlittschuhen, die hinter einem Puck herlaufen, so aufregend sein soll. So aufregend, dass Manu hier zwei Tage danach noch die Tränen der Begeisterung in die Augen steigen, wenn sie nur davon erzählt.

»Nein, Manu. Ich bin nicht neidisch. Ich versteh's nur einfach nicht.«

Rita holt die Lasagne aus dem Ofen, stellt sie auf den Tisch und setzt sich endlich zu uns. Und während sie die erste Runde auf unsere Teller verteilt, gibt's eine klare Ansage für den Rest des Abends.

»Ich will keinen Streit beim Essen. Lasst uns über irgendwas reden, worüber wir einer Meinung sind. Waren wir mit dem Thema Viggo Mortensen in ›Der Herr der Ringe‹ eigentlich schon durch?«

Toni ist ein extrem abergläubischer Mensch. Eine Eigenschaft, die mir persönlich vollkommen fern liegt. Ich hatte ihr angeboten, sie zum Flughafen zu bringen. Sie hatte darauf bestanden, dass wir mit ihrem Auto fahren. Das war ihr enorm wichtig. Welcher Aberglaube auch immer besagt, dass mit einem fremden Auto zum Flughafen gefahren zu werden Unglück bringt. Sei's drum.

»O Mann. Ich bin echt neidisch. Dreieinhalb Wochen raus hier.«

Toni kontrolliert zum dritten Mal, ob sie Flugticket und Reisepass dabei hat.

»Ja, aber es ist schon so, wie du gesagt hast. Wenn man nach Hause kommt, ist alles wieder genau wie vorher.«

Das tröstet mich irgendwie nur wenig. Zum Flughafen zu fahren, wenn man selbst nicht verreist, hat immer einen leicht faden Beigeschmack. Beim inzwischen vierten Blick in ihre Handtasche befördert Toni einen Zettel ans Tageslicht.

»Ich hab dir aufgeschrieben, wann ich wieder zurückkomme. Wäre toll, wenn du mich abholen kannst.«

»Ja, klar. Und falls ich nicht kann, holen Rita oder Manu dich ab. Das kriegen wir schon hin.«

»Meine Blumen habe ich Sonntag das letzte Mal gegossen. Wenn nicht morgen, dann sollten sie übermorgen wieder was kriegen.«

»Mach dir keine Sorgen. Ich lass sie schon nicht verdursten.«

Und der nächste Griff in ihre Handtasche. Wie nicht anders zu erwarten, befinden sich ihre Reiseunterlagen noch immer dort.

»Warum bist du denn so nervös?«

»Ich flieg halt nicht so gerne.«

»Vielleicht hättest du dann lieber an die Nordsee oder in den Schwarzwald fahren sollen.«

Toni lacht, während sie ihre Handtasche wieder schließt.

»Nein, ist schon gut. Ich hab heute Morgen alles so gemacht, wie ich es immer mache, bevor ich in ein Flugzeug steige.«

»Du hast was?«

»Na ja, den Kaffee heute Morgen aus meiner blauen Glückstasse getrunken, weiße Unterwäsche angezogen und den Stecker vom Fernseher rausgezogen und wieder reingesteckt.«

»Und was genau soll das bewirken?«

»Unglück abwenden.«

»Du glaubst im Ernst, das Unglück interessiert sich dafür, ob du den Stecker von deinem Fernseher rausziehst und wieder reinsteckst?«

»Bevor ich das allererste Mal in meinem Leben geflogen bin, hab ich das aus Versehen gemacht. Und das Flugzeug ist nicht abgestürzt. Seitdem hat es immer funktioniert.«

Das schlägt dem Fass jetzt allerdings den Boden aus.

Ich verkneife mir jeglichen weiteren Kommentar, denn es scheint ihr wirklich ernst damit zu sein. Wenn sie sich dadurch besser fühlt, soll sie von mir aus lila Unterwäsche anziehen und ihren Kaffee auf drei Tassen verteilen, bevor sie ihn trinkt. Die Verabschiedung fällt kurz und schmerzlos aus. Wir nehmen uns vor dem Terminaleingang in den Arm. Dann verschwindet Toni mit ihrem Koffer durch die Drehtür.

Zurück vom Flughafen, stelle ich ihren Volvo auf dem Parkplatz im Hinterhof ihres Wohnhauses ab und mache mich auf den Weg zur nahe gelegenen Haltestelle. Auf dem Bahnsteig tummeln sich jede Menge Menschen. Es ist Feierabendzeit an einem ganz normalen Mittwoch. Alle wollen nach Hause. Von hier bis zum Friesenplatz sind es nur vier Stationen. Das werde ich überleben. Um meinem Unterbewusstsein zu suggerieren, dass ich eh gleich wieder aussteige, bemühe ich mich gar nicht erst um einen Sitzplatz. In den gegenüberliegenden Zweierbänken neben mir nehmen ein Rentner im klassischen beigefarbenen Blouson, ein Schreibtischhengst im Anzug und ein höchstens vierzehnjähriger Junge mit gepiercter Augenbraue Platz. Den vierten Sitz nimmt eine Tageszeitung in Anspruch, die vermutlich ein Fahrgast liegen gelassen hat. Mehr um mich von den vielen Menschen um mich herum abzulenken, als aus tiefergehendem Interesse lese ich die Schlagzeile. »Haie beißen sich ins Halbfinale«, steht da in übertrieben großen Buchstaben. Und nur unwesentlich kleiner darunter: »4:2-Sieg gegen Krefeld.« Nicht nur ich scheine darauf aufmerksam geworden zu sein. Auch die drei Sitznachbarn der Zeitung haben die Meldung in diesem Moment zur Kenntnis genommen.

»Hätte ich nicht gedacht, dass wir das packen.« Der Teenager greift sich die Zeitung, um den ganzen Artikel zu lesen.

Als ob es das Selbstverständlichste von der Welt ist, eine Meinung dazu zu haben, wendet sich der Schreibtischhengst an den Rentner.

»Stimmt. Nicht nach dieser durchwachsenen Vorrunde. Mit Hängen und Würgen auf den letzten Drücker überhaupt noch in die Play-offs gekommen, und jetzt das. Nicht schlecht.«

»Hoffentlich war das nicht nur 'n Strohfeuer. Gegen wen geht's denn im Halbfinale?«

»Ist noch nicht raus. Aber ich sag, es werden die München Barons. Ich glaub nicht, dass die Augsburger die Serie noch mal drehen.«

»Die Barons? Na ja, gegen die haben wir wirklich keine Chance.«

»Wann kann McLlwain eigentlich wieder spielen?«

»Keine Ahnung. Aber so 'n Mittelfußbruch dauert.«

An dieser Stelle entbrennt eine lebhafte Diskussion zwischen den drei Sitznachbarn, die sich vermutlich noch nie zuvor in ihrem Leben gesehen haben. Aber es ist nicht nur so ein typisch kölsches, oberflächliches Geplänkel, was da abläuft. Das hier ist ein mehr als angeregtes Gespräch zwischen drei Menschen, die leidenschaftlichen Anteil am Schicksal eines Eishockeyclubs nehmen. Dabei sieht keiner von ihnen auch nur im Ansatz wie ein klassischer Fan aus. Ich werde wohl mein Stereotypen-Denken in diesem Zusammenhang über Bord werfen müssen. Ein Schlagwort jagt das nächste. Die letzte Meisterschaft ist schon so lange her. Aber der Spengler-Cup 99. Krupp. Draisaitl. Sikora. In den Achtzigern war alles besser. Udo Kießling. Gerd Truntschka. Ach was, die Achtziger! Die wirklich großen Zeiten waren mit Kühnhackl. Die Derbys gegen Düsseldorf. Oder der Peppi Heiss beim Kalinka tanzen. Wie konnte Didi Hegen nur zur DEG wechseln?

Und zwischendurch immer wieder diese Wir-Sätze. Was ist das bloß mit den Kölnern? Die drei könnten vermutlich noch Stunden zusammenhocken und in Erinnerungen schwelgen, wenn sie nicht am Rudolphplatz aussteigen würden und sich vermutlich in ihrem Leben nie wieder sehen werden. Ich bin echt beeindruckt. Nein, ich bin angefixt. Was ist dran an diesem Sport, dass sich Menschen so hineinsteigern können? War Manu am Ende nicht nur wegen Björn so glücklich, sondern hatte wirklich einen berauschenden Sonntagnachmittag beim Eishockey erlebt? Wie kann es sein, dass ich in Köln seit vier Jahren etwas so unglaublich Mitreißendes verpasse?

Ich lasse mich auf einen der Sitze fallen, schnappe mir die Zeitung und überfliege den Artikel.

Kampf und Einsatz prägten das Match. Dramatischer Schlussabschnitt. Tore von Liimatainen und Miner kippten die Partie zugunsten der Haie. Young eine Sekunde vor Schluss mit der Entscheidung. Wir freuen uns auf's Halbfinale – egal, wer der Gegner ist, sagte KEC-Kapitän Lüdemann nach dem Spiel.

Allein in diesem Artikel findet sich alles, woran es in meinem Leben so sehr mangelt: Dramatik, Leidenschaft, Begeisterung. In diesem Moment steht eines fest: Ich muss da hin. Ich muss das sehen. Ich will da dabei sein.

Halbfinale

Der Gründonnerstag schickt sich mit endlich milderen sechzehn Grad an, ein freundliches Osterwochenende einzuläuten. Als ich nach der Sendung um kurz vor neun das Studio verlasse, liegt eine schier unlösbare Aufgabe vor mir. Ich muss Achim irgendwie klar machen, dass ich heute früher gehen werde, um meine Wochenendeinkäufe für die kommenden vier Tage zu erledigen. Natürlich sind die Geschäfte am Samstag geöffnet, aber wer will schon an einem Ostersamstag in einen vollkommen überfüllten und ohnehin komplett geplünderten Supermarkt? Ich mit Sicherheit nicht.

Achim steht hinter seinem Schreibtisch, den Telefonhörer zwischen Kopf und Schulter eingeklemmt, und klopft die Papierstapel vor sich zu ordentlichen Stapeln zusammen. Er wirkt unruhig. Ich bleibe in der Tür seines Büros stehen und warte höflich das Ende des Telefonats ab. Er hat mich noch nicht bemerkt, als er den Hörer auflegt und seine Jacke von der Stuhllehne nimmt. Der scheint's ja eilig zu haben. Er erschrickt fast ein wenig, als er mich sieht, findet aber schnell seinen gewohnt gleichgültigen bis leicht genervten Ton.

»Was gibt's denn?«

»Ich wollte mich nur kurz abmelden. Werd mal eben einkaufen gehen und komm dann heute Nachmittag noch mal her, um für morgen vorzubereiten.«

In Erwartung eines überflüssigen, spitzen Kommentars

beobachte ich ihn dabei, wie er seine Jacke anzieht und nach seinem Schlüsselbund greift. Dass er so gar nichts sagt, nehme ich als Einverständnis. Er sucht hektisch seine Brieftasche. Sehr Achim-untypisch. Normalerweise bringt ihn nichts aus der Ruhe, den Herrn und Meister aller noch so vertrackten Situationen. Ich werde neugierig.

»Wo willst denn du so eilig hin?«

»Berlin.«

»Schon wieder? Da steckt doch 'ne Frau dahinter.«

Achim bringt so etwas wie ein Lächeln zustande.

»Nee. Mer schmeiße heut Abend die Eisbäre aus dem Wettbewerb. Des lass ich mir net entgehe.«

Ach ja, die Adler und die Eisbären. Da war doch was. Es macht Achim fast ein wenig menschlich, dass unter der abgezockten, kühlen Schale doch so was wie ein Herz schlägt. Aber eben auch nur fast.

»Is mir egal, wenn du shoppe gehst. Hauptsach, die Sendung für morgen steht.«

Ich trete einen Schritt zu Seite, um ihm den Weg durch die Tür freizumachen. Er stürmt an mir vorbei ohne ein Wort des Abschieds. So ist er eben. Marcel und Rainer sind ins Gespräch vertieft, als ich meine Jacke nehme und mich auf den Heimweg mache.

Einkaufslisten schreiben ist mir völlig zuwider. Meine planlosen Beutezüge durch den Supermarkt meines Vertrauens sind effektiv genug, um mich zwei Tage lang über Wasser zu halten. Für vier Tage sieht das schon ganz anders aus. Also schreibe ich eine Einkaufsliste. Zum Glück tritt dieser Ausnahmefall nur dreimal im Jahr ein. Weihnachten, Karneval und eben Ostern. Die Liste ist lang. Mein Kühlschrank und die Vorratskammer werden aller Voraussicht nach aus allen Nähten platzen, und Rita wird am

Ostermontag aus den bis dahin noch nicht verdorbenen Lebensmitteln wieder mal ein Vier-Gänge-Menü kochen müssen.

Als ich das Haus Richtung Supermarkt verlasse, ist es bereits kurz vor elf. Manu parkt gerade ihr Taxi. Unser Viertel hat schon etwas äußerst Dörfliches. Wie sonst ist es zu erklären, dass wir uns so oft über den Weg laufen? Manu überquert die Straße und ist mit ein paar Schritten bei mir.

»Hast du schon Feierabend oder hat Achim dich jetzt endgültig rausgeschmissen?«

»Sehr witzig. Nein, ich wollte gerade in den Supermarkt. Und du?«

»11 Uhr. Zweites Frühstück. Bin auf dem Weg zum Bäcker.«

Zweites Frühstück klingt ausgesprochen verlockend. Der Supermarkt kann warten. Kurzentschlossen begleite ich Manu in die Bäckerei an der Ecke. Der Laden ist winzig klein, aber enorm beliebt. Das helle Pling der Türglocke begleitet unseren Eintritt. Eine einsame Verkäuferin hinter dem Tresen arbeitet sukzessive die Kunden ab, die in einer Schlange bis zur Eingangstür stehen. Manu und ich reihen uns ebenfalls ein. Wir scheinen in die Zweites-Frühstück-Rush-Hour geraten zu sein, denn während ein Kunde seine Brötchen kauft, stellen sich bereits zwei neue hungrige Mäuler an. Da die Verkäuferin für jeden ein freundliches Wort und augenscheinlich auch die Zeit für ein kleines Schwätzchen hat, zieht die Warterei sich schier endlos hin. Wären die Croissants nicht so gut, würde man zweifelsohne eine andere Bäckerei vorziehen. Zumindest wenn man es eilig hat. Als der letzte Kunde vor uns in aller Ruhe sein Kleingeld aus dem Portemonnaie zusammensucht, ist die Schlange hinter uns auf ein gutes Dutzend angewachsen. Niemand reagiert mehr auf das erneute Pling der Türglocke, das die Ankunft eines weiteren Kunden anzeigt. Der ältere Herr vor uns nimmt endlich seine Brötchentüte und wendet sich zum Gehen. Ich mache einen Schritt nach vorne an den Tresen. Endlich. Als ich Manu fragen will, was sie haben möchte, steht sie immer noch wie angewurzelt einen Meter hinter mir. Mit halb offenem Mund folgt ihr Blick dem Mann, der als Letzter den Laden betreten hat und sich nun mit einem freundlichen Lächeln im Gesicht wie selbstverständlich seinen Weg an der Schlange vorbei zum Tresen bahnt und dort auch sofort bedient wird. Keiner der anwesenden Wartenden scheint darüber auch nur im Geringsten verwundert, geschweige denn verärgert zu sein. Ein Hauch von Ehrfurcht liegt in der Luft. Ich mache den Schritt zurück zu Manu und mustere den Mann aus nunmehr sicherer Entfernung. Verhältnismäßig groß, dunkelhaarig, gut gebaut, schlecht rasiert. Ich kann es nicht glauben.

»Mach den Mund wieder zu«, raune ich Manu ins Ohr. Sie folgt meiner Aufforderung augenblicklich. Das Leuchten in ihren Augen allerdings bleibt. Der Mann schlängelt sich mit seinem Einkauf unter dem Arm genauso geschmeidig wieder aus dem Laden, wie er ihn betreten hat. Pling. Getuschel macht sich unter den Anwesenden breit, das ich als leisen Ausdruck der Entrüstung interpretiere.

»Toll, Manu. Nur weil der Typ in dein Beuteschema passt, musst du ihn doch nicht gleich vorlassen.« Ich sage das im festen Glauben, den Menschen in der Schlange hinter uns aus der Seele zu sprechen. Manu sieht mich verständnislos an.

»Du weißt nicht, wer das war?«

»Sorry, ich kenne nicht so viele schlecht rasierte Männer wie du.«

Die Oma hinter uns hat unser Gespräch amüsiert mit angehört und meldet sich nun in typisch kölscher Manier ungefragt zu Wort.

»Das war der Mirko Lüdemann. Der ist Kapitän von unseren Haien. Sie sind wohl nicht von hier, was?«

So allmählich beschleicht mich wirklich das Gefühl, die letzten vier Jahre in einem Paralleluniversum verbracht zu haben. Durch das Schaufenster beobachte ich, wie der Kapitän »unserer« Haie zwei kleinen Jungs vor den Augen ihres stolzen Vaters Autogramme gibt, bevor er in sein Auto steigt und abfährt. Vermutlich kennt ihn ganz Köln. Nur ich nicht. Und natürlich macht es jetzt auch Sinn, dass er schlecht bis gar nicht rasiert war.

»Play-off-Bart, oder?«

Manu nickt und ist sehr stolz auf mich. Das ist sie immer, wenn ich mir mal was von dem merke, was sie erzählt.

Da Manu den entschieden besseren Milchkaffee macht als ich, findet das zweite Frühstück in ihrer Küche statt. Als wir fast synchron die ersten Stücke unserer Croissants in den Milchschaum tunken, ist sie immer noch ganz beeindruckt von der Begegnung mit einem ihrer neuen Helden.

»Schon irre, dass die Jungs einfach so in der Stadt rumlaufen wie jeder normale Mensch auch.«

»Manu?«

»Falls du jetzt schon wieder stänkern willst, lass es bitte.«

»Ich will nächstes Mal mit.«

»Ist klar. Und der Papst wird evangelisch. Hör auf, dich über mich lustig zu machen.«

»Das ist mein Ernst. Ich will mit zum nächsten Spiel.«

Manu traut dem Braten noch nicht so ganz. Sie mustert mich lange und eindringlich. Ihr Argwohn sitzt tief. Immer noch wartet sie darauf, dass ich das Ganze als verfrühten

Aprilscherz enttarne. Sie reißt noch eine Ecke von ihrem Croissant ab. Und dann machen sich Sorgenfalten auf ihrer Stirn breit.

»Geht's dir gut?«

»Ja, mir geht's total gut. Was soll die Frage? Ich will einfach nur mit zum nächsten Spiel. Was ist denn daran so schwer zu glauben?«

»Ich dachte, du findest Eishockey total blöd.«

Natürlich denkt sie das. Sie war nicht mit in der U-Bahn, und sie hat nicht gesehen, wie Achim wegen seiner Adler kurzfristig zu einem Menschen mutiert ist. Aber noch bevor ich zu einer Erklärung ausholen kann, nimmt Manu die Fakten, wie sie sind.

»Die Rita hat auch schon gesagt, dass sie mitwill. Ich guck nachher mal ins Internet, wann das erste Halbfinalspiel in Köln ist. Das wird großartig! Aber sag mal, du bist sicher, dass du in eine Halle willst, in die achtzehntausend Leute passen?«

Daran habe ich gar nicht gedacht. Allein die Zahl sorgt bei mir für ein ungutes Gefühl in der Magengegend. Vor meinem geistigen Auge erscheint eine Pro-und-Kontra-Liste. Auf der Kontra-Seite stehen mit großem Gewicht die Achtzehntausend. Aber auf der Pro-Seite finden sich drei viel gewichtigere Dinge: Dramatik, Leidenschaft, Begeisterung. Also Schluss mit dem Rumgememme.

Wie jedes Jahr ist die Morningshow auch an diesem Karfreitag wieder ein einziger Staumeldungsmarathon. Ich empfinde ehrliches Mitleid für die vielen Eltern, die mit ihren quengelnden Kindern auf dem Rücksitz in einer der zahllosen Blechkolonnen stehen. Das braucht kein Mensch. Aber sie tun es ja alle freiwillig.

Voller Vorfreude auf das bevorstehende Wochenende packe ich um drei Uhr nachmittags meine Siebensachen zusammen und verabschiede mich von den Kollegen. Quasi im Gehen bekomme ich mit, dass Marcel mit Achim telefoniert. Ich warte also noch, falls mein Chef irgendwelche außergewöhnlichen Instruktionen für die kommende Woche loswerden möchte. Marcel grinst vor sich hin, während er in den Hörer lauscht. Die Minuten verstreichen. Nach einer kurzen und fröhlichen Verabschiedung legt er schließlich auf. Erwartungsvoll sehe ich Marcel an.

»Und? Will er noch was?«

Marcel grinst immer noch.

»Der will grad mal gar nichts.«

»Was hat er denn gesagt?«

»Dass er in einem zwanzig Kilometer langen Stau vor Helmstedt steht und dass die Adler Mannheim den Einzug ins Halbfinale geschafft haben.«

»Um dir das zu sagen, telefoniert ihr so lange?«

»Er hat mir das ganze Spiel erzählt.«

Für einen kurzen Moment denke ich darüber nach, was wohl passieren würde, wenn ich Manu und Achim miteinander bekannt mache. Zwei Menschen, die sich mit Händen und Füßen gegenseitig Eishockeymatches vorspielen. Das wäre bestimmt lustig, würde ich Manu aber natürlich niemals antun.

Gefühlsmäßig beginnt das Wochenende für mich immer exakt in dem Moment, in dem ich den Sender verlasse. Sobald die Tür hinter mir ins Schloss fällt, hab ich frei. Zumindest so lange, bis jemand am Samstag oder Sonntag anruft, um ein Meeting einzuberufen. Da aber die Ostertage anstehen, werden sich die spontanen Änderungen für die kommende Woche voraussichtlich in Grenzen halten. Das

Allerbeste an Ostern ist allerdings, dass ich erst am Dienstag wieder arbeiten muss. Der Montag fällt noch unter Feiertagsprogramm und wird von den Kollegen gefahren, die auch das Wochenende gestalten. Drei Tage frei. Unbeschreiblich.

An meiner Wohnungstür empfängt mich ein Zettel, den Manu hier hingeklebt haben muss.

Erstes Halbfinalspiel in München am Ostermontag, zweites Halbfinalspiel in der Kölnarena am Mittwoch, sollten morgen früh Karten kaufen gehen.

Also schon wieder an einem Samstagmorgen in die Innenstadt. Aus der Abteilung »Dinge, die sich niemals ändern werden«. Was soll's. Außerdem steht jetzt erst mal die Planung des heutigen Abends an. Weil Karfreitag ist, sind ausgelassene, lautstarke Vergnügungen absolut unangemessen und außerdem im erzkatholischen Köln unmöglich.

Rita und ich landen fast zwangsläufig in dem Billardsalon, den wir normalerweise nur aufsuchen, wenn eine von uns Liebeskummer hat. Wenn wir Pool spielen, geht es nicht darum, wer gewinnt. Es geht um das Gespräch nebenbei. Da in diesem Salon fast nie andere Frauen sind, kann man sich ungestört über Männer unterhalten, ohne sich vor Vertretern des eigenen Geschlechts irgendwelche Blößen geben zu müssen. Außerdem hat das Versenken der Kugeln fast etwas Meditatives. Billard mit Rita heißt natürlich nach amerikanischen Regeln spielen. Kugel und Tasche werden angesagt. Kein Schnickschnack von wegen die Acht ins gegenüberliegende Loch oder Ähnliches. *Straight and plain.* Ich komme gerade mit unseren Kölsch vom Tresen zurück, als Rita beim Anstoß direkt eine »Solid« versenkt. Den Anstoß überlasse ich immer ihr, da sich bei mir die fünfzehn bunten Kugeln selten mehr als einen Zentimeter auseinander bewegen – was den weiteren Spielverlauf natürlich eher zäh gestaltet. Ich stelle unser Bier auf dem Stehtisch ab, nehme ein Queue aus der Halterung an der Wand und beginne, die Spitze zu kreiden. Rita ist weiterhin am Zug.

»Die Zwei ins Mittelloch. Wie kommt's eigentlich, dass du mit zum Eishockey gehst?«

Die blaue Kugel verschwindet exakt in der angesagten Tasche.

»Ich glaube, ich muss rauskriegen, was die Leute daran so fasziniert.«

»Die Fünf oben rechts. Du meinst, was Manu daran so fasziniert.«

Wieder ein präziser Treffer.

»Nicht nur Manu. Irgendwie scheint es ja die ganze Stadt gepackt zu haben.«

»Die Sechs auch oben rechts über Vorbande. Gegen wen spielen die Haie überhaupt?«

Die Jungs am Nebentisch machen halblaut Witze über Ritas Ansagen, während sie davon ungerührt mit traumwandlerischer Sicherheit auch diesen Ball versenkt.

»Gegen die München Barons. Das sind die, von denen Manus Björn sagt, dass sie Deutscher Meister werden.«

»Die Drei unten links. Na toll. Dann gehen wir da also am Mittwoch hin, um den Haien beim Verlieren zuzugucken?«

Die rote Kugel klappert in der Tasche hin und her, um dann knapp vor der Kante liegen zu bleiben. Rita und ich tauschen die Plätze. Auf einer ersten Kontrollrunde um den Tisch begutachte ich die Positionen meiner »Stripes«, bevor ich meinen ersten Stoß festlege.

»Na ja, soweit ich weiß, hieß es vor dem Viertelfinale auch, dass wir keine Chance gegen die Krefeld Pinguine haben. Die Zwölf oben rechts.«

Rita verschluckt sich fast an ihrem Kölsch.

»Was hast du gesagt?«

»Die Zwölf oben rechts.«

»Nein, davor!«

»Es hieß vor dem Viertelfinale, dass wir keine Chance gegen Krefeld haben.«

Die Zwölf verabschiedet sich mit einem deftigen Knall in die Ecktasche. Rita kichert vor sich hin und kriegt sich kaum wieder ein.

»Du hast ›wir‹ gesagt!«

»Hab ich nicht. Die Zehn ins Mittelloch.«

»Hast du wohl!«

Die Kugel prallt an der Taschenecke ab und läuft in das gegenüberliegende Mittelloch.

»Mist. Wenn ich das gesagt habe, dann ist es mir aus Versehen rausgerutscht. Außerdem sagen alle ›wir‹.«

Rita grinst übers ganze Gesicht, als sie sich die Situation auf dem Tisch ansieht.

»Soso, das sagen also alle. Jetzt endgültig die Drei unten links.«

»Ja, wirklich alle! Die Kölner zumindest. Wenn Achim ›wir‹ sagt, dann meint er zurzeit natürlich seine Adler Mannheim.«

»Dann meint er wen? Die Sieben unten rechts.«

»Seine Adler Mannheim. Die haben die Eisbären aus Berlin besiegt und stehen auch im Halbfinale.«

Rita lässt ihr Queue sinken, stützt sich auf den Tischrand und schaut mich unter der tiefhängenden Lampe hindurch an.

»Wird das ein Manu-Syndrom?«

»Wie meinst du das?«

»Findest du Eishockey jetzt toll, weil Achim Eishockey toll findet?«

»*There'll be a cold day in hell!* Natürlich nicht! Aber du müsstest ihn zurzeit mal erleben. Für seine Verhältnisse extrem oft gut gelaunt und sogar einigermaßen kommunikativ. Er spricht in ganzen Sätzen mit mir!«

»Wegen seiner Adler Mannheim?«

»Sieht so aus.«

»Kaum zu glauben nach allem, was du sonst so von ihm erzählst.«

Rita peilt erneut die Sieben an und befördert sie gnadenlos in die Tasche.

»Nicht dass wir Achim jetzt auf einmal nett finden müssen.«

»Keine Sorge. Ein unerträglicher Despot ist er trotzdem noch.«

»Die Vier ins Mittelloch. Ich bin jedenfalls total gespannt auf Mittwoch. Gehst du mit Manu morgen die Karten holen?«

»Ich fürchte, ja. Hurra, mal wieder ein Samstagsausflug in die Stadt. Bist du morgen im Geschäft?«

»Ja, bin ich. Kommt doch auf 'nen Kaffee vorbei. Die Acht oben links.«

Mit viel Gefühl getroffen, macht sich die schwarze Kugel auf den Weg in die angesagte Ecke und verschwindet auch darin. Die Partie ist beendet. Rita legt ihr Queue auf den Tisch.

»Baust du wieder auf? Dann hol ich uns noch zwei Kölsch.«

Sie marschiert Richtung Tresen, während ich einen Blick auf meine verbliebenen sechs Kugeln werfe, die sich regungslos im Schein der Lampe auf dem grünen Filz sonnen. Die Jungs vom Nebentisch haben ein mitleidiges Lächeln für mich übrig. Die wissen natürlich nicht, dass es bei uns nicht ums Gewinnen geht. Ein gutes Gespräch mit einer guten Freundin bei einem guten Kölsch, was zählt im Vergleich dazu ein schnöder Sieg? Ganz einfach: alles! Rita kann sich warm anziehen. Aber das ahnt sie noch nicht, als sie mit unserem Bier vom Tresen zurück an den Tisch kommt.

»Acht zu zwei?« Manu bricht in schallendes Gelächter aus. »Sie hat dich acht zu zwei geputzt? Mist, und ich war nicht dabei!«

»Geht's noch ein bisschen lauter? In der Südstadt haben sie dich noch nicht gehört.« Zum Glück sind erst wenige Passanten in der Fußgängerzone unterwegs, die meiner Schmach und Manus Heiterkeitsausbruch beiwohnen. Es ist erst Viertel vor zehn an diesem kühlen Samstagmorgen. Natürlich ist Billard immer auch eine Frage der Tagesform, aber normalerweise lasse ich mir am Pooltisch nicht die Butter vom Brot nehmen. Rita hat meinen Sturz vom Thron augenscheinlich von langer Hand vorbereitet und heimlich trainiert. Anders ist das Debakel von gestern Abend nicht zu erklären. Aber warum um alles in der Welt habe ich es Manu erzählt? War doch klar, dass sie sich darüber lustig macht. Zähneknirschend stapfe ich neben ihr her, bis wir um kurz nach zehn die Kartenvorverkaufsstelle erreichen. Obwohl der Laden erst vor wenigen Minuten geöffnet wurde, hat sich vor dem Tresen bereits eine beachtliche Schlange gesammelt. Ein buntes Potpourri aller Alters- und Gesellschaftsschichten reiht sich hier auf. Manu bleibt ihr Lachen abrupt im Halse stecken. Auch die beiden Jungs hinter dem Tresen hat die gute Laune bereits verlassen. Hier wird höflich, aber bestimmt abgefertigt. Auf ihre Kundschaft scheint das allerdings nicht abzufärben. Wer auch immer mit seinen Tickets in der Hand den Laden verlässt, tut es mit einem fröhlichen Lächeln im Gesicht.

»Ob die alle zum Eishockey wollen?« Manu ist ernsthaft verwundert.

»Na ja, nach dem klassischen Britney-Spears-Konzertpublikum sieht das hier nicht gerade aus.«

Als wir endlich an der Reihe sind, werden wir auf die gleiche unmotivierte Weise bedient wie alle anderen auch. Anstelle einer Begrüßung oder zumindest eines flüchtigen Blickkontakts geht es direkt zur Sache.

»Welcher Block?« Der junge Mann sieht nicht mal von seinem Monitor auf.

»Was hat er gesagt?« fragt Manu mich flüsternd. Ich zucke hilflos mit den Schultern. Damit erreichen wir zumindest, dass er uns nun doch ansieht.

»Ober- oder Unterrang? Sitz- oder Stehplatz?«

Manu und ich sind vollkommen überfordert. Er runzelt die Stirn.

»Sie wollen doch zum Haie-Spiel, oder?«

»Ja, schon. Aber ich war erst ein einziges Mal beim Eishockey in der Kölnarena. Keine Ahnung, wo da welcher Block ist.«

Er wirft einen nervösen Blick auf die Schlange hinter uns. Man sieht ihm deutlich an, dass er einen Weg sucht, um dieses Verkaufsgespräch so kurz wie möglich zu halten. Ich versuche, ihm zu helfen:

»Welches sind denn die besten Plätze?«

»Die Mittelblöcke an den Längsseiten. Da sind Sie dicht dran und sehen alles.«

»Ist das weit weg von der Nordkurve? Da war ich nämlich letztes Mal.«

»Manu! Natürlich ist das weit weg von der Nordkurve. Er sagte Längsseiten. Wir nehmen da drei Karten, wo Sie sagen.«

Damit betrachte ich das Problem als gelöst. Nur der junge Mann ist mit dieser Order noch nicht zufrieden:

»Hinter den Spielerbänken in Block 205 oder 206 oder hinter den Strafbänken in Block 215 oder 216?«

Ich sehe Manu hilfesuchend an. Auch sie sucht nach einer schnellen Antwort:

»216 klingt doch nett. So fing mal eine alte Telefonnummer von mir an.«

Die Telefonnummerngeschichte kriegt er schon gar nicht mehr mit. Seine Finger rasen über die Tastatur des Terminals.

»Drei Karten, sagten Sie? Da kann ich Ihnen noch in der vierten Reihe die Plätze sechs bis acht anbieten.«

»Sind die gut?« Ich stelle die Frage auch auf die Gefahr hin, dass ihm gleich mit unabsehbaren Folgen der Geduldsfaden reißt. Zu meiner Überraschung bringt er aber tatsächlich ein Lächeln zustande und antwortet mir mit ruhiger und gar nicht mehr ungehaltener Stimme:

»Ja, die sind gut. Meine Eltern sitzen auch immer in dem Block.«

Wir tauschen Geld gegen Tickets. Beim Verlassen des Geschäfts haben wir das gleiche fröhliche Lächeln im Gesicht wie all die anderen Kunden vor uns. In meinem Bauch macht sich ein leises Kribbeln bemerkbar. Das hat es lange nicht mehr gegeben. Eine gelungene Mischung aus Vorfreude und Aufregung. Mein erstes Eishockeyspiel. Manu reißt mich aus meinen Gedanken.

»Wollen wir noch was unternehmen?«

»Wir könnten 'ne Partie Pool spielen.«

»Pool? Gegen dich? Ich brauch Gegner, keine Opfer. Lass uns zu Rita gehen und 'n Kaffee trinken.«

Ohne eine Antwort abzuwarten, stiefelt sie los.

Das Klingeln des Telefons holt mich aus der Tiefschlafphase. Mit geschlossenen Augen wanke ich zum Schreibtisch und nehme den Hörer ab. Es ist Marcel.

»Wo bleibst du? Es ist halb sechs!«

Dank des einsetzenden Adrenalinschubs überspringe ich das eigentliche Aufwachen und werde stattdessen direkt in einen Zustand höchster Panik katapultiert. Schlagartig realisiere ich, dass heute Dienstag ist und in dreißig Minuten die Sendung anfängt.

»Ich bin unterwegs!«

Der Versuch, meiner Stimme einen wachen und fröhlichen Unterton beizumischen, scheitert kläglich. Zugegebenermaßen bin ich gestern Abend mit den Mädels versackt. Das passiert schon mal. Aber das hat mich noch nie daran gehindert, am nächsten Morgen dem Ruf meines Weckers Folge zu leisten und zwar müde, aber zumindest rechtzeitig im Sender anzutreten. Mir bleibt jetzt gerade allerdings keine Zeit, mich darüber zu wundern. Im Tiefflug geht es zur Katzenwäsche ins Bad. Dann werfe ich mich in die Klamotten vom Vortag, um nicht über ein neues Outfit nachdenken zu müssen. Die Strecke zu meinem Auto lege ich in Rekordgeschwindigkeit zurück, überfahre auf dem Weg zum Sender zwei rote Ampeln und durchbreche beinahe die Schranke an der Tiefgarageneinfahrt, weil sie sich ausgerechnet heute scheinbar in Zeitlupe hebt. Als ich um sieben Minuten vor sechs bei Marcel und Rainer im Newsraum ankomme, stelle ich fest, dass ich immer noch nicht bei vollem Bewusstsein bin. Rainer drückt mir grinsend eine Tasse Kaffee in die Hand.

»Dass ich das noch erleben darf! Du und verschlafen!«

Marcel schiebt mir einen Stapel Papier über den Schreibtisch.

»Ich hab deine Moderationen schon durchgesehen. Geht auch alles soweit ganz geschmeidig mit den O-Tönen zusammen. Hör aber besser noch mal rein. Hast ja noch ein paar Minuten Zeit.«

Es zeigt sich, was ein gut eingespieltes Team ausmacht. Die Moderationen sind von Marcel bereits mit kleinen handschriftlichen Anmerkungen versehen, die den geschriebenen Text zu einem für mein Mundwerk sprechbaren machen. Im Studio entdecke ich auf dem Monitor, dass einer meiner lieben Kollegen schon die genauen Startzeiten vor die Musiktitel und Zuspieler eingetragen hat – alles Dinge, die ich normalerweise selbst vor der Sendung erledige. Ich könnte die Jungs küssen. Das werde ich allerdings auf später verschieben müssen, denn die Uhr über dem Pult tickt unerbittlich dem Beginn der Sendung entgegen. Trailer abfahren, Mikro auf, Regler hoch, Luft holen, los geht's.

»Guten Morgen, Köln! Es ist vier Minuten nach sechs. Hier ist Radio Köln 107,1, Hallo Wach mit Nicola Brinkmann. Der Tag geht los, also raus aus den Federn mit der besten Musik im Supermix. Hier sind George Michael und Elton John mit ›Don't let the sun go down on me‹.«

Regler runter, Mikro aus. Ein großartiger Titel. Und zum Glück auch ziemlich lang. Er verschafft mir gute viereinhalb Minuten, um in die O-Töne zu hören und die Übergänge zu meinen Moderationen zu checken. Schon bin ich wieder in meinem Element. Es kostet mich zweieinhalb Minuten, die Beiträge anzuhören und festzustellen, dass Marcel erstklassige Arbeit geleistet hat. Ich drehe die Lautsprecher auf, um das Finale des Songs in angemessener Lautstärke zu genießen. Die Hektik ist vergessen. Die Sendung läuft. Der Flow hat eingesetzt. Der Tag geht wirklich los. Wie immer nimmt Marcel um kurz vor halb sieben seinen Platz hinter dem zweiten Mikro neben mir ein, um die aktuellen Meldungen zu verlesen. Ich fahre das Intro ab.

»Die Nachrichten um sechs Uhr dreißig mit Marcel Brandt. Guten Morgen!«

Während Marcel von Reiselawinen gen Süden und Ostermärschen berichtet, überprüfe ich die Staumeldungen. Zu dieser frühen Stunde ist es zum Glück noch ruhig auf den Straßen der Stadt. Der Berufsverkehr wird erst später so richtig zuschlagen. Für den Moment bleibt mir die zungenbrecherische Aufzählung von Autobahnkreuzen und Anschlussstellen noch erspart. Erleichtert darüber lausche ich der letzten Meldung von Marcel, während unser Wetterfrosch Rainer sich zu uns gesellt.

»Die Kölner Haie sind mit einer Niederlage in die Halbfinalserie der diesjährigen Play-offs gestartet.«

Haie? Halbfinalserie? Dass die Jungs gespielt haben, ist mir bei dem weinseligen Abend mit den Mädels gestern echt durchgerutscht. Nicht mal Manu hat dran gedacht. Aber Moment mal, Niederlage?

»Der KEC verlor am Abend vor knapp dreitausendneunhundert Zuschauern im Münchner Olympia-Eisstadion mit eins zu zwei gegen die München Barons.«

Niederlage.

»Die Führung der Haie durch Millen konnten die Gastgeber durch Herter bereits zwei Minuten später in Überzahl ausgleichen. Der zweite Powerplay-Treffer durch Wheeldon zu Beginn des zweiten Abschnitts entschied das Spiel zugunsten der Münchner. ›Wir sind trotz des Rückstands nicht in Hektik verfallen. Zudem haben wir im letzten Drittel ordentlich Biss gezeigt. Das nehmen wir als Positives mit aus diesem Spiel‹, sagte Haie-Trainer Rich Chernomaz nach der Partie. Am Mittwoch treffen beide Teams zum zweiten

Halbfinalspiel in der Kölnarena aufeinander. Erstes Bully ist um 19 Uhr. Das waren die Nachrichten mit Marcel Brandt.«

Ich bin ernsthaft irritiert. Das Gefühl erinnert mich stark an das, was sich nach meiner Niederlage beim Poolbillard gegen Rita in meinem Bauch breit gemacht hat. Ich sehe von Marcel zu Rainer, der mich mit großen Augen anstarrt und panisch auf die Tasten und Regler vor mir deutet. Mit einem hektischen Knopfdruck starte ich im letzten Moment den Unterleger für die Wettervorhersage. Sogar eine spontane Überleitung bringe ich noch zusammen:

»Ob die Sonne heute auch ordentlich Biss hat, weiß unser Wettermann Rainer Düren.«

»O ja, Biss hat sie!« Er zwinkert mir grinsend zu, während er fortfährt. »Sogar so viel Biss, dass sich heute erst gar keine Wolken an den Kölner Himmel trauen. Deswegen erreichen die Temperaturen im Laufe des Tages auch angenehme 21 Grad. Zurzeit liegen sie bei uns im Mediapark noch bei 10 Grad.«

Marcel wartet, bis Rainer fertig ist und der nächste Titel läuft.

»Sag mal, was hat dich denn gerade so aus der Fassung gebracht?«

»Ich wusste nicht, dass wir gestern Abend verloren haben.«

Ist mir da etwa gerade schon wieder ein »wir« rausgerutscht? Marcel scheint sich darüber aber nicht zu wundern. Er knüllt die Seiten mit den Meldungen zusammen und entsorgt sie in bestem Basketballerstil zielsicher im Papierkorb in der Ecke des Studios.

»Das war ja nun wirklich keine Überraschung.«

Auch Rainer betrachtet die Niederlage ziemlich nüchtern.

»Gegen die Barons haben wir schon ewig nicht mehr gewonnen. Die haben einen Boris Rousson im Tor. An dem musst du erst mal vorbei.«

»Und wenn ein Plante, Douris oder Kennedy auflaufen, dann muss man jederzeit damit rechnen, dass die ’n Tor machen.«

»Selbst die Verteidiger. Ich sag nur, Schneider und Peacock. Bin echt gespannt, ob wir am Mittwoch wenigstens mal wieder ein Tor zu Hause gegen die Truppe schießen. Ach, egal. Überhaupt im Halbfinale zu stehen ist schon cool.«

Die Jungs scheinen völlig vergessen zu haben, dass ich auch noch da bin. In ihre Fachsimpeleien vertieft, verkrümeln sie sich zurück nach nebenan in den Newsraum. Durch das Fenster sehe ich sie immer noch mit ernsten Mienen diskutieren.

Warum auch immer es mir nicht egal ist, dass der KEC dieses Spiel verloren hat, kann ich selbst nicht erklären. Es ist mir aber ganz und gar nicht egal. Mir bleibt gerade keine Zeit, mich über mich selbst zu wundern. Vielleicht war es einfach nur ein bisschen hart, es so zu erfahren. Der blinkende rote Balken auf meinem Monitor macht mich darauf aufmerksam, dass die letzten zehn Sekunden des laufenden Titels angebrochen sind. Während ich den nächsten Song starte, überlege ich kurz, wie es ein paar von Franks Grippeviren heute noch zu den Herren Rousson, Plante, Douris und Co schaffen könnten. Das würde bestimmt für morgen Abend helfen. Aber jetzt ist erst mal volle Konzentration auf die Sendung angesagt.

Die Kleiderordnung in der U-Bahn ändert sich von Station zu Station. Fahrgäste mit grauen, braunen und blauen Jacken werden bei jedem Halt durch Haie-Fans in rot-weißen

Trikots ersetzt. Als Rita, Manu und ich an der Kölnarena mit allen anderen aussteigen, sind wir fast die letzten Zivilisten. Manu hat wenigstens ihren Haie-Schal dabei. Die Luft ist angenehm warm. Wir lassen uns von dem Menschenstrom mit in Richtung Arena treiben. Der gigantische Stahlbogen, der sich imposant über das Dach spannt, ist neben Dom und Fernsehturm ein fester Bestandteil der Kölner Skyline. Aus der Nähe sehe ich ihn jetzt allerdings zum ersten Mal. Das Kribbeln in meinem Bauch setzt wieder ein. So viele Menschen. Ich versuche, die möglichen Parallelen zwischen den Pilgerfahrten nach Mekka und den Tausenden Eishockeytempelbesuchern um uns herum aus meinem Kopf zu verdrängen. Die Glasfassaden der Arena reichen von außen sichtbar über drei Ebenen bis unter das Dach. Auch auf den Gängen und Treppen rot-weißes Gewusel.

Als ich dem Ordner am Eingang meine Karte hinhalte, ist eine Ecke durch meine schweißnassen Hände schon ein bisschen aufgeweicht. Wie unsagbar peinlich. Er stört sich aber augenscheinlich nicht daran, wirft noch einen Blick auf den Inhalt meiner Handtasche und winkt mich dann mit einem »Viel Spaß!« durch. Auch Manu und Rita passieren die Kontrolle, und schon stehen wir auf dem Gang der Unterrangebene. Bier-, Bratwurst- und Eisstände so weit das Auge reicht.

»Ist wie bei Rita. Verhungern muss hier keiner.« Manu faltet ihre Eintrittskarte zusammen und deponiert sie in ihrer Gesäßtasche. Rita hört allerdings gerade gar nicht zu. Auf den Hinweisschildern macht sie unseren Block aus.

»Der Eingang ist direkt da drüben.«

Auf dem Weg zu der weit offenen Doppeltür schlängeln wir uns hintereinander durch kleinere und größere Grüppchen von Haie-Fans. Es gibt vor dem Spiel anscheinend noch eine Menge zu besprechen. Vermutlich geht es um Rousson, Douris und Plante. Ich höre zwar nicht, was sie sagen, aber allein ihre Gesichter sprechen Bände. Da findet sich von gelöster Fröhlichkeit bis zu nervöser Anspannung fast die komplette Bandbreite menschlicher Emotionen. Wobei die nervöse Anspannung definitiv den überwiegenden Anteil ausmacht.

Als wir aus dem hell erleuchteten Gang das Innere der Arena betreten, müssen meine Augen sich erst an das Halbdunkel gewöhnen. Die Dimension des Innenraums erinnert mich spontan an den Circus Maximus in Rom. Einfach nur riesig. Ich stehe mit großen Augen da wie ein kleines Kind vorm Weihnachtsbaum. Kölsche Karnevalsmusik schallt durch die Halle. Die Eisfläche reflektiert das wenige Licht in fahlem Weiß. Von der Mitte der Hallendecke hängt ein riesiger Würfel herab, an dessen Seiten auf Videoleinwänden Ankündigungen für kommende Veranstaltungen in der Kölnarena eingeblendet werden. Manu übernimmt die Führung und macht sich auf den Weg die Treppe hinunter und entlang bereits gut gefüllter Ränge. Wir erreichen unsere Plätze genau in dem Moment, als die Stimme des Hallensprechers die Musik ablöst.

»Tach auch, und herzlich willkommen hier in der Kölnarena zum zweiten Play-off-Halbfinalspiel der Kölner Haie gegen die München Barons!«

Von der linken Seite werden Haie-Sprechchöre laut. Manu stupst mich an und deutet in die Richtung, aus der die Gesänge kommen.

»Das ist die Nordkurve. Da steht Björn heute auch wieder. Ich muss den in der Pause nachher mal suchen gehen.«

Die rechte Seite der Halle stimmt mit ein, während der Hallensprecher fortfährt.

»Die Barons haben auch einige Fans mitgebracht. Auch die begrüßen wir natürlich herzlich.«

Im Oberrang werden weiß-blaue Fahnen geschwenkt, begleitet vom kraftvollen Klang einiger Trommeln. Da sitzen also die Münchner.

»Und hier ist die Mannschaftsaufstellung der München Barons.«

Das einsetzende Pfeifkonzert von den Rängen ist so laut, dass man kein einziges Wort des Hallensprechers mehr versteht. Die Sympathien sind hier glasklar verteilt. Für die Barons gibt es keine. Es dauert ein paar Minuten, bis alle Spieler aufgezählt sind. Das Pfeifen lässt allerdings erst nach, als auch der letzte Name von den Leinwänden auf dem Videowürfel verschwunden ist.

»... Schiedsrichter der heutigen Partie ist Gerhard Müller. Seine Linesmen Peter Gerharz und Wolfgang Lindlar.«

Die Letztgenannten betreten in diesem Moment in schwarzen Hosen und schwarz-weiß gestreiften Hemden das Eis. Ein riesiger, aufblasbarer Hai, dessen weit aufgerissenes Maul ein mehr als mannshohes Tor am Rand der Eisfläche bildet, schaut den drei Unparteiischen bei ihren Einlaufrunden zu. Die Halle ist jetzt komplett dunkel. Zur Filmmusik von Steven Spielbergs ›Der weiße Hai‹ schwimmt auf dem Videowürfel ein ebensolches Tier mit entblößten Zähnen auf den Betrachter zu. Wie auf Kommando werden überall im Publikum Wunderkerzen entzündet, die die ganze Halle in ein funkelndes Lichtermeer verwandeln. Sitzen, gucken, staunen. Mehr geht gerade nicht. Wie Weihnachten eben. Ich sehe meine Mädels neben mir an und bin mir sicher, dass bei den beiden gerade genau das Gleiche passiert. Die Musik erreicht ihren dramatischen Höhepunkt, als der Hallensprecher wieder übernimmt:

»Radio Köln 107,1 präsentiert die Mannschaft der Kölner ...«

»... Haie!«, schallt es von den Rängen zurück.

Ich entdecke Gänsehaut auf meinen Armen. Manu hat schon wieder Tränen in den Augen. Die ersten Klänge des guten alten ›Highway to Hell‹ von AC/DC dröhnen aus den Lautsprechern. Auch der Hallensprecher legt noch mal ein Pfund zu:

»Im Tor mit der Nummer einunddreißig: Chris ...«

»... Rogles!«, kommt unisono die Antwort aus Tausenden von Kehlen. Und genau dieser Chris Rogles fährt vom Spot eines Scheinwerfers verfolgt aus dem Haimaul auf das Eis.

»Und mit der Nummer zweiunddreißig: Dimitri ...«

»... Pätzold!«

Ein weiterer Scheinwerferspot begleitet auch seinen Auftritt. Was muss das für ein Gefühl für einen Spieler sein, so empfangen zu werden?

»In der Verteidigung mit der Nummer sieben: Petri ...«

»... Liimatainen!«

Was muss das für ein Gefühl für einen Fan sein, alle Spielernamen zu kennen und sie so empfangen zu können?

»Und mit der Nummer zwölf unser Kapitän Mirko ...«

»... Lüdemann!«, brülle ich zusammen mit Manu und dem restlichen Publikum, so laut es die Stimmbänder hergeben. Es fühlt sich verdammt gut an. Vor allem löst es in diesem Moment eine Anspannung, von der ich bis eben gar nicht wusste, dass sie vorhanden ist. Da aber außer dem Kapitän unserer Haie niemand von den Spielern in meiner Stammbäckerei eingekauft hat, muss ich die Begrüßung der anderen Akteure wohl oder übel dem restlichen Publikum überlassen.

»Mit der Nummer sechzehn: Toni ...«

»... Porkka!«

Das Licht in der Halle geht erst an, als die komplette Mannschaft in ihren weißen Trikots auf dem Eis steht. Erstaunlicherweise sehen die Dinger an den Spielern überhaupt nicht wie Nachthemden aus. Während ich besorgt feststelle, dass der Trainer der Haie nicht mal den Ansatz eines Play-off-Barts trägt, betritt unter den gellenden Pfiffen des Publikums das Team der München Barons die Eisfläche. Ich bin einen kurzen Moment lang entsetzt. Die Kombination aus blau, lila und orange auf ihren Trikots erinnert mich stark an die Bademodenkollektion für ältere Semester. Toni hätte ihre helle Freude daran.

Während beide Mannschaften sich nach einer kurzen gegenseitigen Begrüßung jeweils um ihren Torwart versammeln, macht sich in der Reihe hinter uns Unruhe breit:

»Da fehlt doch der Sundblad.«

»Ja, und Boos und Renz auch.«

»Als ob es nicht schon reicht, dass Mayr und McLlwain ausfallen.«

Da sitzt mir also der geballte Pessimismus im Nacken. Ich versuche, mich nicht anstecken zu lassen. Aber als bis auf jeweils fünf Spieler plus Torwart alle anderen das Eis verlassen, fällt sogar mir auf, dass die Spielerbank der Münchner wesentlich voller ist als die der Haie. Es scheint gegen eine bayerische Übermacht zu gehen. Ich fühle mich in diesem Moment so klein wie bei einer der üblichen Auseinandersetzungen mit Achim, wenn ich genau weiß, dass der Ausgang von vornherein feststeht. So habe ich mir meinen ersten Besuch bei einem Haie-Spiel irgendwie nicht vorgestellt. Wie soll denn unter diesen Voraussetzungen Dramatik, Leidenschaft und Begeisterung aufkommen? Weihnachten ist gerade zu Ende gegangen.

Die Spieler gehen in Aufstellung um den Mittelkreis. Konfettifontänen auf den Rängen begleiten den Einwurf des Pucks. Das Spiel hat begonnen. Sofort setzen auch wieder die Haie-Sprechchöre ein. Ich ziehe mich innerlich auf den Posten eines neutralen Beobachters zurück. Hat man halt mal ein Eishockey-Spiel live gesehen. Aber dann zieht mich das Geschehen auf dem Eis wahrhaftig in seinen Bann. Es geht zur Sache. Da wird bei jedem Kampf um den Puck robust eingestiegen. Auffällig dabei ist, dass meist ein Kölner Spieler als Sieger aus diesen Rangeleien hervorgeht. Überhaupt findet das Spiel zum größten Teil vor dem Münchner Tor statt. Ich habe keine Ahnung von Eishockey, aber wie die Haie agieren, verdient definitiv das Prädikat leidenschaftlich. Die Jungs wollen hier was reißen. Und es macht den Eindruck, als wollten sie es ein bisschen mehr als die Barons. Hoffnung keimt auf.

Und dann passiert es. Wie in Zeitlupe sehe ich den Puck am Münchner Torwart vorbei ins Netz segeln. Tosender Jubel bricht los. Untermalt von Blurs ›Song No. 2‹ verwandelt sich die Halle in ein schwarz-weiß-rotes Fahnenmeer. Auch die Haie-Spieler jubeln und klopfen sich gegenseitig auf die Helme. In diesem Moment bemerke ich, dass ich nicht mehr sitze, sondern mit hochgerissenen Armen vor meinem Platz auf und ab hüpfe. Völlig unkontrolliert. Genau wie Rita und Manu und alle anderen Zuschauer. Ich kann mich nicht erinnern, etwas derartig Kindisches jemals zuvor in meinem Leben getan zu haben. Es ist mir auch egal, denn es fühlt sich einfach nur gut an. Die Arena bebt immer noch, als die Stimme des Hallensprechers erklingt:

»In der achten Spielminute: Toooooooor für die Kölner …«

»… Haie!« Natürlich verpassen wir unseren Einsatz nicht.

»Die Assistenten mit der Nummer achtundzwanzig: Jason ...«

»... Young!« Aber schon sind wir wieder zum Zuhören verdammt.

»Und die Nummer sechsunddreißig: André ...«

»... Faust!« Merken. Ich muss mir die Namen merken.

»Gilden Kölsch präsentiert den Torschützen mit der Nummer vierundvierzig: Eric ...«

»... Bertrand!«, schallt es in unverminderter Lautstärke von den Tribünen.

»Neuer Spielstand: Köln ...«

»... eins!«

»München Barons ...«

»... null!«

»Danke schön!«

»Bitte schön!«

Das Spiel läuft längst wieder, als wir uns setzen. Nord- und Südkurve stimmen den nächsten Gesang an. Aus dem Lärm heraus höre ich Ritas Stimme:

»Guck mal, wie sie strahlt!«

Als ich mich zu Rita und Manu umdrehe, sehen die beiden mich an. Rita meint damit wahrhaftig mich. Es ist lange her, dass jemand ein Strahlen bei mir festgestellt hat. Und das wegen ein paar Jungs auf Schlittschuhen, die einem Puck hinterherlaufen. Unglaublich. Manu ist mit der Wirkung der Ereignisse auf mich auch mehr als zufrieden:

»Weißt du jetzt, was ich meine?«

Ja, ich weiß jetzt, was sie meint. Und ich beneide sie wirklich darum, am vergangenen Sonntag hier gewesen zu sein. Aber die Krefeld Pinguine sind Schnee von gestern. Jetzt spielt die Musik hier gegen die Barons. Unserer Mannschaft dabei zuzusehen, wie sie die Münchner Angriff für Angriff schlicht alt aussehen lässt, gibt selbst mir als Zuschauer ein Gefühl der Überlegenheit. Die Fans schaffen zu den Geschehnissen auf dem Eis eine beeindruckende akustische Kulisse. Aber es will einfach kein Tor mehr fallen. Was soll's. Wir führen.

Als die Sirene das Ende des ersten Drittels anzeigt, machen wir uns gut gelaunt auf den Weg zu einem Bierstand. Jetzt ein Kölsch. Genau richtig. Dass wir inmitten dieser Menschenmenge stehen, macht mir erstaunlicherweise überhaupt nichts aus. Die nervöse Anspannung in den Gesichtern der Fans um uns herum ist einem Ausdruck allgemeiner Zufriedenheit gewichen. Und mit ebendiesem Gefühl geht es kurz vor Ende der Pause zurück zu unseren Plätzen. Für meinen Geschmack kann es im nächsten Drittel genau so weitergehen.

Das tut es auch. Nur dass die Gangart auf dem Eis ein ganzes Stück härter wird. Es scheppert amtlich, wenn die Spieler beim Zweikampf gegen die Bande knallen. Immer noch sind die Kölner die überlegene Mannschaft. Die logische Konsequenz folgt in Minute dreißig. Die Haie machen das zweite Tor. Ganz im Gegensatz zu den Münchner Fans im Oberrang könnte ich ausrasten vor Freude. Das Publikum feiert den Torschützen Björn Barta. Noch ein Name zum Merken. Als in der 36. Minute auch noch das 3:0 fällt, gibt es kein Halten mehr. Manu, Rita und ich liegen uns mit wildfremden Menschen in den Armen. Mein nächster Held ist geboren: Collin Danielsmeier. Die Halle tobt. Die Euphorie schwappt förmlich über. Der große Boris Rousson erneut geschlagen. Allmählich zweifle ich an der Fachkenntnis meiner Kollegen.

Beim Kölsch in der Pause vor dem Schlussdrittel gesellt sich Björn zu uns. So sieht ein glücklicher Mensch aus. Ein glücklicher, unrasierter Mensch in einem Berezin-Trikot. Der Wildwuchs in seinem Gesicht hat inzwischen erschreckende Ausmaße angenommen. Ohne Rücksicht darauf, dass wir uns eigentlich noch gar nicht richtig kennen, umarmt er uns alle einzeln zur Begrüßung.

»Das hätte ich nie gedacht! Drei Tore! Wahnsinn! Hat was genützt, dass ich das Sweatshirt vom letzten Krefeld-Spiel ungewaschen wieder angezogen habe.«

Unrasiert ist eine Sache. Aber die stinkenden Klamotten von vor einer Woche noch mal zu tragen, ist echt drüber. Und damit hat er uns auch noch in den Arm genommen!

»Kann mich gar nicht mehr erinnern, wann wir überhaupt das letzte Mal gegen die Barons zu Hause ein Tor geschossen haben.«

Ich versuche, mit meinem neu erworbenen Wissen Eindruck zu schinden:

»Ja, und das obwohl Sundblad, Boos und Renz fehlen. Als ob es nicht schon reicht, dass Mayr und McLlwain ausfallen.«

Rita und Manu sind wirklich beeindruckt. Die schlechte Angewohnheit, meine Ohren überall zu haben, macht sich mal wieder bezahlt. Dass in so einer Situation die anderen Spieler eine Schippe zulegen, zeichnet eine funktionierende Mannschaft aus – sagt Björn. Da muss ich ihm natürlich vollkommen Recht geben. Man braucht aber auch nicht wirklich Eishockey-Verstand, um das zu erkennen. Bester Dinge und in der Gewissheit eines sicheren Sieges machen wir uns auf den Weg zurück in die Arena.

Die ersten Minuten des letzten Drittels sitze ich sehr entspannt auf meinem Platz und genieße einfach nur die Atmosphäre. Es fällt zwar auf, dass die Münchner plötzlich häufiger vor dem Kölner Tor auftauchen, aber Chris Rogles'

Glanzparaden ersticken jegliche aufkommende Nervosität im Keim. Nicht bei Manu allerdings. Sie malträtiert seit ein paar Minuten ihre Fingernägel. Wie schon einige Male zuvor während des Spiels bekommt die Strafbank vor uns Besuch von einem Haie-Spieler. Als er sich hinsetzt, lese ich auf seinem Rücken die Nummer einundzwanzig und den Namen Hicks. Es muss seine erste vom Schiedsrichter verordnete Pause in diesem Spiel sein, denn noch steht sein Name nicht auf meiner Merkliste. Manu fängt an, kleine Knoten in die Fransen ihres Schals zu knüpfen. Rita starrt völlig regungslos auf das Eis. Sieht nicht so aus, als würde sie atmen. Ich beobachte die Anzeige am Videowürfel, wo die Zwei-Minuten-Strafe kontinuierlich runterläuft. Es ist purer Zufall, dass ich mein Augenmerk genau in dem Moment wieder auf das Spiel richte, als der blau-lila-orange-betuchte Kennedy den Puck im Kölner Tor versenkt. Der Treffer versetzt mir einen kleinen, aber spürbaren Stich in den Magen. In einem kurzen Moment der Stille hört man die Jubelschreie aus dem Münchner Block im Oberrang. Manu regt sich fürchterlich auf:

»Ich wusste es! Ich wusste es! Ich wusste, dass das passiert! Wenn wir das jetzt noch verlieren ...«

Während in Nord- und Südkurve sofort wieder aufmunternde Haie-Gesänge einsetzen, versuche ich, Manu zu beruhigen:

»Ist doch nur Ergebniskosmetik. Sag Rita, sie soll mal Luft holen.«

Auf dem Eis bricht gerade wieder eine kleine Schlägerei aus. Auch der Münchner Torschütze ist darin verwickelt. Der Schiedsrichter und einer seiner Linesmen bemühen sich, die Kontrahenten auseinander zu bringen. Ich frage mich, ob so was bei irgendeiner anderen Sportart überhaupt vorstellbar ist. Nicht dass ich zum Beispiel schon viele Fußballspiele in meinem Leben gesehen hätte, aber da regeln die Gegner ihre Meinungsverschiedenheiten im Normalfall nie durch einen Faustkampf an Ort und Stelle. Die Jungs hier sind wirklich mit Herzblut dabei. Großartig!

Es sind nur noch knapp sieben Minuten zu spielen, als ein Hai mit der Nummer neunundzwanzig namens Schlegel auf der Strafbank vor uns Platz nimmt. Manu ist fertig mit den Nerven. Rita wippt in autistisch anmutenden Bewegungen mit dem Oberkörper vor und zurück. Ich versteh die Mädels nicht. Zumindest nicht lange. Sekunden später fällt das zweite Münchner Tor. Der weiß-blaue Jubel aus dem Oberrang schmerzt enorm. Ein gewisser Peacock ist der Schuldige. Hatte Rainer nicht gesagt, dass der Mann ein Verteidiger ist? Was fällt dem ein, Tore zu schießen! Mit der Entspannung ist es jetzt auch bei mir vorbei.

»Auf geht's, Haie, kämpfen und siegen!«, schallt es durch das weite Rund. Selbst unser Block, der sich bislang durch vornehme Zurückhaltung ausgezeichnet hat, stimmt mit ein. Manu, Rita und ich in vorderster Front dabei. Die Haie tun alles, um dieser Aufforderung nachzukommen. Aber immer wieder greifen die Barons an. Torschüsse aus allen Lagen. Ich kann gar nicht hinsehen.

»Es laufen die letzten beiden Spielminuten im Schlussdrittel«, ertönt die Stimme des Hallensprechers. Wer nicht sowieso schon steht, erhebt sich in diesem Moment von seinem Sitz. Die ganze Halle klatscht im selben Rhythmus. Auf dem Eis werden die letzten Kräfte mobilisiert. Die Barons scheinen sich mit der Niederlage noch nicht abgefunden zu haben. Eine Ewigkeit vergeht, bis das Publikum die letzten zehn Sekunden des Spiels laut herunterzählt. Dann ist es vorbei. Die Schlusssirene ist wie eine Erlösung. Nicht nur für Manus Fingernägel. Der Jubelsturm, der auf den Rängen losbricht, übertrifft alles, was sich in den letzten sechzig Minuten dort abgespielt hat. Gänsehaut. Nur noch Gänsehaut. Während die Haie-Spieler noch ausgiebig Torwart Rogles feiern, schleichen die Barons mit sichtbar hängenden Köpfen vom Eis. Da gehen sie hin, die Favoriten. Ein trauriger Anblick. Aber es will bei mir so überhaupt kein Mitleid aufkommen. In den donnernden Applaus mischt sich erneut die Stimme des Hallensprechers:

»Ja, liebe Haie-Fans, was für ein Spiel! Und mit diesem Sieg steht fest, dass es eine weitere Begegnung mit den Barons hier in der Kölnarena geben wird. Und zwar am kommenden Sonntag um 14 Uhr 30 ...«

In einer Mischung aus Erschöpfung und Glücksgefühl beobachte ich den Auszug der Gladiatoren. Der Applaus brandet ein letztes Mal auf, als die Haie das Eis verlassen und in den Katakomben verschwinden. Um uns herum sehe ich nur zufriedene Gesichter. Selbst die Pessimisten aus der Reihe hinter uns machen sich gut gelaunt auf den Heimweg. Eishockey ist großartig. Ich will mehr davon. Rita spendiert eine Runde Taschentücher. Ich sehe Manu an, die sich ein paar Freudentränen wegwischt.

»Gehst du morgen Karten holen?«

Mein Körper hat es augenscheinlich nicht geschafft, die gestern ausgeschütteten Endorphine über Nacht abzubauen. Als mein Wecker mich um drei Uhr morgens aus dem Schlaf reißt, bin ich nicht nur sofort hellwach, sondern auch immer noch total gut drauf. Beim Zähneputzen freue ich mich schon, Marcel nachher die Nachrichten vorlesen zu hören. Und ich bin sehr gespannt auf den Kommentar unseres gut rasierten Trainers. Unseres Trainers? Ja, verdammt. Unseres

Trainers. Schließlich bin ich Kölnerin. Köln, die Haie – das ist ja quasi dasselbe.

Während der ersten Tasse Kaffee sehe ich noch mal die jubelnden Fans vor mir. Wenn selbst mich als Erstlingsbesucher dieses Spiel in eine solche Hochstimmung versetzt, wie ist es dann erst für die, die schon viel länger dabei sind? Die die Haie durch eine anscheinend echt verkorkste Vorrunde begleitet haben? Die aus lauter Aberglauben keinen Rasierer mehr anfassen? Die beim Einlauf der Mannschaft jeden Spielernamen kennen? Das muss doch der absolute Wahnsinn sein! Gut, das mit dem Rasierer kommt für mich nicht in Frage. Aber die Spielernamen werden bis Sonntag auswendig gelernt.

Bevor ich das Haus verlasse, suche ich aus meinem Schmutzwäschekorb den Pullover von gestern Abend heraus und hänge ihn zum Lüften auf einem Kleiderbügel an den Schrank. Ihn vor dem nächsten Spiel zu waschen ist vielleicht keine so gute Idee. Ich bin wirklich nicht abergläubisch. Aber wer weiß, wozu es gut ist.

Die Sendung läuft von der ersten Minute an gigantisch. Guten Morgen, Köln! Keinem Hörer entgeht, wie gut dieser Morgen ist. Ich lasse keine Gelegenheit aus, die Musik im Studio richtig laut aufzudrehen.

Vor der Redaktionskonferenz um halb zehn mache ich einen Abstecher zu meinem Schreibtisch. Es sind einige E-Mails für mich angekommen. Unter anderem eine von Frank und eine von Rita. Frank lässt mich wissen, dass es ihm schon viel besser geht und er sehr wahrscheinlich am Montag wieder da sein wird. Er will mir vorm Wochenende definitiv Bescheid geben. Das macht doch Hoffnung! Ausschlafen, lange frühstücken, ohne schlechtes Gewissen abends feiern gehen. All das rückt wieder in greifbare Nähe.

Das Leben ist schön. Davon bin ich genau so lange überzeugt, bis ich Ritas E-Mail lese. Schon ihre Wortwahl drückt aus, wie deprimiert sie ist. Die Sorgen um ihr kleines Unternehmen werden nicht weniger. Sie braucht jemanden zum Reden. Kaffee heute Nachmittag im »All In One«.

Die gesamte Konferenz über bin ich nicht ganz bei der Sache. Aber es ist wohl normal, dass es einen mit runterzieht, wenn es einem lieben Menschen schlecht geht. Während ich darüber nachdenke, wie man Rita helfen könnte, fliegen die anstehenden Themen als unzusammenhängende Gesprächsfetzen an mir vorbei. »Die Zustände auf Kölner Spielplätzen.« Ich habe einfach viel zu wenig Ahnung von der Reisebranche. »Erstes Fazit drei Monate nach der Euro-Umstellung.« Vermutlich habe ich ihr bei unserem letzten Kaffee im »All In One« nicht mal richtig zugehört. »Live-Schalte Freitagabend zum Haie-Spiel nach München, Philipp Walter vor Ort.« Sie hat zwar erzählt, wie katastrophal das erste Quartal gelaufen ist, aber es klang nicht wirklich existenzbedrohend. »After-Work-Party am Donnerstag in der Flora.« Wahrscheinlich kann ich nicht viel für sie tun. Aber ich kann wenigstens zuhören.

Nur wenige Gäste verteilen sich in den großzügigen Räumlichkeiten des »All In One«. Rita sitzt an einem Tisch vor der großen Fensterfront. Ein Häufchen Elend mit einem Milchkaffee und einem Cognac vor der Nase. Sie bremst meinen Begrüßungsversuch radikal aus.

»Nimm mich bloß nicht in den Arm! Sonst heul ich sofort los.«

Verstehe. Da sind wir also angekommen. Noch viel weiter unten, als ich ohnehin schon befürchtet hatte. Wie aufgefordert, setze ich mich ohne irgendeinen Körperkontakt zu Rita mit an den Tisch und bestelle das gleiche Gedeck wie sie. Dann halte ich den Mund und lasse Rita reden.

»Ich hab die ganze Zeit gedacht, die Flaute im Geschäft liegt daran, dass wir so wenig Werbung machen oder der Laden so klein ist oder unsere Halbtagskraft manchmal echt pampig mit den Kunden redet. Ich war mir immer sicher, dass es an Dingen liegt, die ich selber ändern kann. Aber das tut es nicht.«

Die Kellnerin stellt Kaffee und Cognac vor mir ab, während Rita ihr Glas auf ex leert und direkt den nächsten bestellt. Auch dazu sage ich nichts. Wenn es ihr danach besser geht, machen wir zur Not die Bar leer.

»Selbst die großen Reisebüros haben Probleme. Ernsthafte Probleme. Heute wurde im Internet eine Umfrage veröffentlicht. Von einem renommierten Meinungsforschungsinstitut. Und demnach wird die große Mehrheit der Deutschen ihren diesjährigen Sommerurlaub auf Balkonien verbringen. Dann kann ich einpacken. Ich hab nicht die finanzielle Substanz, um in Ruhe darauf zu warten, dass die Leute wieder freiwillig in Flugzeuge steigen.«

Selbst ohne einen Funken Ahnung von der Reisebranche zu haben, kann ich das nachvollziehen. Blöderweise kann ich aber auch die Leute verstehen, die zurzeit nicht freiwillig in Flugzeuge steigen. Guter Rat ist teuer. Jetzt nur nicht irgendwas Saudummes sagen. Rita merkt sonst womöglich, dass ich nicht unbedingt die beste Wahl für die Lösung dieses Problems bin.

»Und wenn du dich auf Reiseziele spezialisierst, die ohne Flugzeug zu erreichen sind? Was weiß ich, Bustouren oder Bahnreisen innerhalb Deutschlands?«

Auf diese brillante Idee ist Rita allerdings auch schon gekommen.

»Klar kann ich das machen. Aber es braucht ’ne Menge Zeit und Geld für die Akquise. Ich hab mich bislang nie um deutsche Reiseziele gekümmert. Und dann ist auch noch die Frage, ob die Leute da überhaupt hinwollen. Auf blauen Dunst zu investieren, kann ich mir ernsthaft nicht leisten.«

Auch das macht Sinn. Rita bemerkt die Hilflosigkeit in meinem Blick. Und plötzlich ist sie es, die versucht, mich aufzumuntern.

»Ich erwarte keine Patentlösung von dir. Ich erwarte, dass wir uns jetzt sinnlos betrinken, damit ich auf andere Gedanken komme.«

Ich bin echt erleichtert. Das hört sich nach einer lösbaren Aufgabe an.

»Hey, ich weiß, wie ich dich auf andere Gedanken bringe! Lass uns Billard spielen gehen!«

Rita kann schon fast wieder grinsen.

»Weißt du, ob Manu heute Abend arbeitet? Ich hab versprochen, ihr nächstes Mal vorher Bescheid zu sagen.«

Das ist allerdings die Höchststrafe. Sei’s drum. Wenn es ihr danach besser geht, kassiere ich die Klatsche zur Not vor Zeugen.

Eine sehr kurze Nacht, unzählige Kölsch und viel zu viele Tequilas später finde ich mich mit einem nassen Waschlappen auf der Stirn auf meinem Sofa wieder. Nicht mal nach Karneval hab ich je einen solchen Schädel gehabt. Ich weiß nicht mehr, ob ich Rita gestern Abend auf andere Gedanken gebracht habe. Wahrscheinlicher ist, dass sie überhaupt nicht mehr denken konnte. Dafür hat sie allerdings noch verdammt gut Pool gespielt. Zum Glück musste Manu arbeiten.

Es ist mir ein völliges Rätsel, wie ich die Sendung heute Morgen über die Bühne bringen konnte. Gut, dass Achim nicht da war. Und gut, dass heute Freitag ist. Ein lautes Donnern löst eine neue Schmerzwelle in meinem Kopf aus. Mit dem Waschlappen an der Stirn schleppe ich mich zu meiner Wohnungstür, wo der Krach herkommt. Als ich öffne, steht Manu vor mir.

»Musst du gleich die Tür einschlagen?«

»Ich hab ganz normal angeklopft!«

Ohne einen weiteren Kommentar schlurfe ich zurück zum Sofa. Manu schließt außerordentlich leise die Tür, bevor sie mir ins Wohnzimmer folgt. Sie lässt sich auf meinen Sessel fallen und mustert mich besorgt.

»Brauchst du 'ne Aspirin oder so was?«

Ich versuche gar nicht erst, den Kopf zu schütteln.

»Hab heute Morgen vor der Sendung drei genommen. Nützt nix.«

»Ich war vorhin bei Rita im Laden auf 'nen Kaffee. Der geht's auch nicht so gut. Seid wohl böse abgestürzt gestern, was?«

»Hm.«

»Tja, eigentlich wollte ich fragen, ob wir uns heute Abend im Kings das Haie-Spiel ansehen.«

»Erstens: Seh ich so aus, als würde ich heute in eine Kneipe wollen? Und zweitens: Sprich bitte nicht so laut.«

Echte Enttäuschung macht sich auf Manus Gesicht breit.

»Geh doch mit Björn hin!«

»Den hab ich gerade zum Flughafen gebracht. Der guckt sich das Spiel vor Ort in München an.«

»Verstehe.«

»Willst du denn gar nicht wissen, wie die Jungs spielen?«

»Doch, schon. Aber das Letzte, was ich heute gebrauchen

kann, ist Geräuschkulisse. Das sind Höllenschmerzen. Ehrlich.«

»Geschieht euch recht, ihr Saufziegen.«

»Kannst froh sein, dass du gestern arbeiten musstest. Sonst wärst du genauso dran gewesen.«

»Apropos arbeiten. Ich muss gleich noch zwei oder drei Stunden machen. War ein ziemlich mauer Tag bis jetzt. Ich guck später mal, ob du noch lebst.«

»O.k.«

Manu geht nicht, ohne den Waschlappen unter kaltes Wasser zu halten und ihn vorsichtig wieder auf meiner Stirn zu platzieren. Mein dankbares Lächeln ist aber schnell wieder verschwunden, als sie die Tür mit einem satten Rums hinter sich ins Schloss zieht. Höllenschmerzen. Fast wie von selbst fallen mir die Augen zu. Über dem Gedanken, dass ich eigentlich Rita endlich mal anrufen müsste, schlafe ich ein.

Die Wohlfühlmusik im Supermarkt macht mich beinahe aggressiv. Bei der Auswahl, zwischen heute mit Kopfschmerzen oder morgen mit ganz Köln und Umgebung meine Wochenendbesorgungen zu erledigen, habe ich mich heroisch für die Kopfschmerzen entschieden. Während ich den scheppernden Einkaufswagen durch die Regalschluchten schiebe, bin ich mir allerdings nicht mehr so sicher, wie gut diese Entscheidung war. An der Käsetheke treffe ich Rita, die schon mindestens so viele extrem salzhaltige Nahrungsmittel eingesammelt hat wie ich.

»Hey, wie geht's dir?«

Sie wirft einen Riesenklumpen Gouda in ihren Wagen.

»Vermutlich ein bisschen besser als dir.«

Das glaube ich ihr kein bisschen.

»Kann gar nicht sein. Du hast mindestens so viel getrunken wie ich.«

»Aber dafür habe ich nicht neun zu eins verloren.«

Ich gebe zu, diese Tatsache habe ich bis eben erfolgreich verdrängt. Wenigstens hat Rita ein paar tröstende Worte für mich übrig.

»Keine Angst. Ich hab's Manu nicht erzählt.«

Wie zwei junge Mütter schieben wir unsere Einkaufswagen nebeneinander her Richtung Kasse.

»Gehst du mit ihr heute Abend ins Kings, das Spiel angucken?«

»Ich kann nicht. Heute Abend ist früh schlafen angesagt. Ich treffe mich morgen zu einem außerdienstlichen Frühstück mit meinem Banker. Wenn ich es schaffe, den ein bisschen zu becircen, erweitert er vielleicht meinen Kreditrahmen.«

»Weißt du schon, was du anziehst?«

»Gute Frage. Hab ich noch gar nicht drüber nachgedacht.«

Nichts anderes hab ich erwartet.

»Dann denk drüber nach. Und das Ergebnis wird nachher zur technischen Abnahme vorgeführt, klar?«

»Klar, Chef.«

Mein Anrufbeantworter blinkt wie immer hektisch, um mir eine eingegangene Nachricht anzuzeigen. Ich drücke die Wiedergabetaste und schleppe meine Einkäufe in die Küche, während das Band zurückspult. Dann höre ich den vertrauten Klang der Stimme meines Kollegen Frank:

»Hallo, du Heldin der Arbeit! Ich hab gute Nachrichten für dich. Mir geht's wieder gut. Hab schon mit Achim gesprochen. Ich mach kommende Woche die Frühschicht, du den Nachmittag. Deine Jungs wissen auch schon Bescheid.

Mach dir ’n schönes Wochenende! Wir sehen uns am Montag. Tschö!«

Ein unkontrollierter Ausruf der Erleichterung entweicht meiner Kehle. Das dumpfe Brummen zwischen meinen Schläfen bremst meine Freude aber schnell wieder, als ich ein leises Kratzen an meiner Wohnungstür vernehme. Wenn es draußen nicht noch hell wäre, es würde ziemlich gruselig klingen. Vor ein paar Jahren hat sich schon mal irgend so ein Psychopath in unser Treppenhaus verirrt und die Mieter erschreckt. Ich bin also gewarnt. Auf dem Weg zum Eingang suche ich vergeblich nach einer adäquaten Waffe. Durch die geschlossene Tür nehme ich mit gespielt resoluter Stimme Kontakt zu dem Wesen draußen auf.

»Wer ist da?«

Nur wenig lauter als ein Flüstern kommt die Antwort:

»Ich bin’s. Die Manu.«

Erleichtert mache ich ihr auf.

»Mann, hast du mich erschreckt!«

»Ich wollte nicht schon wieder die Tür einschlagen. Geht’s dir wieder gut?«

»Gut wär anders. Aber besser. Magst du reinkommen?«

»Eigentlich wollte ich fragen, ob du zu mir rüberkommen willst. Ich hab nämlich eine vollkommen geräuschlose Möglichkeit gefunden, das Spiel zu verfolgen.«

»Aha. Und das geht wie?«

»Im Internet gibt’s ’ne Seite, wo man den aktuellen Spielstand sehen kann. Nennt sich Live-Ticker. Und macht überhaupt keinen Krach. Keinen Pieps, sozusagen. Sind auch noch ein paar Flaschen Kölsch im Kühlschrank.«

Als ich bei der Erwähnung von Alkohol das Gesicht verziehe, schiebt sie hastig hinterher:

»Es gibt auch Wasser und Cola.«

»O.k. Ich sag nur schnell Rita Bescheid, dass ich bei dir bin. Die muss mir noch ihre Klamotten für morgen zeigen.«

»Rita weiß schon Bescheid und kommt vorbei, sobald sie Feierabend macht.«

Mir bleibt nur noch, meinen Schlüssel einzustecken und Manu in ihre Wohnung zu folgen. Vor ihrem Schreibtisch stehen bereits drei Stühle parat. Bis auf das leise Summen des Computers herrscht wohltuende Stille. Es ist angerichtet. Manu bringt die Getränke mit und setzt sich neben mich. Mit ein paar Mouseklicks öffnet sie ein Fenster, das mit *Live-Ticker München Barons – Kölner Haie* überschrieben ist. In dem Fenster befindet sich unter einer größeren Anzeige mit dem aktuellen Spielstand von null zu null der Hinweis *Das Spiel läuft*. Weiter unten erscheint in diesem Moment *00:00. Das Drittel hat begonnen*. Die Uhr über dem Schreibtisch zeigt auf den Punkt halb acht an. Wir harren gespannt der Dinge, die da kommen. Um auch ja nichts zu verpassen, schenkt Manu mir ein Glas Wasser ein, ohne die Anzeige auf dem Monitor aus den Augen zu lassen. Wir reden nicht mal miteinander, um nicht abgelenkt zu sein. Die Minuten verstreichen. Das Fenster aktualisiert sich zwar in regelmäßigen Abständen selbstständig, aber am Inhalt ändert sich nichts. Gar nichts. Mir wird langweilig. Sehr langweilig. Ich kann einen Gähner nicht länger unterdrücken.

»Wow, das ist ja ungefähr so aufregend, wie einem Topf Wasser beim Kochen zuzugucken.«

Manu ist ein bisschen beleidigt.

»Du wolltest ja nicht ins Kings.«

Ich will gerade zu einer Rechtfertigung ansetzen, als sich die Anzeige plötzlich doch ändert.

06:22 – KEC – 2 min – Hook – 37 Boos, Tino.

Manu legt ihre Stirn genauso effektiv in Falten wie ich.

»Was will uns der Künstler damit sagen?«

Sie versucht es mit einer logischen Interpretation dieser spärlichen Angaben.

»Sechs zweiundzwanzig könnte die Spielzeit sein. KEC ist klar, das sind die Haie. Vermutlich hat Tino Boos mit der Nummer siebenunddreißig eine Zwei-Minuten-Strafe wegen Hook bekommen.«

»Das macht Sinn. Aber was ist Hook?«

»Woher soll ich das wissen? Jedenfalls würde das bedeuten, wir haben jetzt einen Spieler weniger auf dem Eis.«

Sie hat den Satz kaum zu Ende gesprochen, da ergänzt sich die Anzeige um eine weitere Zeile.

06:54 – Tor MEC 1-0 (1-0) PP1 – 13 Schubert, Christoph (assist 26 Oliver, David) (assist 18 Fearns, Kent).

»Warum schreiben die das nicht gleich in Suaheli? Da wird doch kein Mensch schlau draus!«

»Was auch immer diese Hieroglyphen bedeuten, das da oben ist eindeutig.«

Sie tippt mit dem Finger auf die Stelle des Fensters, wo die Spielstandsanzeige keine Fragen offen lässt: Die München Barons führen gegen die Kölner Haie mit eins zu null. Die Ersten, die für diesen Rückstand bezahlen müssen, sind natürlich wieder Manus Fingernägel.

»Das ist nicht gut.«

»Ach, komm! Jetzt mach dich nicht verrückt. Ist doch nur ein Tor. Du weißt, wie schnell sich das ändern kann.«

Manu hört mir nicht wirklich zu.

»Nicht gut. Gar nicht gut.«

Sie hat ihre Ohren augenscheinlich so sehr auf Durchzug gestellt, dass sie nicht mal das Klopfen an ihrer Wohnungstür mitbekommt. Also stehe ich auf und lasse Rita herein.

Über ihrem Arm hängt eine Auswahl an Kleidungsstücken für die technische Abnahme.

»Hat das Spiel schon angefangen?«

»Ja. Wir liegen auch schon null zu eins hinten.«

»Nein!«

Sie schmeißt die Klamotten im Vorbeilaufen auf einen von Manus Küchenstühlen und rennt schnurstracks weiter Richtung Schreibtisch. Ich hole ihr noch ein Glas aus dem Küchenschrank, bevor ich mich zu den beiden geselle. Rita starrt genauso verwirrt auf das frisch aktualisierte Fenster wie Manu und ich zuvor.

09:20 – KEC – 2 min – Too Many M – Team Kölner Haie.

»Was heißt 'n das?«

Rita nimmt mir das Glas ab und schenkt sich Wasser ein. Ich weihe sie in die Ergebnisse unserer Übersetzungsversuche ein.

»KEC – zwei Minuten heißt vermutlich, dass es eine Strafzeit gegen uns gibt.«

Auch Manu schaltet sich in die Erläuterung ein.

»Es gibt 'ne Strafe, wenn zu viele Spieler einer Mannschaft auf dem Eis sind. Das könnte es bedeuten.«

Das ist mir nun wieder eine Nummer zu hoch.

»Zu viele Spieler auf dem Eis? Das ist ja selten dämlich. Wie kann denn so was passieren?«

»Na ja, wenn bei einem Wechsel – o nein!«

Manu starrt mit aufgerissenen Augen auf den Bildschirm. Rita und ich folgen ihrem Blick. Eine neue verschlüsselte Botschaft ist angekommen.

09:41 – Tor MEC 2-0 (2-0) PP1 – 16 Douris, Peter (assist 13 Schubert, Christoph) (assist 39 Kennedy, Mike).

Und auch dieses Mal klärt uns die Spielstandsanzeige schonungslos über den grausamen Inhalt der Nachricht auf.

München Barons – Kölner Haie 2-0. Ritas und Manus Kommentare fassen die Situation kurz und prägnant zusammen.

»Scheiße.«

»Nicht gut. Gar nicht gut.«

Das klingt mir persönlich schon viel zu sehr nach Resignation. Haben die Mädels denn gar kein Vertrauen in unsere Jungs? Ich vermisse hier Kampfgeist und Einsatzwillen. Diese einsetzende Lethargie gefällt mir gar nicht.

»Auf geht's, Haie, kämpfen und siegen!«

Die beiden sehen mich überrascht an. Manu legt mir mit einer mütterlich fürsorglichen Geste die Hand auf die Schulter.

»Sie können dich nicht hören, weißt du?«

Ich geb's auf. Als es die erste Strafzeit gegen die Münchner gibt, bin ich mit der berechtigten Hoffnung auf den Anschlusstreffer allein. Diese Überzahlsituation werden unsere Jungs auf jeden Fall nutzen. Ganz sicher. Oder auch nicht. Denn ganze dreizehn Sekunden später taucht die nächste Strafzeit gegen einen Kölner auf dem Monitor auf. 36 Faust, André. Komm du mir nach Hause! Das Kräfteverhältnis auf dem Eis ist wieder egalisiert. So kann das natürlich nichts werden.

Nur Minuten nachdem uns der Live-Ticker in einem vollständigen deutschen Satz das Ende des ersten Drittels mitteilt, klingelt Manus Handy. Rita verschwindet im Badezimmer. Ich hole mir nun doch ein Kölsch aus dem Kühlschrank und durchsuche die Schubladen erfolglos nach einem Flaschenöffner.

»Sag mal, Manu, wo hast denn du einen ...«

Sie steckt ihren Kopf durch die Küchentür. Ihre Lippen formen neben einem seligen Lächeln den Namen Björn. Also kein Bier, bis Manu fertig telefoniert hat.

»Echt? Das klingt ja gut! – Nein, wir sitzen vorm Live-Ticker. – Das wär klasse! – O.k., dann bis später!«

Manu nimmt den Flaschenöffner von einem Haken an der Wand direkt vor meiner Nase. Rita kommt gerade aus dem Bad.

»Björn sagt, wir spielen nicht schlechter als die Barons. Hatten sogar viel mehr Chancen. Die Tore haben wir in Unterzahl kassiert. Blöd gelaufen eben. Aber er glaubt, da kann noch was gehen. Er ruft in der nächsten Pause noch mal an.«

Rita beobachtet mich dabei, wie ich den ersten Schluck Kölsch trinke. Ein kurzer Anflug von Ekel liegt in ihrem Blick. Dann macht sie den Kühlschrank auf und nimmt sich auch eine Flasche.

Pünktlich zu Beginn des zweiten Drittels sitzen wir wieder vor dem Computer. Den kleinen Funken Hoffnung, den Björns Anruf bei uns geschürt hat, retten wir nur mühsam über die ersten Minuten. Laut Live-Ticker passiert gar nichts. Das zermürbt mich mehr, als ich wahrhaben möchte. Ich rede mir ein, dass die Haie gerade eine fulminante Offensive starten und außerdem in der Verteidigung so diszipliniert zu Werke gehen, dass sie keine Strafen kassieren. Meine blühende Fantasie hat nur einen Haken: Die fulminante Offensive bringt nichts Zählbares hervor. Es steht nach wie vor zwei zu null für die Barons. Irgendwas muss doch jetzt mal passieren! Die lassen einen wirklich am ausgestreckten Arm verhungern. Da tauchen endlich neue Informationen auf dem Bildschirm auf.

25:15 – KEC – 2 min – Hold – 7 Liimatainen, Petri.

Rita bringt nur ein »Oh, oh« heraus. Manu ist ganz ihrer Meinung:

»Nicht gut. Gar nicht gut.«

Ich versuche, die Situation unter Kontrolle zu bringen.

»Keine Panik, Mädels. Panik ist das Letzte, was wir jetzt gebrauchen können.«

Aber auch in meinem Magen macht sich ein ungutes Gefühl breit. Wie die hypnotisierten Kaninchen starren wir auf den Monitor. Mit jeder Sekunde, in der keine neue Meldung auftaucht, wächst meine Zuversicht, dass wir diese Unterzahl ohne Gegentor überstehen könnten. Atemlose Stille im Raum. Das Fenster aktualisiert sich.

26:18 – Tor MEC 3-0 (2-0; 1-0) PP1 – 62 Plante, Derek (assist 5 Lodin, Hans) (assist 13 Schubert, Christoph).

Und kurz danach springt auch die Spielstandsanzeige um. München Barons – Kölner Haie 3-0. Ich lese es. Ich lese es noch mal. Aber selbst beim dritten Mal lesen ändert sich an den frustrierenden Tatsachen nichts. Rita und Manu sind mit leerem Blick auf ihren Stühlen in sich zusammengesunken. Die Barons lassen augenscheinlich keinen Zweifel daran, dass die Niederlage vorgestern ein dummer Patzer war. Das Imperium schlägt zurück. Erbarmungslos. Da spielt der kommende Deutsche Meister unsere Haie an die Wand. Ganz klar, ganz souverän, ganz cool. Unsere Jungs kämpfen mit Sicherheit wie die Löwen. Aber es soll einfach nicht sein. Drei zu null. Ich bin selbst überrascht, wie viel sich in ein paar nüchterne Zahlen hineininterpretieren lässt. Aber noch überraschter bin ich darüber, wie mies ich mich fühle. Und das wegen ein paar Jungs auf Schlittschuhen, die einem Puck hinterherlaufen. Es gibt nichts, was man dagegen tun könnte.

In diesem Moment schießt mir ein Gedanke durch den Kopf. Vielleicht gibt es ja doch noch einen letzten Strohhalm. Ich greife nach meinem Wohnungsschlüssel.

»Bin gleich wieder da.«

Rita und Manu sind so paralysiert, dass sie nicht mal mit der Wimper zucken.

An meinem Schrank hängt immer noch der Pullover von vorgestern. Riecht nicht wirklich frisch gewaschen, aber er stinkt auch nicht. Als ich ihn vom Bügel nehme, komme ich mir schon ein wenig albern vor. Dieser Rolli soll ein Eishockeyspiel beeinflussen? Was für ein vollkommener Schwachsinn. Überhaupt darüber nachzudenken ist total absurd. Andererseits steht es in München drei zu null gegen uns. Schlimmer kann es kaum noch kommen. Einen Versuch ist es wert. Also ziehe ich mein T-Shirt aus und schlüpfe stattdessen in den Pullover.

Die Mädels sitzen noch haargenau so da, wie ich sie verlassen habe. Manu sieht mich erst an, als ich mich wieder auf meinen Stuhl setze.

»Ist dir kalt? Ich kann die Heizung höher drehen.«

»Nein, nein, mir ist nicht kalt.«

Rita scheint doch noch am Leben zu sein.

»Ich würde eingehen in dem Pullover. Und dann noch Rollkragen.«

»Das ist der Pullover, den ich vorgestern zum Spiel anhatte.«

Die beiden können meinem Gedankengang augenscheinlich nicht folgen. Es ist mir ziemlich peinlich, das jetzt auch noch erklären zu müssen.

»Vielleicht bringt es ja Glück.«

Rita wirft Manu einen vielsagenden Blick zu, der nicht frei von Sorge ist. Manu lenkt galanterweise das Gespräch in eine andere Richtung.

»Du hast gerade eine Schlägerei verpasst. Jocher gegen Köppchen. Haben beide zwei plus zwei Minuten gekriegt.«

»Echt?«

Ich werfe einen Blick auf den Bildschirm und lese die letzte Meldung.

30:31 – MEC – 2 min – Hi-St – 13 Schubert, Christoph.

»Da steht aber was von Schubert.«

Manu macht sich nicht mal die Mühe, sich vorzubeugen und die Anzeige zu studieren.

»Muss wohl neu sein. Stand eben noch nicht da.«

Die Stimmung ist merklich gedrückt. Rita pult geistesabwesend in kleinen, akribischen Bewegungen das Etikett von ihrer leeren Bierflasche. Sie macht mir Angst, wenn sie so ist. Aber vor dem Hintergrund ihrer geschaftlichen Sorgen auch nur wenig verwunderlich. Ich nehme ihr die Flasche aus der Hand und mache mich auf den Weg in die Küche, um ihr eine neue zu holen. Der Kronkorken verabschiedet sich mit einem leisen Zischen, als ich Manus Stimme von nebenan höre.

»Was ist das denn? Das kann ja gar nicht sein.«

Mit schnellen Schritten bin ich zurück am Schreibtisch.

32:28 – Tor KEC 3-1 (2-0; 1-1) PP1 – 33 Millen, Corey (assist 47 Miner, John Stewart).

Ist das ein Tippfehler? Aber nein! München Barons gegen die Kölner Haie drei zu eins.

»Jaaaaaaaa! Na also! Geht doch!«

Manu sieht mit einer Mischung aus Unglauben und Staunen meinen Pullover an.

Rita kann meine Euphorie so gar nicht teilen.

»Ist doch nur Ergebniskosmetik. Danke für's Bierholen.«

Ergebniskosmetik ist ein böses Wort. Besonders wenn es die eigene Mannschaft ist, die chancenlos hinten liegt und den Ehrentreffer erzielt. Wie kann sie so was sagen? Aber im Grunde hat sie natürlich Recht. Leider.

Manu hat sich heimlich, still und leise rausgeschlichen

und kommt in diesem Moment mit ihrem Haie-Schal um den Hals wieder zurück. Rita blickt von ihr zu mir und kümmert sich dann um das frische Etikett auf ihrer neuen Flasche.

»Ihr habt doch beide 'nen Knall.«

Zwischen Hoffen und Bangen starren zumindest Manu und ich weiter auf den Bildschirm. Wahrscheinlich haben wir wirklich einen Knall. Wer sitzt schon an einem Freitagabend zu Hause vor einem Monitor, auf dem schon wieder minutenlang nichts passiert? Ein bisschen krank ist das schon. Aber im Geiste sind wir natürlich mit in München und brüllen uns die Seele aus dem Leib. O Mann. Das ist echt krank. Doch als sich in diesem Moment das Fenster neu aufbaut, erhalten wir jede nur denkbare Legitimation.

37:29 – Tor KEC 3-2 (2-0; 1-2) EQ – 7 Liimatainen, Petri (assist 14 Norris, Dwayne) (assist 36 Faust, André).

Unglaublich. Da steht es. Blau auf weiß. München Barons gegen die Kölner Haie drei zu zwei.

Manu und ich springen jubelnd auf. Auch Rita erwacht zu neuem Leben:

»Auf geht's, Haie, kämpfen und siegen!«

Manu und ich stimmen sofort mit ein.

»Auf geht's, Haie, kämpfen und siegen!«

Wir lassen auch nicht nach, als die nächste Strafzeit gegen die Barons ohne Torerfolg für die Haie bleibt. Erst als das Drittel beendet ist, genehmige ich mir einen Schluck Kölsch. Kurz darauf ruft, wie versprochen, Björn an. Rita und ich versuchen, aus Manus Einwürfen und ihrem Mienenspiel auf den Inhalt seiner Berichterstattung zu schließen. Aber sie gestaltet das Telefonat so undurchsichtig, wie es nur geht:

»Aha. – Wahnsinn. – Aha. – Aha. – Cool. – Aha. – Was

passiert bei ’nem Unentschieden? – Aha. – Aha. – Verstehe. – Ja, mach das. Bis später!«

»Und? Was hat er gesagt?«

»Nach dem drei zu null waren alle echt geschockt. Da war’s ziemlich still im Kölner Fanblock. Aber die Mannschaft hat dann wohl so ’ne Jetzt-erst-recht-Stimmung aufgebaut. So nach dem Motto: Wir haben nichts mehr zu verlieren. Björn meint, die Haie sind näher am nächsten Tor als die Barons.«

»Was passiert denn bei ’nem Unentschieden?«

»Erst gibt’s zwanzig Minuten Verlängerung. Wer das erste Tor schießt, gewinnt. Und wenn in der Verlängerung kein Tor fällt, gibt’s ein Penalty-Schießen. Das ist wie ein Elfmeterschießen beim Fußball. Fünf Schützen pro Mannschaft jeweils einzeln gegen den gegnerischen Torwart. Und die Mannschaft, die öfter trifft, gewinnt.«

Ich mache es mir schon mal wieder auf meinem Stuhl bequem.

»Na ja, das sind ja alles noch ungelegte Eier. Noch liegen wir mit einem Tor hinten.«

Rita wirft einen Blick auf die Uhr über dem Schreibtisch.

»Die Pause dauert doch noch ein paar Minuten, oder?«

»Ja, wieso?«

»Dann zieh ich auch noch schnell die Sachen von vorgestern an.«

Als das letzte Drittel beginnt, sitzt Rita mit einer total zerknitterten Bluse zwischen Manu und mir. Diese Bluse hatte mit Sicherheit nach dem Spiel am Mittwoch schon längst ihren Weg in den Wäschekorb gefunden. Ich habe viel Zeit, mich ausführlich darüber zu amüsieren, denn auch die ersten Minuten im Schlussabschnitt verlaufen laut Live-Ticker ereignislos. Da Manu aber trotzdem keine Sekunde den Blick vom Bildschirm abwendet, ist sie die Erste, die die Neuigkeiten liest. Der Schrei, den sie ausstößt, lässt allerdings keinerlei Rückschlüsse darauf zu, ob es sich um einen erfreulichen Anlass handelt oder nicht. Also sehe ich selber nach. Auch Rita muss sich kurz orientieren.

46:39 – Tor KEC 3-3 (2-0; 1-2; 0-1) EQ – 16 Porkka, Toni (assist 21 Hicks, Alex).

Rita ist schneller fertig mit lesen als ich.

»Auuuuusgleiiiiiiiich!«

Manu singt schon wieder aus vollem Hals:

»Hey, Superhaie, olé, olé, Superhaie, hey, Superhaaaaiiieeeee ...«

Ich wundere mich gerade, woher sie das Lied kennt, als sie abrupt abbricht. Der Mieter in der Wohnung über uns macht durch vehementes Klopfen auf den Fußboden darauf aufmerksam, dass wir seiner Ansicht nach zu laut sind. Dabei ist es noch nicht mal zehn. Verdammter Spießer. Gewürzregalsortierer. Wir haben gerade einen Drei-Tore-Rückstand wettgemacht. Wie soll man sich da leise freuen? Der ist wohl nicht von hier, was?

Wir reißen uns zusammen und stimmen das nächste »Auf geht's, Haie, kämpfen und siegen!« in moderater Zimmerlautstärke an. Auch wenn es so nur halb so viel Spaß macht. Unsere Disziplin verlässt uns allerdings augenblicklich bei Eingang der Meldung, auf die keiner von uns ernsthaft zu hoffen gewagt hat.

54:25 – Tor KEC 3-4 (2-0; 1-2; 0-2) EQ – 21 Hicks, Alex (assist 33 Millen, Corey).

Eigentlich steht auf dem Monitor nicht mehr als eine neue Zeile nur zur Hälfte deutbarer Zeichen. Aber die Quintessenz können wir mittlerweile herausziehen. Die Führung! Da ist sie! Der Raum ist erfüllt von unseren Jubelschreien.

Untermalt vom rhythmischen Klopfen über unseren Köpfen. Soll er doch ein Loch in seinen Fußboden schlagen, der Blödmann! Als wir uns einigermaßen beruhigt haben, beginnt das große Zittern. Noch fünfeinhalb Minuten zu spielen. Wie viel in fünfeinhalb Minuten passieren kann, habe ich inzwischen gelernt. Wir sind noch meilenweit von einem Sieg entfernt. Bitte kein Münchner Tor mehr. Bitte keine Kölner Strafzeiten mehr. Bitte einfach gar nichts mehr. Gar nichts mehr ist genau das, was der Live-Ticker lange Zeit anzeigt. Schrecklich, nicht zu wissen, was da gerade auf dem Eis in Munchen passiert. Manu setzt die Knüpfarbeiten an den Fransen ihres Schals fort. Rita zerkaut ihre Unterlippe. Ich summe ›Jesus Christ Superstar‹ vor mich hin. Warum auch immer.

60:00 – Das Drittel ist beendet.

So trocken und emotionslos diese Zeile auf dem Monitor auftaucht, so überwältigend ist ihre Wirkung auf uns. Vergessen sind alle Kopfschmerzen. Sieg! Sieg! Sieg! Selbst der letzte Mieter im Haus bekommt gerade mit, wie sehr wir uns freuen. Manus Regale wackeln bedenklich, als wir zu dritt wie die Derwische durch die Wohnung hüpfen. Die Barons in ihrer eigenen Halle geschlagen! Vor ihrem eigenen Publikum! Wie bitter für die Münchner! Wie unsagbar grandios für die Haie! Ich bin so stolz auf die Jungs. Die Jungs, die meine Stadt repräsentieren. Ein bisschen haben sie diesen Sieg auch für mich errungen. Ich bin ja schließlich Kölnerin. Köln, die Haie – das ist nicht nur quasi dasselbe.

Mitten in unsere kleine, ausgelassene Feier hinein klingelt Manus Handy. Sie wirft einen kurzen Blick auf das Display, bevor sie das Gespräch annimmt.

»Das ist Björn!«

Ihr Gesicht verzieht sich zu einem breiten Grinsen. Sie hält das Telefon ein bisschen vom Ohr weg, damit wir mithören können. Aber da ist kein Björn. Aus dem kleinen, völlig überlasteten Lautsprecher dringen Haie-Sprechchöre. Total verzerrt, aber dennoch unverkennbar. Der Gästefanblock im Münchner Eisstadion bebt ganz offensichtlich noch ein wenig mehr als Manus Wohnzimmer. Dann verschwinden Rita und ich in die Küche und lassen Manu für das Gespräch mit Björn allein.

Rita klaubt den Haufen Klamotten vom Küchenstuhl zusammen, den sie vor gut zwei Stunden dort hingeworfen hat.

»Ich geh dann mal schnell schlafen, damit ich für das Frühstück fit bin.«

»Aber wir haben noch gar nicht ausgesucht, was du morgen anziehst!«

Rita bleibt in der Tür stehen und sieht mich verständnislos an.

»Da gibt's ja wohl keine zwei Meinungen. Ich hab doch jetzt eine Gewinnerbluse!«

Ich betrachte besorgt das verknitterte Etwas, das sie trägt.

»Bügel sie wenigstens vorher noch auf.«

»Klar, Chef.«

Der Pullover hängt wieder auf seinem Bügel am Schrank, der Himmel voller dicker grauer Wolken, und ich hänge in Begleitung einer großen Tasse Kaffee auf meinem Sofa. Obwohl dieser Samstagmorgen kein Gute-Laune-Wetter hinkriegt, suche ich in meinem Seelenleben vergeblich nach Resten meiner Gemütstristesse der letzten Wochen.

Beflügelt vom Siegesrausch des gestrigen Abends, arbeite ich konsequent an der Umsetzung meines Vorhabens für

Sonntag. Bis zum morgigen Spiel will ich die Namen all meiner Helden auswendig können. Statt Croissant zum Kaffee liegt also eine Kaderliste des KEC vor mir, die Manu für mich aus dem Internet gezogen hat. In meinem Überschwang habe ich den Zettel mit der Überschrift »Die Unbesiegbaren« versehen. Das war vor einer halben Stunde. Seitdem bete ich die einundzwanzig Namen auf der Liste wie ein Mantra ohne Pause vor mich hin.

»38, Benjamin Hinterstocker. 39, Thomas Schinko. 44, Eric Bertrand.«

Ich bin so konzentriert bei der Sache, dass für finstere Grübeleien auch gar keine Kapazitäten in meinem Kopf mehr frei wären. Danke, Haie! Köln ist doch noch nett zu mir. Wie konnte ich jemals daran zweifeln? Der Kaffee in meiner Tasse geht zur Neige. Also raffe ich mich vom Sofa auf, um Nachschub aus der Küche zu holen.

»28, Jason Young. 29, Brad Schlegel.«

Das Telefonklingeln bremst mich im Flur.

»31, Chris ...«

Ich nehme den Hörer ab.

»... Rogles?«

Eine mir unbekannte, leicht verwirrte Stimme am anderen Ende der Leitung:

»Entschuldigung, wer ist da?«

»Rogles. Äh ... Brinkmann!«

Die Stimme entspannt sich spürbar.

»Hier ist Günther Achim vom Möbelstudio Blue. Ich möchte Ihnen einen Termin für die Lieferung des Tisches vorschlagen.«

Herr Achim! Richtig! Da war ja noch was. Beim Gedanken an den Tisch fällt mir ein, dass Tonis Blumen bis jetzt keinen Tropfen Wasser gesehen haben. Total vergessen.

»Wir könnten ihn Dienstagabend nach Geschäftsschluss bringen. Da haben wir eine Tour nach Frechen und würden den Tisch auf dem Rückweg bei Ihnen abliefern.«

Ich gehe im Geiste kurz meine Verpflichtungen für die kommende Woche durch. Spontan fällt mir nichts ein, was diesem Termin im Wege steht. Er notiert sich Tonis Adresse, und ich verspreche, am Dienstagabend ab acht vor Ort zu sein. Dann geht's endlich mit einer vollen Tasse Kaffee zurück aufs Sofa.

»14, Dwayne Norris. 15, Björn Barta. 16, Toni Porkka.«

Kaum habe ich meine favorisierte Position irgendwo zwischen Sitzen und Liegen wieder eingenommen, da klopft es an der Tür. Als ich öffne, fällt mir eine ordentlich gebügelte Gewinnerbluse mit einer freudestrahlenden Rita darin um den Hals.

»War wohl ein erfolgreiches Frühstück? Willst du 'nen Kaffee?«

»In jeder Hinsicht erfolgreich! Mit viel Milch bitte.«

Ich drücke ihr die Tasse in die Hand und bemerke dabei einen leuchtend roten Marmeladenfleck auf ihrem Ärmel.

»Oh, Volltreffer, was?«

Rita deutet meine Anspielung darauf in eine völlig falsche Richtung.

»Mein Banker? Nee, nicht unbedingt. Der ist eh verheiratet. Aber wir hatten ein echt gutes Gespräch.«

Gemeinsam machen wir uns auf den Weg ins Wohnzimmer.

»Das heißt, deine Kreditrahmenerweiterung ist gebongt?«

Rita lässt sich auf mein Sofa fallen.

»Ja! Sein Direktor muss das zwar auch noch absegnen,

aber da wird es wohl keine Schwierigkeiten geben. Das verschafft mir einiges an Luft, um ein paar Reiseideen innerhalb Deutschlands auszubrüten.«

»Klingt gut.«

»Allerdings. Ich bin echt erleichtert. Was ist das denn?«

Rita nimmt die Liste der Unbesiegbaren vom Tisch. Mit einem herausfordernden Lächeln verschränke ich die Arme vor der Brust.

»Ich kann sie alle auswendig! Frag mich ab!«

Rita grinst nur.

»Streber. Ich freu mich aber auch schon auf das Spiel morgen.«

»Vergiss ja nicht, die Bluse anzuziehen!«

Einen weiteren Kaffee später macht Rita sich auf den Weg in ihr Reisebüro. Um an diesem Tag noch irgendetwas Sinnvolles zu tun, beschließe ich, dem lieben Frank einen spontanen Genesungsbesuch abzustatten. Das bin ich ihm schuldig. Mit vier Pfund Orangen bewaffnet stehe ich vor seiner Tür. Seine von unzähligen Taschentüchern gefolterte Nase leuchtet feuerrot. Kein schöner Anblick.

»Wie gut, dass wir Radio machen und dich keiner so sieht. Hier, ich dachte, du könntest ein paar Vitamine vertragen.«

Er nimmt mir die Orangen ab.

»Das ist ja 'ne nette Überraschung! Komm doch rein!«

Auf der Türschwelle zögere ich einen kurzen Moment.

»Bist du noch ansteckend?«

»Ich glaub nicht.«

Wenig überzeugt folge ich ihm in seine gute Stube. Er bringt das Obst in die Küche, während ich ihn mal wieder um seine dekadent große Dachterrasse beneide. Perlen vor die Säue. Frank ist im Gegensatz zu mir überhaupt kein

Draußensitzer. Meine Wohnung hat nicht mal einen popeligen Balkon. Als er in der Tür hinter mir auftaucht und meinen sehnsuchtsvollen Blick bemerkt, sagt er das, was er immer sagt, wenn ich ihn besuche:

»Ja, ich ruf dich als Erste an, wenn ich hier ausziehe.«

Leere Versprechungen. Er wird hier niemals ausziehen. Wäre ja auch schön blöd.

»Was magst du trinken? Ich hab mir gerade einen Pfefferminztee gekocht.«

»Pfefferminztee? Du bist wirklich krank, oder?«

»Wenn man ihn mit einem Schuss Calvados aufmotzt, schmeckt er eigentlich ganz passabel. Ich kann dir aber auch gerne ’nen Kaffee machen.«

Ich hab heute Morgen schon so viel Kaffee getrunken, da kommt es auf einen mehr oder weniger auch nicht mehr an. Pfefferminztee mit Calvados ist jedenfalls keine wirkliche Alternative.

Abgesehen von seiner Ladykiller-Dachterrasse hat Frank auch eine von diesen Hightech-Espressomaschinen. Tasse drunter, Knopf drücken, und schon werden vollautomatisch Bohnen gemahlen, Milch aufgeschäumt und Kaffee gebrüht. Statt des traditionellen Kakaopulvers stäubt er immer eine Prise Zimt und einen Hauch Vanille auf die Schaumkrone. So viel Extravaganz hat selbst mich am Anfang enorm beeindruckt. Aber irgendwann habe ich durchschaut, dass auch das Teil seiner gut inszenierten One-Man-Show ist. Nicht nur hinter dem Mikrofon ist er eine echte Rampensau. Ich mag ihn trotzdem. Außerdem ist sein Kaffee einfach echt lecker.

Minuten später kommt Frank mit unseren Tassen aus der Küche und setzt sich zu mir auf sein italienisches Designersofa.

»Du hast ja gar keine Ringe unter den Augen. Dann kann die zusätzliche Woche Frühschicht ja nicht so schlimm gewesen sein.«

Es scheint ihm wirklich wieder gut zu gehen. Er läuft mit all dem ihm gegebenen Charme schon wieder zu Höchstform auf. Mit Gleichgültigkeit auf seine Sticheleien zu reagieren hat sich über die Jahre unserer Zusammenarbeit als einzig probates Mittel erwiesen, ihn auszubremsen.

»Meinetwegen kannst du ruhig noch 'ne Woche krankfeiern. Aber Klein-Vanessa vermisst dich schon sehr.«

Er kann nicht verbergen, dass er die unverhohlene Bewunderung unserer neuen Praktikantin sehr genießt. Heute lässt er es aber bei einem süffisanten Lächeln bewenden und kommt dann schnell zu den dienstlichen Fragen.

»Hast du den Papierkram für die Sendung am Montag mitgebracht?«

»Natürlich nicht. Du bist noch krank, und ich hab Wochenende.«

»Wie wär's, wenn wir uns morgen Nachmittag für eine Stunde im Sender zusammensetzen und das Programm durchgehen?«

Morgen Nachmittag? Viertes Halbfinalspiel unserer Jungs gegen die München Barons. Manu hat schon die Karten geholt. Ausgeschlossen, dass ich das verpasse.

»Ich kann nicht. Ich geh zum Eishockey.«

Frank nimmt mit Calvados das Feintuning an seinem Pfefferminztee vor.

»Früher waren deine Ausreden wenigstens noch glaubwürdig.«

»Das ist keine Ausrede.«

»Du? Zum Eishockey?«

Er setzt die Flasche ab und sieht mich an. Dann bricht er

in schallendes Gelächter aus. Er kann sich gar nicht wieder beruhigen.

»Was ist denn daran so lustig?«

Sein Gelächter wird von einem Hustenanfall erstickt. Er ist knallrot im Gesicht. Die Tränen laufen ihm in Sturzbächen über die Wangen. Es dauert eine Weile, bis er wieder zu Atem kommt. Dann räuspert er sich ausgiebig und schraubt seine Stimmlage in eines Eunuchen würdige Höhen:

»Wenn ich nicht zweimal im Monat in eine Ausstellung gehe, verhungere ich intellektuell. Frank, dir könnte es auch nicht schaden, mal das Feuilleton der Süddeutschen Zeitung zu lesen. Wann hast du eigentlich das letzte Mal ein Buch in der Hand gehabt? Du kannst Almodovars neuen Film nicht gut finden, weil du ihn einfach nicht verstehst.«

Auch mir steigen vor Lachen die Tränen in die Augen. Er übertreibt maßlos, kommt mir aber zumindest in der Nachahmung meiner Gesten erschreckend nah.

»So bin ich nicht!«

»Du hast solche Momente! Nicht oft, aber du hast sie. Und jetzt kommst du hier mit Eishockey um die Ecke.«

Warum nur habe ich das Gefühl, mich rechtfertigen zu müssen?

»Eishockey ist total cool!«

Frank wischt sich mit dem Ärmel die letzten Tränen aus dem Gesicht.

»Das musst du mir nicht erzählen. Das weiß ich schon lange. Ich hab ein Peppi-Heiß-Trikot im Schrank. Aber dass du mal die Existenz der Kölner Haie zur Kenntnis nimmst, hätte ich nicht gedacht.«

»Na ja, erst hat es Manu erwischt. Dann war Achim plötzlich nicht mehr derselbe. An jeder Straßenecke reden die Leute drüber. Es ist so spannend, es reißt einen mit, und man fühlt sich total gut hinterher.«

»Moment mal. Das heißt, du warst schon mal bei einem Spiel?«

»Letzten Mittwoch. Und gestern haben wir vorm Live-Ticker gesessen.«

Frank lehnt sich genüsslich zurück und verschränkt die Arme vor der Brust. Mit verträumtem Blick sieht er aus dem Fenster.

»Ja, so ist das. Wenn man es einmal erlebt hat, dann lässt es einen nicht wieder los. Ich kann mich noch genau an mein erstes Haie-Spiel erinnern. In Düsseldorf, an der Brehmstraße. Derby-Atmosphäre pur. Da hat's mich gepackt. Obwohl wir verloren haben und ich mich gar nicht gut gefühlt hab hinterher. Das kann aber auch am Altbier gelegen haben.«

Er sieht mich an und grinst.

»Da hat der Eishockeyvirus dich jetzt also auch infiziert.«

Frank spricht in Bildern. Das hat es auch noch nicht gegeben. Sentimentalität gehört nicht unbedingt zu seinen herausragendsten Eigenschaften.

»Aber ein Virus, der so gute Laune macht, ist mir allemal lieber als deine Grippebazillen.«

Damit nehme ich den letzten Schluck aus meiner Tasse und erhebe mich aus den Tiefen seiner schicken, aber unbequemen Sitzgarnitur. Auf dem Weg zur Tür hat Frank noch ein paar gut gemeinte Ratschläge für mich.

»Es macht absolut nicht immer gute Laune. Sei lieber darauf gefasst, dass es auch ganz schnell mal so richtig deprimierend sein kann. Eine Niederlage in einem wichtigen Spiel ist echt kein Zuckerschlecken. Glaub's mir! Ich hab es erlebt.«

»Und wenn schon. Davon geht die Welt ja nicht gleich unter.«

»Sag das nicht!«

»Frank, geh ins Bett. Du kriegst wieder Fieber.«

Manu hat Karten für dieselben Plätze besorgt wie beim letzten Spiel. Ihren Schal hat sie natürlich auch dabei. Selbstverständlich trage ich meinen Rollkragenpullover und Rita unter ihrer Jacke die Gewinnerbluse. Nach all diesen Vorkehrungen sind wir nicht nur guter Hoffnung, heute mit einem dritten Sieg gegen die Münchner ins Finale um die Meisterschaft einzuziehen, wir sind uns absolut sicher. Daran ändern weder die Pessimisten in der Reihe hinter uns noch der lautstarke Barons-Anhang im Oberrang etwas. Mir scheinen ihre Anfeuerungsrufe eine gute Viertelstunde vor Spielbeginn eher der verzweifelte Versuch zu sein, sich so lange Gehör zu verschaffen, wie die Kölner Fans noch ruhig sind. Sollen sie doch. Das Singen wird ihnen gleich vergehen. Erstaunlicherweise ist die Atmosphäre unter den Haie-Fans insgesamt eher angespannt. Viel angespannter als beim letzten Mal. Kaum jemand scheint meine Zuversicht zu teilen. In den Gesichtern der Zuschauer in meiner unmittelbaren Umgebung machen sich mehr und mehr Sorgenfalten breit. Die einen rutschen unruhig auf ihren Plätzen hin und her, die anderen klammern sich haltsuchend an ihre Kölschbecher. Manu scheint sich von der allgemeinen Unruhe anstecken zu lassen.

»Und was, wenn wir doch verlieren?«

»Das wird nicht passieren. Das kann gar nicht passieren!«

»Aber wenn doch?«

Der ältere Herr hinter Manu tätschelt beruhigend ihre Schulter.

»Dann ist ja noch nicht alles verloren.«

Rita ist von Manus Schwarzmalerei sichtlich genervt.

»Du verbreitest total schlechte Stimmung! Wenn wir nicht an die Jungs glauben, wer denn dann?«

Eine leise Stimme in meinem Hinterkopf macht mich darauf aufmerksam, dass eine Niederlage tatsächlich zumindest theoretisch im Bereich des Möglichen liegt. Zum Glück wird es in diesem Moment dunkel in der Arena, und das Einlaufprozedere beginnt.

Sofort ist das Weihnachtsfeeling wieder da. Wunderkerzen, ›Highway to Hell‹, Gänsehaut. Das komplette Programm. Kurz bevor der Hallensprecher beginnt, die Mannschaft vorzustellen, breche ich jede Kommunikation mit Rita und Manu ab. Ich habe immerhin fast meinen gesamten Samstagvormittag investiert, um die einundzwanzig Namen auswendig zu lernen. Also wird jetzt auch mit der Meute gebrüllt. Mit jedem Spieler, der aus dem Haimaul auf das Eis fährt, steigt meine Vorfreude. Nicht nur die Vorfreude auf das Spiel selbst, sondern vor allem auch auf das Gefühl danach. Auf den Jubel, die glücklichen Gesichter, die nächste Endorphinattacke.

Um Punkt halb drei wirft der Schiedsrichter den Puck zum Eröffnungsbully auf das Eis. Konfettifontänen, los geht's. Die akustische Überlegenheit in der Halle sichern sich sofort die Haie-Fans. Vom ersten Moment an wird auf den Rängen gesungen und lautstark angefeuert. Bis zum ersten Tor. Die Spaßbremse trägt ein Münchner Trikot und heißt Mike Kennedy. Auf der Uhr sind gerade mal achtundvierzig Sekunden abgelaufen, als der Puck im Kölner Netz zappelt. Ich muss nicht mal hinsehen, um zu wissen, dass Manu schon wieder Nägel kaut. Rita und ich sind die Ruhe selbst. Sogar der Jubel der Barons-Fans im Oberrang macht mir nichts aus. Singt ruhig, solange ihr noch Gelegenheit dazu habt! Auch das zweite Münchner Tor bringt mich nicht aus der Fassung. Manu ist nicht mehr ansprechbar. Als in der vierzehnten Minute das dritte Tor für die Barons fällt, sehe ich Rita an:

»Läuft doch alles genau wie beim letzten Spiel in München!«

Rita ist sichtlich bemüht, meinen Optimismus zu teilen, und bringt ein halbwegs überzeugendes Lächeln zustande. Wenigstens Nord- und Südkurve scheinen uneingeschränkt meiner Meinung zu sein.

»Haie, macht es noch einmal!«, schallt es durch die Arena.

Tatsächlich nimmt das Schicksal seinen nur allzu vorhersehbaren Lauf. Ich habe zwar nicht gesehen, wie es passiert ist, aber die rote Lampe hinter dem Münchner Tor, das schwarz-weiß-rote Fahnenmeer, Blurs ›Song No. 2‹ und der Hallensprecher lassen keinen Zweifel aufkommen:

»In der sechzehnten Spielminute: Toooooooooor für die Kölner ...«

»... Haie!«, kommt die logische Antwort von den Rängen.

»Der Assistent mit der Nummer vierundvierzig: Eric ...«

Ich weiß es! Ich weiß es! Die Zuschauer haben längst »Bertrand!« gerufen.

»Gilden Kölsch präsentiert den Torschützen mit der Nummer vierzehn: Dwayne ...«

Verdammt. Wie heißt denn der noch mal?

»... Norris!« Ach ja, richtig. Ich muss eindeutig schneller werden.

Nach einer durchaus ansehnlichen Rauferei mit einem Barons-Spieler nimmt Herr Norris demonstrativ auf der

Strafbank vor uns Platz. Als ob er mir bis zum Ende des Drittels die Gelegenheit geben möchte, mir gefälligst seinen Namen einzuprägen. Und aus lauter schlechtem Gewissen heraus tue ich das natürlich auch. Nummer vierzehn, Norris. Nummer vierzehn, Norris. Nummer vierzehn, Norris. Nein, diesen Namen werde ich bestimmt nicht wieder vergessen.

Als die Mannschaften am Ende des ersten Drittels das Eis verlassen, kommt es dann am Eingang zu den Katakomben zu einer amtlichen Rangelei. Da sind ernsthaft erhitzte Gemüter auf dem Weg in die Kabine. Die Zuschauer auf den Rängen links und rechts des Geschehens amüsieren sich großartig. Irgendwer scheint für einen Lacher gesorgt zu haben. Kaum zu glauben bei der Ernsthaftigkeit des Anlasses.

In der Pause gesellt sich Björn zu uns. Wie gewohnt in Trikot und dem darunter getragenen Sweatshirt. Da auch mein Pullover die Waschmaschine noch nicht von innen gesehen hat, nehme ich Björn ohne Bedenken zur Begrüßung in den Arm.

»Wie geil, dass ich heute in die Südkurve gegangen bin! Habt ihr das gerade mitgekriegt?«

»Die Rangelei am Ausgang? Was war denn da los?«

»Eric Bertrand hat einen von den Barons beim Rausgehen so 'n bisschen geschubst. Der hat sich tierisch aufgeplustert und wollte 'nen richtig coolen Spruch raushauen. Aber gesagt hat er dann in bestem Lothar-Matthäus-Englisch: ›What you will?‹ Wir haben so abgelacht! Kam halt gar nicht cool rüber.«

»Ist doch klar, dass bei denen die Nerven blank liegen.«

Rita bringt tatsächlich Verständnis für die Barons auf, während ich gerade stolz darauf bin, mit dem Namen Lothar Matthäus etwas anfangen zu können.

Björn bemerkt die inzwischen vollkommen verknoteten Fransen an Manus Schal.

»Ich kauf dir in der nächsten Pause einen neuen. Mit dem hier bist du ja wohl fertig, oder?«

Manu fühlt sich ertappt und schämt sich sichtlich.

»Dafür hat sie wenigstens ein paar Fingernägel übrig gelassen.«

»Die sind aber schon verplant. Sind ja noch zwei Drittel zu spielen!«

Sie ist wirklich so richtig nervös.

»Manu, jetzt mach dich mal locker. Das wird genau wie letzten Freitag. Die Jungs drehen das Ding jetzt ganz geschmeidig um.«

»Das glaube ich erst, wenn ich es sehe. Lasst uns wieder reingehen.«

Im zweiten Drittel mangelt es zwar nicht an Geschmeidigkeit, aber das Umdrehen will nicht so richtig klappen. Wann immer ich schon halb aufspringe, weil ich den Puck so gut wie im Münchner Tor sehe, bringt Barons-Keeper Rousson im letzten Moment noch irgendwie Kelle, Fanghand oder Schoner dazwischen. Bei jeder seiner Rettungstaten geht ein Raunen durch die Menge. Unfassbar, was für Dinger der Mann da hält! Die Haie beißen sich an ihm im wahrsten Sinne des Wortes die Zähne aus. Rita wird allmählich ungeduldig.

»In München hat das aber nicht so lange gedauert.«

Als das Drittel torlos zu Ende geht, fällt mir zu dem Thema auch keine schlaue Erklärung ein. Trotzdem will ich noch nicht aufhören, daran zu glauben. Die knapp Siebzehntausend auf den Rängen geben die Hoffnung ja auch nicht auf. Allerdings gewinnen die paar hundert Barons-Fans im Oberrang aus physikalisch unerklärbaren Gründen zu Beginn des letzten Drittels die akustische Oberhand. Das ändert sich schlagartig, als in der achtundvierzigsten Spielminute endlich das zweite Tor für Köln fällt. In der Arena ist die Hölle los. Es scheint, als hätten alle den gleichen Gedanken: Wir sind wieder in der Spur! Jetzt drehen die Jungs das Ding doch noch! Der Torschütze wird frenetisch bejubelt:

»Mit der Nummer einundzwanzig: Alex ...«

Ich bin so erleichtert über diesen Treffer, dass ich komplett meinen Einsatz verpasse. Nicht so das übrige Publikum:

»... Hicks, Hicks, Alex Hicks!«

Was war das? Neue Regeln? Das machen die Fans bei keinem anderen Spieler. Oder hab ich was verpasst? Merken und bei Gelegenheit Björn danach fragen. Ist jetzt gerade eh nicht wichtig.

»Auf geht's, Haie, kämpfen und siegen!«

Der Wille ist da. Das merkt man. Aber noch einer will heute anscheinend auch. Und das ist ein Baron namens Boris Rousson. Mit irgendeinem Teil seiner Ausrüstung ist er immer genau da, wo der Puck gerade die Torlinie überqueren will. Es ist schon fast beängstigend. Die Fans auf den Rängen werden trotzdem nicht müde, unsere Jungs anzufeuern. Das Schicksal muss in seinem nur allzu vorhersehbaren Lauf irgendwas durcheinander gebracht haben, als es kurz nacheinander zwei Haie-Spieler auf die Strafbank verschlägt. Auf dem Eis stehen sich jetzt drei Kölner und fünf Münchner gegenüber. Die leise Stimme in meinem Hinterkopf besteht darauf, bereits vor dem Spiel angemerkt zu haben, dass eine Niederlage tatsächlich zumindest theoretisch im Bereich des Möglichen liegt. Aus dem Augenwinkel sehe ich Rita ihre Jacke ausziehen. Auch mein Blutdruck steigt spürbar und beschert mir das Gefühl aufsteigender Hitze. Durch das Rauschen in meinen Ohren höre ich Manus Stimme.

»Nicht gut. Gar nicht gut.«

Es dauert immerhin mehr als eine Minute, bis die rote Lampe über dem Kölner Tor aufleuchtet. Jubel und Fahnenmeer beschränken sich auf einen Block im Oberrang und sind weiß-blau. Darüber legt sich in vollkommen neutralem Ton die Stimme des Hallensprechers:

»In der zweiundfünfzigsten Spielminute Tor für die München Barons. Torschütze mit der Nummer sieben Derek King. Die Assistenten mit der Nummer sechsunddreißig Johan Rosén und mit der Nummer achtzehn Kent Fearns. Neuer Spielstand zwei zu vier.«

Man spricht wohl von einer Übersprungshandlung, wenn man in einem solchen Moment anfängt, Kaugummis in der Handtasche zu suchen. Jedenfalls tue ich genau das. Rita streckt mir quer über Manus Schoß stumm ihre aufgehaltene Hand hin. Das einzige Kaugummi, das sich noch in der Packung befindet, reiße ich also in zwei Hälften und reiche ihr eine davon. Als sie ihre Hand kommentarlos wieder zurückzieht, bin ich irritiert. Irgendwas stimmt da nicht. Irgendwas fehlt da doch. Als ob das Bild nicht vollständig ist. Mir schwant Übles.

»Rita?«

»Ja?«

»Zeig mir doch bitte noch mal deine Hand.«

Sie wundert sich zwar, streckt mir aber trotzdem ihren Arm entgegen. Und dann sehe ich es!

»Wo ist denn der Marmeladenfleck hin?«

»Na ja, weg.«

»Was meinst du mit weg?«

»Weg eben. Ich hab die Bluse gestern gewaschen, und jetzt ist er weg.«

»Du hast die Bluse gewaschen?«

»Der Fleck war echt eklig und hat total geklebt.«

Ich bin vollkommen fassungslos.

»Du hast die Bluse gewaschen?«

So langsam dämmert es Rita, was sie angerichtet hat. Sie unternimmt einen kläglichen Versuch, ihren Kopf aus der Schlinge zu ziehen.

»Aber es ist doch trotzdem noch die Gewinnerbluse!«

Tiefste Verachtung liegt in Manus und meinem Blick. Rita ist ernsthaft verunsichert:

»Oder etwa nicht?«

Ich drehe mich mit meinem ganzen Oberkörper zu ihr, um meiner folgenden Erklärung den nötigen Nachdruck zu verleihen.

»Wenn wir dieses Spiel heute verlieren, bist ganz allein du schuld!«

Manu setzt direkt noch einen drauf:

»Toll, Rita! Vielen Dank!«

Kopfschüttelnd wenden Manu und ich uns von ihr ab.

»Die Bluse gewaschen. Ich fass es nicht.«

Die Uhr läuft gnadenlos ab. Einen kurzen Moment lang scheint es Hoffnung für Rita zu geben. Die Haie spielen die Verteidigung der Barons schwindelig. Aber Boris Rousson setzt ein weiteres Mal die Gesetze der Physik außer Kraft. Scheinbar schwerelos hebt er ab und verwehrt dem Puck erneut den Weg ins Tor. Die letzten beiden Spielminuten werden angekündigt. Die Menge erhebt sich und klatscht die Haie noch mal nach vorne. Torwart Rogles verlässt das Eis zugunsten eines weiteren Kölner Feldspielers. Die Sekunden fliegen dahin. Doch dann verlieren die Haie den Puck. Und dank Rita bekomme ich mein erstes *empty net goal* zu sehen. Kein Geringerer als Spaßbremse Kennedy erzielt drei Sekunden vor Schluss den fünften Treffer für die Barons.

Aus. Das war's.

Auf dem Weg zur Haltestelle tun Manu und ich so, als wäre Rita gar nicht da. Wir sind immer eine gute Schrittlänge vor ihr, und sie schleicht mit bedröppelter Miene und hängendem Kopf hinter uns her. Auch während der Fahrt zurück nach Hause reden wir kein Wort mit ihr. Die anderen Haie-Fans in unserer Bahn rätseln darüber, woran es heute gelegen hat. Die einen meinen, Boris Rousson habe einen echten Sahnetag erwischt. Die anderen finden, Chris Rogles habe bei den ersten beiden Münchner Toren keine ganz so glückliche Figur gemacht. Jemand neben mir behauptet, die Haie hätten im zweiten Drittel einfach zu viele gute Torchancen nicht genutzt. Das Gegenüber von dem Jemand neben mir bescheinigt den Barons, dass sie die ganze Saison über nie so stark gewesen wären wie heute. Ich kann all diese ahnungslosen Menschen nicht länger im Ungewissen lassen. Also bringe ich die bitteren Fakten auf den Tisch:

»Wir haben verloren, weil Rita die Bluse gewaschen hat.«

Rita versinkt erneut vor Scham im Boden. Ich ernte ein paar verständnislose Blicke. Kein Wunder, dass die Leute überrascht sind. Wer hätte gedacht, dass wir heute den Finaleinzug wegen dem unkontrollierbaren Waschzwang einer Kölner Reisebüroinhaberin verpassen? Banaler geht es nun wirklich nicht. Ich bin ernsthaft sauer.

Als ich am Montagvormittag kurz vor der Redaktionskonferenz im Sender erscheine, hat sich meine Laune nur unwesentlich gebessert. Ich bin nicht mehr wütend, sondern hochgradig deprimiert. Obwohl ich heute Morgen endlich mal wieder richtig viel Zeit hatte, war an Frühstück nicht zu denken. Ich hab keinen Bissen runtergekriegt. Hoffentlich ist wenigstens noch eine Cola im Kühlschrank. In der Küche treffe ich Frank, dessen Begrüßung ich mit einem unartikulierten Brummen erwidere. Natürlich ist ausgerechnet heute keine Cola mehr da. Es finden sich lediglich ein paar Dosen dieses ekelhaften Eisteezeugs, das kein Mensch anrührt und das deshalb schon seit Monaten hier rumsteht. *Murphy's Law*. Frank beobachtet mich dabei, wie ich missmutig die Kühlschranktür zuwerfe.

»Was hat dir denn die Petersilie verhagelt?«

Hört der Mann keine Nachrichten?

»Womöglich eine Zwei-zu-fünf-Niederlage gegen die Barons?«

Frank kann sich ein Grinsen nur schwer verkneifen.

»Ich hab dich gewarnt.«

»Das macht es auch nicht besser.«

»Nach Spielen steht es doch erst zwei zu zwei. Die Haie können immer noch ins Finale kommen. Wenn sie morgen Abend das fünfte Spiel in München verlieren, kannst du rumheulen. Aber jetzt doch noch nicht!«

In diesem Moment kommt Achim zur Tür herein. Er hat eine Dose Cola in der Hand und extrem gute Laune. Beides kann ich gerade überhaupt nicht ertragen.

»Was is denn hier los? Einer gstorbe?«

»Nein, nein. Wir reden nur gerade über das Spiel gestern Abend.«

Achim nickt wissend.

»Hätt ich net gedacht, dass die Haie des noch mal so spannend machen. Mer ware ja gegen die Kassel Huskies schon am Freitag durch.«

»Die Adler stehen im Finale?«

»Glatt in Drei-zu-null-Siegen. Super Sach, des!«

Kein Wunder, dass Achim so gut drauf ist.

»Des beste is, dass mer jetzt die ganze Woch Pause ham. Aber die Barons müsse morge auch noch durchs fünfte Spiel und sin dann total ausgepowert, wenn se gegen uns antrete.«

Für Achim scheint es eine klare Angelegenheit zu sein, dass der Finalgegner der Adler Mannheim aus München kommt. Das deprimiert mich noch ein bisschen mehr. Frank wagt es allerdings, Achims Theorie anzuzweifeln:

»Ich bin mir nicht sicher, ob die Münchner das Ding morgen Abend so einfach gewinnen.«

Achim winkt ab.

»Die Barons ware Tabellenerster nach der Vorrunde. Die wolle wieder Meister werde. Revanche gegen die Adler fürs Finale letztes Jahr. Außerdem geh ich jede Wette ein, dass nach der Klatsche gestern Abend die Moral bei den Haien eingebroche ist.«

Ich will das alles nicht hören. Das klingt so, als ob es stimmen könnte. Ganz zu schweigen von Ritas gewaschener Bluse. Die Chancen unserer Jungs tendieren wohl wirklich gegen null. Und das muss ich mir ausgerechnet von Achim sagen lassen. Das Leben kann so grausam sein. Frank hingegen geht unbekümmert zur Tagesordnung über.

»Gibt's wieder 'ne Live-Schalte zum Spiel?«

»Na klar. Der Philipp fährt morge früh nach München.«

In die Programmplanung vertieft, machen die beiden sich auf den Weg zum Konferenzraum. Wenn meine schöne neue Eishockeywelt schon in Scherben liegt, will ich wenigstens keinen Stunk mehr im Freundeskreis haben. Ich werde mich nachher mit Rita treffen und ihr Absolution erteilen. Wir sollten Billard spielen gehen. Sie hat die Chance, einiges wieder gutzumachen, wenn sie mich gewinnen lässt.

Mein Zehn-zu-null-Sieg macht die Versöhnung tatsächlich wesentlich einfacher. Natürlich verdanke ich diesen Triumph meinem herausragenden Spiel und nicht etwa Ritas Gnade. Versteht sich von selbst. Als wir zu einem letzten Absacker im »All In One« einkehren, treffen wir auf Manu und Björn, die am Tresen rumturteln. Manu ist ehrlich überrascht, als sie Rita und mich sieht.

»Reden wir wieder mit ihr?«

»Ja, Manu, wir reden wieder mit ihr.«

Björn schüttelt grinsend den Kopf.

»Ihr seid ja drauf! Erst so kurz dabei und schon Play-off-Rituale.«

Rita wirft Manu einen vorwurfsvollen Blick zu.

»Du hast es ihm erzählt?«

»Natürlich hab ich's ihm erzählt!«

»Familienangelegenheiten gehen außer uns niemanden was an!«

Rita ist kurz davor, ernsthaft böse zu werden. Björn versucht, irgendwie das Thema zu wechseln.

»Wo guckt ihr denn morgen das Spiel?«

Diese Frage trifft nicht nur mich komplett unvorbereitet. Auch die Mädels scheinen bislang nicht darüber nachgedacht zu haben, ob sie sich diesem Seelenschmerz überhaupt noch mal aussetzen möchten. Betretenes Schweigen.

»Ich wär ja gern wieder nach München geflogen, aber mein Chef gibt mir nicht frei. Ein paar von meinen Kumpels gehen ins Kings. Kommt doch mit!«

Meine Begeisterung für diesen Vorschlag hält sich aus mehreren Gründen in Grenzen. Rita und Manu können sich auch nur langsam für die Idee erwärmen. Aber dann kehrt ausgerechnet Rita den Moralischen raus.

»Wir können das Spiel nicht nicht gucken. Es sind immer noch unsere Haie.«

Damit hat sie natürlich Recht. Und es ist ja auch weiß Gott nicht die Schuld unserer Haie, dass Rita die Bluse gewaschen hat. Ich muss aufhören, darauf herumzureiten. Vergeben und vergessen.

Auch Manu findet einen guten Grund, ins Kings zu gehen:

»Dann ist man wenigstens nicht allein, wenn wir verlieren.«

Björn verteilt inzwischen eine Runde Kölsch.

»Mädels, ihr müsst das echt anders sehen. Dass wir den Barons überhaupt ein fünftes Spiel abgerungen haben, ist schon ein Mordserfolg. München wird dieses Jahr Meister. Hab ich von Anfang an gesagt.«

»Hast du zufällig Verwandtschaft in Mannheim?«

»Nee, wieso?«

»Du klingst wie mein Chefredakteur.«

»Das war Radio Köln 107,1 Peppers am Dienstagnachmittag mit Nicola Brinkmann. Wir hören uns morgen wieder, wenn Sie mögen, ab eins in diesem Lautsprecher! Ich wünsche Ihnen einen charmanten Resttag! Machen Sie's gut! Und immer schön lächeln! Hier sind Texas mit ›Inner Smile‹.«

Regler runter, Mikro zu. Sieben Minuten vor vier. Der Titel wird ziemlich genau bis zum nächsten Werbebreak passen. Ich bin zufrieden. Als ich aus dem Studio komme und mein Handy wieder einschalte, erreicht mich eine SMS von Manu.

»Spiel beginnt um 19:00. Sollten vielleicht ein bisschen vorher im Kings sein. Halb sieben Abmarsch?«

Halb sieben Abmarsch. Dann bleiben mir noch zweieinhalb Stunden, um mich seelisch auf den heutigen Abend vorzubereiten. Blödsinn. Ich denke schon seit dem Aufstehen an nichts anderes mehr. Mit Marcel und Rainer hatte ich den ganzen Tag auch kein anderes Thema. Der Eishockeyvirus leistet ganze Arbeit. Gott sei Dank habe ich nicht mehr allzu viel Papierkram für die morgige Sendung zu erledigen. Auf dem Weg zu meinem Schreibtisch komme ich an Achim vorbei, der gedankenverloren mit einer Tasse Kaffee in der Hand mitten in unserem Großraumbüro steht.

»Viel Glück für heut Abend!«

Er kann nicht mich meinen, oder? Ich bleibe stehen und drehe mich zu ihm um.

»Wie bitte?«

»Viel Glück für heut Abend. Hab gehört, du schaust dir des Spiel an.«

Augenscheinlich löst der Eishockeyvirus auch eine eigene Variante von Halluzinationen aus. Achim redet mit mir in freundlichem Ton über nichtdienstliche Dinge? Das kann ich mir nur einbilden. Ich zweifle endgültig an meinem Verstand, als er auch noch lächelnd hinzufügt:

»Nicht vergessen: Die Hoffnung stirbt zuletzt!«

Damit dreht er sich um und verschwindet in sein Büro. Doktor Jekyll und Mister Hyde. Es gibt sie wirklich. Oder Achims verschollener Zwillingsbruder, von dem niemand was wusste, ist gerade wieder aufgetaucht.

Ich bin so verwirrt, dass an Arbeit nicht mehr zu denken ist. Also verabschiede ich mich von meinen Kollegen und trete den Heimweg an. Erst mit einer zehnminütigen Dusche schaffe ich es, das Schreckgespenst abzuschütteln. Spätestens das Anziehen meines Play-off-Pullovers erinnert mich dann aber an die eigentliche Mission des Tages. Als ich mit den Mädels um halb sieben auf dem Weg ins Kings bin, kommt mir der Auftritt meines Chefs selbst nur noch wie ein abgedrehter Traum vor.

»Achim war heute so merkwürdig.«

Rita springt sofort begeistert mit auf den Zug.

»Gibt's eine neue Ich-hasse-meinen-Chef-Geschichte? Lass hören!«

»Nee, er war einfach nur merkwürdig.«

»Wie merkwürdig?«

»Na ja, schon fast nett.«

»Wir reden aber schon von dem – ich zitiere – unerträglichen Despoten, der immer noch nicht anständig Hochdeutsch spricht, oder?«

»Ja, eben! Ich glaub, mit dem stimmt was nicht.«

Manu blickt uns an, zieht die Augenbrauen hoch und tippt sich mit dem Finger an die Stirn.

»Geht's noch?«

»Manu, du verstehst das nicht. Das macht ihn total unberechenbar! Solange er tagtäglich ein Stinkstiefel ist, kann man sich darauf einstellen. Immer schön durchschnittlich schlecht gelaunt. Aber wenn das Pendel jetzt nach oben ausschlägt, dann geht das in die andere Richtung genauso.«

»Du meinst, seine bisherigen Donnerwetter sind noch steigerungsfähig?«

»Ich befürchte, ja.«

Das Kings ermöglicht mir schlagartig, meine Sorgen in eine andere Richtung zu lenken. Der Laden platzt aus allen Nähten. Menschen in Haie-Trikots, wo man nur hinschaut.

»Wie sollen wir denn in diesem Getümmel Björn finden?«

Zum Glück findet Björn uns. Aus dem Gedränge heraus steuert er winkend auf uns zu. Irgendwie schafft er es sogar noch, eine Runde Kölsch zu besorgen, bevor das Spiel losgeht. Wie all die anderen hypnotisierten Kaninchen um uns herum starren wir auf die Großleinwand über dem Tresen.

Pünktlich um sieben das Eröffnungsbully. Es dauert einen kleinen Moment, bis ich mich an die roten Auswärtstrikots der Haie gewöhnt habe. Tragen nicht die guten Jungs normalerweise immer weiß? Das tun heute die München Barons. Weiß-blau eben, wie es sich für einen bayrischen Club bei einem Heimspiel gehört. Keine Frage. Zu Beginn des Drittels lassen die Barons keinen Zweifel daran, dass sie den Mannheimer Adlern ins Finale folgen wollen. Chris Rogles im Tor der Haie hat einiges zu tun. Aber auch Boris Rousson auf der anderen Seite gerät erfreulich häufig unter Beschuss. Die Spieler sind verbissen bei der Sache. Jeder Check wird zu Ende gefahren, jeder Zweikampf gesucht und angenommen. Die gönnen sich gegenseitig nicht das Schwarze unter den Fingernägeln. Kaum jemand im Kings unterhält sich. Alle sind – genau wie wir – voll und ganz auf das Spiel konzentriert. Immer wieder gibt es Zwei-Minuten-Strafen gegen die eine oder die andere Mannschaft. Aber keines der Teams nutzt die Überzahlsituationen für ein Tor. Wer auch immer hier den ersten Treffer erzielt, hat auf jeden Fall einen großen Vorteil. Aber von drückender Münchner Überlegenheit kann keine Rede sein. Unsere Jungs halten absolut dagegen. Die Spannung ist förmlich spürbar. Das Kribbeln im Magen ist wieder da. Als die Pausensirene das Ende eines dramatischen, aber torlosen ersten Drittels anzeigt, halte ich immer noch mein erstes Glas in der Hand. Björn wirft sich dem Kellner, der gerade mit einem Kranz Kölsch vorbeikommt, in den Weg und ergattert vier frisch Gezapfte für uns. Manu erhebt ihr Glas.

»Auch wenn wir heute verlieren sollten: Es gibt wirklich schlechtere Möglichkeiten, einen Dienstagabend zu verbringen.«

Sie hat so Recht! Man will gerade nirgendwo anders sein.

Man will die Jungs spielen sehen. Und man will das mit lauter Haie-Fans zusammen tun. Egal, was da heute in München passiert.

Dienstagabend? Warum klingelt da eine Alarmglocke in meinem Kopf?

Rita versprüht ungetrübten Optimismus.

»Ich finde, unsere Jungs verkaufen sich echt teuer. Wir haben eine Chance!«

Das sehe ich genauso.

Dienstagabend, Dienstagabend. War da was?

Björn sieht die Situation sachlich und nüchtern.

»Macht euch nicht zu große Hoffnung. Es sind die München Barons.«

Dienstagabend, Dienstagabend – o nein! Herr Achim! Der Tisch! Um acht in Tonis Wohnung!

»Wie spät ist es?«

»Halb acht.«

»Ich muss weg. Die liefern gleich Tonis Tisch. Total vergessen. Scheiße!«

Die drei sehen mich mit großen, fragenden Augen an. Aber mir bleibt keine Zeit für lange Erklärungen. Bevor ich mit fliegenden Fahnen und blutendem Herzen aus dem Kings stürze, erteile ich den Mädels noch schnell einen ultimativ wichtigen Auftrag:

»Ihr müsst mir ’ne SMS schicken, wenn was passiert.«

Die beiden nicken mit ernsten Mienen. Ehrensache.

»Ich bin so schnell wie möglich wieder da!«

Eine halbe Stunde ist verdammt wenig, um nach Hause zu rennen, Tonis Schlüssel zu holen und mich in die Südstadt zu bewegen. Das Auto zu nehmen ist mir zu riskant. Um diese Uhrzeit eine Parklücke in der Nähe des Chlodwigplatzes zu finden ist so wahrscheinlich, wie vom Blitz erschlagen zu werden. Zehn Minuten später lasse ich mich völlig außer Atem auf einen Sitz in der menschenleeren Bahn fallen. Ich bin am Ende. Jetzt nicht im Kings sein zu können ist an seelischer Grausamkeit nicht zu überbieten. Wir haben eine Chance. Das Finale ist nicht unerreichbar. Und ich kann das Spiel nicht sehen. Welcher Teufel hat mich geritten, diesen Termin auf heute Abend zu legen? Ich schicke ein Stoßgebet gen Himmel.

»Lieber Gott, lass die Möbeljungs pünktlich liefern! Dann verpass ich vielleicht nur das zweite Drittel!«

Um kurz vor acht sprinte ich die drei Stockwerke bis zu Tonis Wohnung hinauf. Geschafft. Ich muss dringend was trinken. In Tonis Kühlschrank finde ich einen Sixpack Cola, an dem ein Zettel klebt:

»Danke fürs Blumengießen!«

Schuldbewusst werfe ich einen Blick auf die Grünpflanzen vor dem Fenster. Beeindruckend, wie tapfer sie die Dürrezeit überstanden haben. Ich finde erstaunlich wenig vertrocknete Blätter. Mit einer Dose Cola in der einen und der Gießkanne in der anderen Hand mache ich meine Runde von Blumentopf zu Blumentopf. Als die Pflanzen versorgt sind und mein Gewissen somit wieder rein ist, werfe ich einen Blick auf die Uhr. Viertel nach acht. Das zweite Drittel muss jetzt bald vorbei sein. Ich hole mein Handy aus der Handtasche und lege es auf den Wohnzimmertisch, damit ich ja nicht verpasse, wenn es piept. Wo bleiben bloß die Lieferjungs?

Ich werfe mich auf Tonis Sofa und schalte den Fernseher ein. Das Spiel wird leider nur von einem Pay-TV-Sender übertragen, also mache ich mir keine allzu großen Hoffnungen auf bewegte Bilder aus München. Meine Enttäuschung hält sich dementsprechend in Grenzen, als ich auf keinem der neunundneunzig verfügbaren regulären Kabelkanäle fündig werde. Dann kommt endlich eine Nachricht von Manu.

Zweites Drittel vorbei. Immer noch 0:0.

Immer noch null zu null. Da ist noch alles drin! Wo bleiben bloß die verdammten Lieferjungs? Ich werfe einen Blick aus dem Fenster auf die Straße vor dem Haus. Weit und breit keine Menschenseele zu sehen. Geschweige denn ein wie auch immer gearteter Möbeltransporter. Ein Stau um diese Uhrzeit ist wohl eher unwahrscheinlich. Die werden doch keinen Unfall gehabt haben?

Es vergehen weitere zehn Minuten, bis ich mich frage, ob die Klingel womöglich kaputt ist. Mir bleibt nur ein Weg, das zu überprüfen. Ich lasse also die Wohnungstür offen stehen, haste die drei Stockwerke hinunter, drücke vor der Haustür auf den Klingelknopf und lausche ins Treppenhaus. Das Schellen ist laut und deutlich bis hier unten zu hören. Erleichtert mache ich mich wieder an den Aufstieg. Als ich den Treppenabsatz zwischen der zweiten und dritten Etage erreiche, höre ich mein Handy piepen. Ich renne beinahe den Rentner über den Haufen, der mir mit seinem großen grauen Hund aus einem der oberen Stockwerke entgegenkommt. Ohne ein Wort der Entschuldigung stürze ich durch die offene Wohnungstür, greife mein Handy vom Tisch und öffne mit zittrigen Fingern Manus Nachricht.

41. Minute: 1:0 für die Haie!

Mein Herz rast. Ein unbeschreibliches Glücksgefühl packt mich. Und dann muss der Jubel einfach raus.

»Tooor! Tooor! Toooooooooooor!«

Ich hüpfe mit hochgerissenen Armen durch das Wohnzimmer. Nach dem finalen Sprung lande ich auf meinen Knien und sehe in die treuen Augen eines großen grauen

Hundes. Am anderen Ende der Leine der Rentner aus dem Treppenhaus, der mich mit besorgter Miene ansieht.

»Ist alles in Ordnung bei Ihnen?«

Noch auf den Knien lasse ich ihn an den großartigen Neuigkeiten teilhaben:

»Wir führen mit eins zu null!«

Seine unbewegte Miene verrät mir, dass er keiner von uns ist. Der Mann hat nicht den Hauch einer Ahnung, wovon ich rede.

»Sie sollten besser die Türe schließen. Die Nachbarn hier sind mit Krach ein bisschen empfindlich.«

Peinliche Stille hängt in der Luft. Mit einem Räuspern stehe ich so damenhaft wie möglich wieder auf.

»Schönen Abend noch! Komm, Alfons. Jetzt gehen wir Gassi.«

Ich schiebe die Tür hinter den beiden ins Schloss. Und schon sind meine Gedanken wieder im Kings. Man braucht nicht viel Fantasie, um sich vorzustellen, was da gerade los ist. Auf geht's, Haie, kämpfen und siegen! Ich werfe einen weiteren sehnsüchtigen Blick aus dem Fenster. Immer noch kein Möbeltransporter. Nur der Rentner, der daneben steht, während sein Hund gerade auf dem Bürgersteig sein Geschäft verrichtet. Ich streune durch die Wohnung wie ein Tiger im Käfig. Gelangweilt blättere ich durch die Papiere auf Tonis Schreibtisch und stolpere dabei über eine Rechnung von Ritas Reisebüro, auf der auch die Flugdaten eingetragen sind.

19. April, Ankunft Köln/Bonn, 22:45 Uhr.

Der Zettel mit diesen Informationen, den Toni mir auf dem Weg zum Flughafen gegeben hat, liegt vermutlich noch in ihrem Auto. Bestimmt sogar. Eher als Beschäftigungstherapie trage ich den Termin in den Kalender meines Handys ein. Ich beantworte im Menü gerade die Frage nach einer Erinnerung per Tonsignal mit Ja, als das typische SMS-Piepen mich zusammenzucken lässt. Es ist noch zu früh, als dass das Drittel zu Ende sein könnte. Also muss irgendetwas anderes passiert sein.

48. Minute. Barons machen das 1:1.

Es trifft mich wie ein Faustschlag in den Magen. Vor meinem geistigen Auge sehe ich ein weiß-blaues Fahnenmeer, hängende Köpfe bei unseren Jungs, bei den Haie-Fans vor Ort in der Halle und bei denen im Kings. Der Schmerz lässt nur langsam wieder nach. Aber dann wird mein Kampfgeist wieder wach. Achtundvierzigste Minute? Dann bleiben zwölf Minuten, um noch ein Tor zu machen. Die Messe ist noch nicht gelesen.

»Auf geht's, Haie, kämpfen und siegen!«

Auch wenn Tonis Nachbarn mich jetzt hassen und die Jungs mich nicht hören können. Im Kings könnte man jetzt wenigstens sehen, was passiert. Ich setze meine Wanderung durch die Wohnung fort. In bester Manu-Manier kaue ich auf meinem Daumennagel herum. Vor dem Haus ist noch immer kein Möbeltransporter in Sicht. Es ist weit nach einundzwanzig Uhr, als mich Manus nächste Nachricht erreicht.

Nach 3. Drittel immer noch 1:1. Es gibt Verlängerung. Höllespannend. Wo bleibst du?

Die Frage ist nicht, wo ich bleibe, sondern warum diese verdammten Lieferjungs immer noch nicht da sind! Sobald die den Tisch hier abgestellt haben, drehe ich ihnen höchstpersönlich die Hälse um! Ich schwöre!

Die Flucherei macht es kein bisschen besser. Irgendwie muss ich meine Nerven in den Zaum kriegen. Also zurück aufs Sofa und den Fernseher wieder an. Ohne auf einem der

Kanäle auch nur länger als ein paar Sekunden zu verweilen, zappe ich von Quizshow zu Nachrichten, von Fernsehspiel zu Talkshow, von Magazin zu Reportage. Immer und immer wieder. Alle paar Minuten blicke ich auf mein Handy. Als ob ich es nicht hören würde, wenn eine SMS ankommt. Irgendwann weiß ich nicht mal mehr, wie ich sitzen soll. Linkes Bein übergeschlagen, rechtes Bein übergeschlagen, Schneidersitz, zurückgelehnt, vorgebeugt. Nicht mehr lange, und ich drehe durch. Dann piept es endlich. Und obwohl ich die ganze Zeit auf dieses Piepen – oder die Türklingel – gewartet habe, lässt es mich zusammenzucken. Es ist mehr Angst als Neugierde dabei, als ich Manus Nachricht lese.

Kein Tor in der Verlängerung. Es gibt Penalty-Schießen. Du verpasst alles!

Wem sagt sie das? Ich starte einen neuen Rundgang durch die Wohnung. Im Vorbeilaufen werfe ich mal wieder einen Blick aus dem Fenster. Auf der Straße mitten vor dem Haus hält in diesem Moment ein Transporter mit der Aufschrift »Möbelstudio Blue«. Der Rundgang wird eilig in Richtung Tür fortgesetzt. An der Gegensprechanlage bleibe ich stehen, den Knopf mit dem Schlüssel darauf fest im Blick. Gleich wird es klingeln. Zwei, drei Minuten verstreichen, ohne dass etwas passiert. Was machen die so lange? Ich gehe zurück ins Wohnzimmer und sehe noch mal aus dem Fenster. Der Möbeltransporter steht genauso da wie eben. Nur die Scheinwerfer sind erloschen. Fahrer und Beifahrer sitzen regungslos in der Führerkabine. Da macht keiner Anstalten auszusteigen. Jetzt reicht's.

Wutschnaubend schnappe ich mir den Wohnungsschlüssel, nehme auf dem Weg nach unten jeweils zwei Stufen auf einmal und stehe Augenblicke später neben dem Lastwagen. Die beiden Männer sitzen stocksteif da und starren ihr Armaturenbrett an. Mir platzt der Kragen. Ich reiße die Beifahrertür auf.

»Ihr verdammten Penner! Seit zwei Stunden sitz ich hier dumm rum! Die Haie spielen, und ich verpasse alles, nur weil ...«

Der Fahrer unterbricht mich genauso unwirsch.

»Reinkommen, Tür zu, Schnauze halten!«

Ich bin so perplex, dass ich seinen Anweisungen ohne zu zögern Folge leiste. Was die beiden Männer so konzentriert anstarren, ist das Radio. Im Display leuchtet »Radio Köln 107,1«. Und aus den Lautsprechern höre ich die Stimme unseres Sportkommentators Philipp Walter. Er klingt ein wenig außer Atem.

»... der fünfte Penalty. Wenn ich das richtig sehe, ist das Alex Hicks. Hau ihn rein, Alex. Schnelle Schritte. Schnelle, kleine Schritte. Schöner Move – Tor! Wie hat er den denn noch reingemacht? Der war ja eigentlich nicht mehr möglich! Der war schon aus einem so spitzen Winkel! Rousson hat den Laden zugemacht, aber irgendwo ging der Puck durch! Und wenn jetzt die Barons verschießen, in Person von Mike Kennedy, dann stehen die Haie im Finale! Wenn ganz Köln dran glaubt, dann schaffen das die Haie!«

Gänsehaut. Die Lieferjungs und ich halten den Atem an.

»Mike Kennedy läuft an! Gegen Chris Rogles! Vorbei!«

Tosender Kölner Jubel im Hintergrund. Philipp rastet völlig aus. Seine Stimme beginnt sich zu überschlagen:

»Die Haie sind im Finale! Ist das zu fassen! Sensation in München! Sensation in München! Die Stimmbänder machen's nicht mehr lange mit! Eine Menschentraube aus roten Trikots! Die Haie sind im Endspiel! Ich schau ins weite Rund und seh konsternierte Münchner und ausflippende Kölner! Und ich höre auf dem Kopfhörer einen ausflippenden Reporter! Bevor der durchdreht, gibt er zurück nach Köln!«

Ich jubele, die Lieferjungs jubeln, und gemeinsam hüpfen wir so ungestüm auf den Sitzen herum, dass der ganze Transporter wackelt. Minutenlang.

Als ich mit den beiden im Schlepptau eine halbe Stunde später wieder im Kings eintreffe, ist die Party in vollem Gang. Rita hat immer noch Freudentränen im Gesicht. Manu fällt mir sofort um den Hals. Über meine Schultern hinweg entdeckt sie die beiden Möbeljungs.

»Wo hast du denn die fremden Männer aufgegabelt?«

»Die sind nicht fremd. Das sind Haie-Fans.«

Finale

Meine Kollegen, die im Großraumbüro friedlich an ihren Schreibtischen sitzen, erschrecken sich zu Tode, als ich am nächsten Morgen laut singend in ihre arbeitsame Stille platze.

»Finale oho, Finale ohohoho!«

Spontaner Applaus bricht aus. Marcel und Rainer schmettern mir von ihren Schreibtischen aus ein »Hey, Superhaie, olé, olé, Superhaie!« entgegen. Alle haben es gestern mitbekommen. Alle sind genau wie ich noch immer völlig aus dem Häuschen. Nur unsere Praktikantin Vanessa zieht hinter ihrem Computer genervt Grimassen. Wie kann man an einem solchen Tag schlechte Laune haben?

»Freust du dich gar nicht für die Haie?«

»Jaja, supergeil. Wegen denen muss ich hier so ’nen Scheiß machen.«

Sie deutet auf den Drucker neben sich, der unaufhörlich Papier ausspuckt.

»Was ist das alles?«

»E-Mails von Hörern. Jede Menge Glückwünsche. Bergeweise Fanpost für Philipp Walter. Per Fax ist auch schon ein ganzer Stapel gekommen.«

Ich bin platt.

»So viele? Hat die ganze Stadt gestern vorm Radio gehockt? Das ist ja der helle Wahnsinn!«

Vanessas Begeisterung hält sich nach wie vor in Grenzen.

»Jaja, supergeil. Sklavenarbeit.«

Frank gesellt sich zu uns. Er überfliegt eine der ausgedruckten E-Mails und nickt anerkennend.

»Mann, der Philipp hat sie gestern echt alle gepackt. So 'ne Resonanz auf 'ne Sendung hatten wir ja noch nie! Aber was war das auch für ein Wahnsinnsspiel.«

»Jaja, supergeil. Kriegt euch mal wieder ein.«

Ich grinse Frank an, aber der hat selbst schon gemerkt, dass hier sein Beistand gefragt ist.

»Hey, Vanessa, wollen wir nachher zusammen Mittagessen gehen?«

Sofort hellt sich ihre Miene auf. Manchmal braucht es so wenig, um einen Menschen glücklich zu machen.

Frank und ich betreten zusammen den Konferenzraum zur täglichen Redaktionssitzung. Achim schenkt gerade Sekt an alle aus. Was für eine sportlich faire Geste von einem Adler-Mannheim-Fan! Ich bin echt gerührt. Als jeder ein Glas in der Hand hat, prostet er lächelnd in die Runde. Weil er nichts sagt, werfe ich einen Toast ein:

»Auf die Haie!«

Achim sieht mich verwundert an und korrigiert mich umgehend.

»Auf die Quote!«

Thema verfehlt. Setzen. Sechs. Natürlich die Quote. Da sind wir wieder auf dem Boden der Tatsachen. Frank stößt mich mit dem Ellenbogen an.

»Heute Morgen mal wieder Fettnäpfchen-Zielwasser getrunken?«

Ich will ihm gerade erklären, dass ich meinen Gedanken nun auch wieder nicht so abwegig finde, als Achim zu meiner Ehrenrettung einspringt.

»Aber natürlich freue mer uns auch mit dem KEC.«

Daraufhin erhebt er noch mal sein Glas.

»Hoffe mer, dass die Haie sich noch mal richtig reinhänge, damit des net so 'ne einseitige Angelegeheit im Finale wird.«

Und schon hat Achim seinen gerade gewonnenen Sympathiepunkt wieder verspielt. Was soll denn der Spruch jetzt? Ich versuche, mich nicht allzu sehr zu ärgern. Vielleicht ist der Zeitpunkt gekommen, um doch mal auf das Karma zu vertrauen. Hochmut kommt ja bekanntermaßen vor dem Fall. Frank bemerkt, dass ich leise vor mich hin schmolle.

»Was bist du denn so empfindlich? Es sind Play-offs! Da gehört Trash-Talk mit dazu, sonst macht's ja keinen Spaß.«

»Was für 'n Zeug?«

»Trash-Talk. Einen auf dicke Hose machen. 'ne große Klappe haben. Ansagen, wo der Frosch die Locken hat. 'ne dicke Lippe riskieren.«

»Dann sind bei dir wohl das ganze Jahr über Play-offs, was?«

Natürlich schaffe ich es damit nicht, Frank zu beleidigen. Er lässt einen väterlich besorgten Stoßseufzer los:

»Du musst noch 'ne Menge lernen.«

Wahrscheinlich muss ich das. Ich weiß bestimmt noch lange nicht alles über Eishockey und Play-offs und Dinge, die man als Fan so macht. Aber eins weiß ich mit absoluter Sicherheit. Unsere Jungs werden den Adlern nicht nur ansagen, wo der Frosch die Locken hat. Sie werden es ihnen zeigen!

Eins von den Dingen, die ich in meiner kurzen Zeit als Haie-Fan definitiv verlernt habe, ist Geduld. Warten ist eine echte Quälerei geworden. Besonders das Warten auf das nächste Spiel. Der Tag nach dem Sieg in München zieht sich wie Gummi in die Länge. Als ich abends vor dem Schlafengehen mit dem Rollkragenpullover an meinem Schrank dieses Phänomen erörtere, widerspricht er mir mit keiner Silbe.

Meine Sendung am Donnerstagnachmittag kommt mir vor wie der achtstündige Karnevalsmarathon, den ich dieses Jahr moderieren durfte. Mein Zeitempfinden ist komplett durcheinander. Es scheint, als würde die Langsamkeit gerade neu erfunden. Völlig eingelullt sitze ich nach der Sendung an meinem Schreibtisch, um die Show für morgen vorzubereiten. Noch sechsundzwanzig Stunden und achtundvierzig Minuten bis zum ersten Bully in Mannheim. Eine Ewigkeit. Selbst der Klingelton meines Handys dudelt langsamer als sonst. Am anderen Ende der Leitung plappert allerdings eine alles andere als langsame Manu in einer Mischung aus Panik und Hektik ohne Punkt und Komma drauflos.

»Weißt du, was mir gerade eingefallen ist? Wir haben noch keine Karten für das Heimspiel am Sonntag! Du machst jetzt sofort Feierabend und kommst mit mir in die Stadt. Dann muss ich keinen Parkplatz suchen. Ich krieg die Krise, wenn das Spiel schon ausverkauft ist! Mach schon! Setz dich in Bewegung! Ich steh mit dem Taxi direkt vor der Tür. Du sagst ja gar nichts! Bist du schon unterwegs?«

Natürlich bin ich schon unterwegs. Die Leitung bricht zusammen, als sich die Fahrstuhltüren hinter mir schließen. Manu wartet tatsächlich in ihrem Taxi direkt vor dem Eingang. Mit laufendem Motor und offener Beifahrertür. Ich springe zu ihr in den Wagen. Sie fährt los, bevor ich die Tür schließen kann. Einsatz in Manuhattan. Besorgt um unsere Sicherheit, versuche ich, sie zu beruhigen.

»In die Arena passen achtzehntausend Leute. Die kann nicht innerhalb von zwei Tagen ausverkauft sein.«

»Kann sie wohl!«

Vielleicht ist es gesünder, Manu während unserer rasanten Fahrt nicht in ein Streitgespräch zu verwickeln. Zehn adrenalinreiche Minuten später hält sie mit quietschenden Reifen in zweiter Reihe vor der Kartenvorverkaufsstelle. Als ich den jungen Mann hinter dem Tresen wiedererkenne, bin ich froh, präzise zu wissen, was ich will.

»Block 216, vierte Reihe, Plätze sechs bis acht, bitte.«

Er sieht mich mit großen fragenden Augen an.

»Für welche Veranstaltung?«

Stellt der sich jetzt absichtlich dumm?

»Für das Spiel natürlich!«

Noch immer rührt er die Tastatur seines Terminals nicht an.

»VfL Gummersbach gegen TBV Lemgo? RheinEnergie Köln gegen Alba Berlin?«

Der verarscht mich doch, oder?

»Kölner Haie gegen Adler Mannheim! Was denn sonst?«

Mit einem verächtlichen Schnaufer wendet er sich seinem Computer zu und hackt ziemlich unmotiviert auf den Tasten herum.

»Sie wissen schon, dass heute Donnerstag ist, oder? Die Karten sind seit gestern Morgen im Vorverkauf. Unterrang können Sie vergessen. Alles voll. Im Oberrang gibt's vielleicht noch vereinzelte Restkarten. Wie viele Plätze brauchen Sie?«

Lieber Gott, lass Manu nicht Recht behalten! Mit flehentlich gefalteten Händen und kleinlauter Stimme wage ich meine Bitte kaum auszusprechen.

»Drei.«

Vor dem Laden setzt ein Hupkonzert ein. Manu blockiert stoisch die halbe Straße. Endlich scheint der junge Mann fündig geworden zu sein.

»Drei Plätze in einer Reihe hab ich nicht mehr. Was ich

Ihnen anbieten kann, sind im Block 615 zwei Plätze in der letzten Reihe und einen einzelnen Platz in der Reihe davor.«

»Egal. Nehm ich.«

Danke, lieber Gott! Danke, danke, danke!

Das Hupkonzert ist bis zur Unerträglichkeit angeschwollen. Als ich den Laden verlasse, steht Manu inzwischen neben ihrem Taxi und pöbelt lautstark den Fahrer im Wagen hinter ihr an. Ich beeile mich, die Situation zu entschärfen.

»Manu, lass ihn leben! Wir haben Karten!«

Sie entspannt sich sofort. Die Erleichterung ist ihr deutlich anzumerken. Für den Fahrer im Wagen hinter ihr hat sie abschließend sogar noch ein freundliches Lächeln und eine entschuldigende Geste übrig, bevor sie sich neben mir auf ihren Sitz fallen lässt.

»Kaffee bei Rita?«

»Kaffee bei Rita.«

Als wir im Reisebüro ankommen, ist Rita nicht da. Die pampige Halbtagskraft meint aber, sie sei nur schnell was besorgen und müsse gleich wieder zurück sein. Ich werfe Manu einen fragenden Blick zu.

»Kannst du mit dem Milchaufschäumding umgehen?«

»Ich denke schon.«

»Dann warten wir in der Teeküche auf sie.«

Damit lassen wir die Halbtagskraft stehen und machen uns auf den Weg in die Hinterräume. Der Topf für die Milch steht erst ein paar Minuten auf dem Herd, als Rita zu uns stößt. Sie hat eine Tüte in der Hand, die den Schriftzug eines Sportartikelgeschäfts trägt. Da Rita bekanntermaßen kein großer Freund körperlicher Ertüchtigung ist, sind wir ein wenig irritiert. Nicht ohne Respekt deutet Manu mit dem Finger auf Ritas Mitbringsel.

»Was ist da drin?«

Rita druckst verlegen herum.

»Na ja, ich wollte das mit der Bluse irgendwie wieder gutmachen. Vielleicht ist es auch ein bisschen übertrieben. Aber es fiel mir vorhin ein, und da dachte ich, ich kauf's einfach. Ganz spontan.«

Da sie keine Anstalten macht auszupacken, nehme ich ihr die Tüte aus der Hand und greife hinein. Zum Vorschein kommt ein rotes Stück Stoff. Ich falte es auseinander und halte ein Haie-Trikot in den Händen. Hicks, Nummer einundzwanzig. In meinem Kopf erklingt die Stimme von Philipp Walter. Der fünfte Penalty. Hau ihn rein, Alex. Ein Schauer läuft mir über den Rücken. Auch Manu ist in Ehrfurcht erstarrt. Rita wartet ängstlich auf eine Reaktion.

»Und? Was sagt ihr?«

Ich finde als Erste die Sprache wieder.

»Wie cool ist denn bitte das?«

Manu ist nicht weniger begeistert.

»Ich will auch eins!«

Der stechende Geruch von angebrannter Milch macht sich in der Teeküche breit. Rita zieht hastig den Topf von der Platte.

»Verschieben wir doch den Kaffee auf nachher. Der Laden, wo's die Dinger gibt, ist direkt um die Ecke.«

Gesagt, getan. Minuten später stehen wir in dem Sportgeschäft vor dem Ständer mit den Trikots. Manu durchforstet gierig das angebotene Sortiment. Ich beginne meine Suche am anderen Ende. Vertraute Namen, vertraute Nummern. Unsere Jungs eben. Das Problem beginnt mit der Tatsache, dass auf jedem Trikot natürlich nur ein Name und eine Nummer stehen. Für wen soll man sich entscheiden? Das hier ist weit schwieriger, als aus der neuen Frühjahrskollektion unter zwanzig ähnlichen T-Shirts das einzig richtige herauszufinden. Ratlos wende ich mich an Rita, die diese Aufgabe bereits bewältigt hat.

»Warum hast du eigentlich den Hicks genommen?«

»Weil er am Dienstag den letzten Penalty verwandelt hat, weil er das Siegtor beim zweiten Spiel in München geschossen hat, weil er beim Einlaufen in der Arena so besonders begrüßt wird und weil ich ihn einfach echt cool finde.«

Den angeblichen Spontankauf nehme ich ihr keine Sekunde länger ab. Das löst aber immer noch nicht mein Problem. Ich muss den Spieler finden, der für mich stellvertretend für die ganze Mannschaft steht. Den Spieler, der so was wie eine zentrale Rolle hat. Den Spieler, dessen Namen ich als Erstes kannte. Dann kann es nur einen geben: Der Torwart heißt Rogles. Ich muss nicht lange suchen, bis ich ein rotes Trikot mit der Nummer einunddreißig und seinem Namen darauf finde. Manu wühlt sich inzwischen verzweifelt zum zweiten Mal durch den Ständer.

»Es gibt keinen Lüdemann! Wie kann das sein? Das ist unser Kapitän! Die müssen doch unseren Kapitän haben! Ich will einen Lüdemann!«

Rita macht sich auf die Suche nach einem Verkäufer, während ich zusammen mit Manu ein drittes Mal Trikot für Trikot durchgehe. Renz, Schlegel, Boos, kein Lüdemann.

»Manu, nimm doch einfach einen anderen. Wie wär's mit Millen?«

»Ich will einen Lüdemann!«

»Oder hier, Liimatainen. Die Sieben ist doch eh deine Glückszahl, hm?«

»Ich will einen Lüdemann!«

Rita kommt in Begleitung einer ausgesprochen freundlichen Verkäuferin zurück.

»Kann ich Ihnen helfen?«

Ich hoffe für uns alle, dass sie das kann.

»Ja, wir suchen ein bestimmtes Trikot ...«

»Ich will einen Lüdemann!«

Die Verkäuferin setzt ein mildes Lächeln auf.

»Sie sind gut! Die Saison ist fast vorbei. Der Lüdemann ist seit Wochen ausverkauft. Den kriegen wir auch nicht mehr rein.«

Auch Rita versucht es noch mal mit gutem Zureden.

»Ach, Manu, fällt dir denn kein anderer ein?«

»Ich will einen Lüdemann!«

»Aber wenn's doch keinen mehr gibt?«

»Dann müssen wir eben woanders gucken!«

»Da würd ich mir an Ihrer Stelle keine großen Hoffnungen machen. Den werden Sie woanders auch nicht mehr kriegen. Nehmen Sie doch den Norris. Ist auch viel gekauft worden dieses Jahr.«

Ich habe kaum Hoffnung, dass das Argument der Verkäuferin bei Manu zieht. Stattdessen sehe ich uns den Rest des Nachmittags die Sportgeschäfte der Stadt abklappern. Und zwar so lange, bis die Nichtverfügbarkeit eines Lüdemann-Trikots nachhaltig erwiesen ist. Wenn Manu sich einmal was in den Kopf gesetzt hat, dann bringt sie so schnell nichts davon ab.

»O.k., ich nehm den Norris.«

Rita und ich tauschen einen viel sagenden Blick aus, den Manu bemerkt.

»Guckt nicht so! Der ist auch total toll!«

An der Kasse arbeitet ein eingespieltes Team von zwei Damen. Während wir bei der einen artig unser Geld abgeben, faltet die andere Rogles und Norris ordentlich zusammen. Als sie die Trikots in eine Tüte steckt, schüttelt sie lachend den Kopf.

»Irgendwie sehen die Dinger aus wie Nachthemden, oder?«

Sie findet das scheinbar wirklich komisch. Ich empfinde nichts als tiefstes Mitleid für diese arme Unwissende. Mit einem entschlossenen Griff nehme ich ihr die Tüte aus der Hand.

»Kommt, Mädels. Wir gehen.«

Noch achtzehn Stunden und vierundzwanzig Minuten bis zum ersten Bully in Mannheim. Ich liege im Bett und kriege kein Auge zu. Wir sind im Finale. Das ist groß. Das ist unglaublich groß. Es geht für unsere Jungs nicht mehr nur darum, vielleicht mal auswärts ein Spiel zu gewinnen. Auch nicht nur darum, sich gegen eine favorisierte Mannschaft gut zu verkaufen. Jetzt geht es um den Titel. Ich schalte meine Nachttischlampe ein und betrachte den Pullover und das Rogles-Trikot, die friedlich nebeneinander am Schrank hängen. Das Gefühl in meinem Magen ist so flau wie damals vor meiner allerersten Sendung. Und genauso ausgetrocknet ist auch mein Mund.

Das aufflammende Küchenlicht schmerzt einen Moment in meinen Augen. Milch ist das einzig Trinkbare, das ich finde. Ansonsten herrscht gähnende Leere in meinem Kühlschrank. Ich lasse mich mit einem vollen Glas am Tisch nieder, als es an der Tür klopft. Es ist Manu.

»Ich kann nicht schlafen.«

»Willst du auch 'n Glas Milch?«

Hinter ihrem Rücken zaubert sie zwei Flaschen Kölsch hervor.

»Vielleicht lieber so was?«

Zurück am Küchentisch, haben wir kaum die Flaschen geöffnet, als es ein weiteres Mal klopft. Natürlich ist es Rita.

»Ich hab Licht bei dir gesehen.«

»Komm rein. Manu, hast du noch ein Kölsch im Kühlschrank?«

Lange Zeit sagt keiner etwas. Drei Mädels, drei Kölsch, drei Paar vor sich hin starrende Augen, ein Gedanke.

»Haben wir überhaupt eine Chance?«

Wenn wir diese Frage beantworten könnten, säßen wir wohl nicht schlaflos vor Nervosität nachts um halb zwei an meinem Küchentisch. Aber es ist ein gutes Gefühl, mit der beklemmenden Ungewissheit wenigstens nicht allein zu sein. Schweigend leeren wir unsere Flaschen. Manu rafft sich schließlich als Erste wieder auf.

»Sehen wir es uns im Kings an?«

Das ist mehr eine Feststellung als eine Frage und bedarf somit auch keiner Antwort. Als ich die Tür hinter den Mädels schließe, setzt bei mir doch so etwas wie von Alkohol begünstigte Müdigkeit ein. Vom Bett aus werfe ich einen letzten Blick auf das Trikot und den Pullover. Dann lösche ich das Licht. Ich weiß nicht, ob wir eine Chance haben. Aber ich will an eine Chance glauben.

In der Pause zwischen Redaktionskonferenz und Sendung sitze ich mit Marcel und Rainer bei Kaffee und Keksen in der Teeküche. Da uns in der kommenden Woche turnusgemäß wieder die Frühschicht bevorsteht, sollten wir die Zeit eigentlich für eine Vorbesprechung der Montagmorgenshow nutzen. Aber viel wichtiger erscheint mir gerade die Frage, die meine Mädels und mich in der vergangenen Nacht nicht hat schlafen lassen:

»Haben wir überhaupt eine Chance?«

Selbst die beiden Experten haben darauf keine zufriedenstellende Antwort. Also versuche ich, aus ihren Fachgesprächen meine eigenen Schlüsse zu ziehen.

»Die Adler sind eine echte Offensivmacht. Nur die Krefeld Pinguine haben in der Vorrunde mehr Tore geschossen.«

»Und nur die Nürnberg Icetigers haben weniger Tore kassiert. In der Verteidigung sind die Mannheimer auch bärenstark.«

»Ist die Frage, ob es die Verteidigung ausmacht oder Mike Rosati im Tor.«

Und schon beginnen die beiden, sich mit größter Hochachtung vor dem Gegner Mannheimer Spielernamen zuzuwerfen. Picard, Ustorf, Hlushko, Racine und kein Ende in Sicht. Mir wird schwindelig.

»Moment mal, Jungs! Das hört sich ja an, als bräuchten wir gar nicht erst anzutreten. Gibt's denn bei denen gar keine Schwachstelle?«

Die beiden sehen sich an und überlegen eine Weile, bis Marcel endlich etwas einfällt.

»Mike Stevens.«

Rainer quittiert das mit einem verständnislosen Kopfschütteln.

»Das ist doch keine Schwachstelle! Der Mann ist irrsinnig torgefährlich!«

»Sitzt aber auch irrsinnig oft auf der Strafbank. Die ein oder andere Überzahlsituation wird sich da für die Haie mit Sicherheit ergeben.«

Ich bin ziemlich ernüchtert.

»Mike Stevens? Ein einziger Name? Das ist alles?«

Wieder überlegen die beiden einen Moment, bevor Marcel sein Fazit verkündet:

»Das ist alles.«

Meine Stimmung erreicht den absoluten Tiefstpunkt. Ich brauche jetzt viel laute Musik, damit sich für die Sendung wenigstens das Lächeln in meiner Stimme wieder einstellt.

Mein Glaube an eine Chance wurde soeben erfolgreich zerstört.

Um kurz nach sieben an diesem Abend machen sich Hicks, Norris und Rogles mit einem mulmigen Gefühl im Magen auf den Weg ins Kings. Ich erspare den Mädels die Ergebnisse meines Gesprächs mit Marcel und Rainer. Es reicht, dass ich auf einen Gang nach Kanossa eingestellt bin.

Einen kurzen Lichtblick beschert uns wenigstens Björn, der sich sehr freut, uns endlich in standesgemäßem Outfit zu sehen. Er lobt die Auswahl unserer Trikots und stellt uns dann sogar erstmals seinen Freunden vor. Es gibt ein herzliches Willkommen im Club. Unter seinen Kumpels hat sich in Vorbereitung auf das Spiel schwärzester Galgenhumor breit gemacht. Ich will gar nicht wissen, wie viel Kölsch dafür nötig war. Der Kommentator ist bei der Vorstellung der Mannschaften heute erstaunlich gut zu verstehen. Nicht weil der Fernsehton besonders laut, sondern weil es unter den Haie-Fans besonders leise ist. Nahezu beängstigend leise. Beim Eröffnungsbully ist es sogar fast still.

Von Anfang an sind die Adler das erwartet überlegene Team. Immer diesen einen Schritt schneller, diesen einen Moment spritziger, diesen einen Pass präziser, diesen einen Check konsequenter. Die Haie schaffen es kaum einmal bis vor das Mannheimer Tor. Eigentlich bin ich nur davon überrascht, dass es bis zur zehnten Minute dauert, bevor die Adler das erste Tor schießen. Und immerhin vergehen im zweiten Drittel gute acht Minuten, bis das zwei zu null für die Mannheimer fällt. Aber dann passiert es Schlag auf Schlag. Vier Minuten später das drei zu null. Und weitere vier Minuten später schlägt es zum vierten Mal im Kölner Kasten ein. Unsere Jungs haben dem nichts entgegenzusetzen. Achims Theorie geht vollkommen auf. Da spielt eine frische, ausgeruhte, hochmotivierte Mannheimer Truppe gegen Haie, denen die fünf harten Halbfinalspiele in den Knochen stecken.

In der Pause vor dem Schlussdrittel versorgen uns Björns Kumpels mit Kölsch und Prognosen für die Finalserie.

»Wenn die Adler das Niveau halten, machen die uns in drei Spielen platt.«

»Die sind einfach 'ne Nummer zu groß für uns.«

»Aber Vizemeister nach so einer Saison ist doch auch schon was.«

Die Grabreden sind gehalten, das Kölsch schmeckt nicht mehr und kommt vor allen Dingen kaum noch an dem Kloß in meinem Hals vorbei. Und nach einem torlosen letzten Drittel ist auch der letzte Träumer wieder in der Realität angekommen. Manu bemüht sich um Fassung.

»Irgendwie hat man's ja geahnt.«

»Schade ist es trotzdem.«

»Ein null zu vier ist nicht einfach nur schade. Das ist echt bitter.«

Viel deutlicher hätten die Adler uns unsere Grenzen nicht aufzeigen können. Die Meisterschaft ist in nahezu unerreichbare Ferne gerückt.

Es ist wohl das Beste, mit den Tatsachen rational umzugehen. Ich bemühe mich nach Kräften. Aber dass ich an diesem Samstag freiwillig in der Stadt unterwegs bin, bereits zwei Paar Schuhe gekauft und das dringende Bedürfnis nach Sahnetorte habe, lässt vermuten, dass es mir nicht wirklich gelingt. Eigentlich begleite ich ja nur Rita, die die gestrige Niederlage auf dieselbe Weise zu kompensieren versucht. Wir sind inzwischen im sechsten Schuhgeschäft. Und Rita hat immer noch nicht genug.

»Guck mal! Die sind aber schön! Aber der Absatz ist zu hoch, oder?«

»Das hättest du dir früher überlegen müssen, Rita. Die gleichen hast du im vorletzten Laden gekauft.«

»Tatsächlich?«

»Tatsächlich.«

Wir streunen noch so lange ziellos durch die Fußgängerzone, bis auch das letzte bisschen Wehmut auf unsere Kreditkarten gebucht ist. Wo soll man auch sonst damit hin? Plastik ist ja so geduldig. Unter Aufwendung aller verfügbaren Selbstdisziplin entscheiden wir uns zum Abschluss der Tour gegen die Sahnetorte und für einen Absacker im »All In One«. Mit unzähligen Tragetaschen und Tüten beladen, arbeiten wir uns durch die Eingangstür. Auf den ersten Blick ist kein freier Tisch zu sehen. Aber dann macht Rita eine Entdeckung:

»Hey, da drüben sitzt Manu!«

Sofort steuert sie den Tisch in der Ecke an. Ich folge ihr auf dem Fuß. Manu ist in eine Zeitung vertieft, vor sich ein Glas Wasser. Mehr als ein müdes Lächeln bringt sie nicht zustande, als sie uns sieht. Rita deutet auf das Wasserglas.

»Ist bei dir die Askese ausgebrochen?«

»Weil ich Wasser trinke?«

»Weil du Wasser trinkst, obwohl es hier Kölsch gibt!«

Manu ist sichtlich nicht in der Stimmung für Sticheleien. Hier ist mein Einfühlungsvermögen gefragt:

»Ich dachte, du wolltest heute arbeiten.«

»Ja, aber mir ging's heute Morgen nicht so gut. Ich hab letzte Nacht nach dem Spiel kaum geschlafen.«

»Ach, Manu. Jetzt nimm dir das nicht so zu Herzen.«

Manu deutet auf die Berge von Einkaufstüten um uns herum.

»Das müsst ihr gerade sagen! Ich seh doch, was hier läuft. Gab's auch Torte?«

»Wenigstens die haben wir uns verkniffen.«

Mit einem Grinsen faltet sie die Zeitung zusammen.

»Selbst schuld. Ich hatte vorhin ein Riesenstück Schwarzwälder Kirsch.«

Rita und ich bestellen Kölsch. Manu sieht ein, dass es höchste Zeit dafür ist, und schließt sich uns an. Als am Nachbartisch duftende Steaks serviert werden, meldet mein Magen seinen Anspruch auf Nahrung an. Bei der Gelegenheit fällt mir ein, dass nicht nur in meinem Magen, sondern auch in meinem Kühlschrank gähnende Leere herrscht.

»Das gibt's doch gar nicht! Tonis Blumen nicht gegossen, die Tischlieferung beinahe verpennt, keinen Wochenendeinkauf gemacht! Ihr solltet mir ein Schild mit meiner Adresse umhängen. Ich vergesse in letzter Zeit echt alles!«

Rita versucht, mich zu trösten.

»Bestimmt nicht alles.«

»Doch, wirklich!«

»Was sagt dir zum Beispiel die Neunundzwanzig, Siebenunddreißig, Fünfunddreißig?«

»Brad Schlegel, Tino Boos, Andi Renz. Aber das zählt nicht!«

Rita und Manu sehen sich an und brechen in schallendes Gelächter aus. Es dauert einen Moment, bis bei mir der Groschen gefallen ist.

»Nein, ich weiß schon. Das ist natürlich deine Nummer im Reisebüro.«

Durch den Nieselregen marschieren wir zusammen mit Massen von Eishockeypilgern von der Haltestelle zum Eingang der Arena. Es sind erschreckend viele blaue Trikots unterwegs, die das Konterfei eines Weißkopfadlers ziert. Überall reden Menschen in der Sprache meines Chefredakteurs. Mannheim ist angereist. Und Mannheim hat jede Menge gute Laune mitgebracht. Die sind alle fröhlich, laut und vor allem eins: siegessicher. Wer will es ihnen verübeln? Wäre ich nach einem Vier-zu-null-Erfolg wahrscheinlich auch.

Wir passieren die Kontrolle am Eingang und machen uns auf den Weg zu unserem Block im Oberrang. Während ich hinter Rita und Manu die Treppen hinaufsteige, horche ich in mich hinein. Aber da ist so gar nichts. Keine Erwartungen, kein Druck, kein Kribbeln.

Unser Block befindet sich oberhalb der Südkurve. Manu erklärt sich bereit, den einzelnen Platz in der vorletzten Reihe zu nehmen. Rita und ich setzen uns genau hinter sie. Den Blick, der sich mir bietet, muss ich erst mal einen Moment sacken lassen. Vom Unterrang aus wirkt die Arena schon groß. Aber von hier oben ist das Panorama einfach nur spektakulär. Je mehr sich die Ränge füllen, desto atemberaubender wird das Bild. Kurz bevor das Licht in der Halle erlischt, ist in der ganzen Arena kein einziger freier Platz mehr auszumachen.

Als der Hallensprecher die Mannschaftsaufstellung der Adler verliest, setzt natürlich wieder ein gigantisches Pfeifkonzert ein. Wie immer versteht man die Ansagen kaum:

»... mit der Nummer sechs Andy...«

»Roach!«, dröhnt es mir noch lauter als die Pfiffe in den Nacken.

Verwundert drehe ich mich um. Im richtigen Leben liegen gute zweihundert Kilometer Autobahn zwischen Mannheim und Köln. Hier trennt uns lediglich ein spärliches Eisengeländer. Die noch über uns gelegenen Blöcke sind fest in der Hand der Adler-Fans. Blaue Trikots bis unter das Hallendach. Dagegen war die Münchner Abordnung in den Halbfinalspielen echter Kinderfasching. Zudem finden sich bei den Mannheimern eine Vielzahl bemalter Transparente und auch das Ergebnis der ein oder anderen Bastelstunde. Nur wenige Meter neben mir schwebt an einer Schnur ein ausgestopfter Adler mit ausgebreiteten Schwingen und hält in seinen Klauen einen kleinen grauen Hai. Die Botschaft ist deutlich. Wir sind bereits erlegte Beute.

Voller Einsatz ist gefragt, um beim Einlaufen unserer Jungs die Pfiffe der Mannheimer mit dem Rufen der Spielernamen zu übertönen. Schon jetzt frage ich mich, ob wir das über sechzig Minuten durchhalten. Ein bisschen Erholung bietet der Augenblick, als sich die ganze Halle für die Nationalhymne erhebt. Und dass Haie- und Adler-Fans sie gemeinsam singen, macht den Moment ergreifend und feierlich.

Kaum gehen die Spieler in Aufstellung für das Eröffnungsbully, ist es mit der Ruhe aber schon wieder vorbei.

»Heya, heya, MERC! Heya, heya, MERC!«

Die Sprechchöre der Mannheimer sind so laut, dass ich nur ahnen kann, was die Kölner gerade skandieren. Es ist ein bisschen, wie direkt vor einem voll aufgedrehten Lautsprecher zu sitzen.

Begleitet von den obligatorischen Konfettifontänen, wirft der Schiedsrichter den Puck ein. Schon nach wenigen Minuten ist klar, dass das hier heute keine so einseitige Angelegenheit wird wie das erste Finalspiel am Freitag. Die Haie sind mit Herz und Leidenschaft bei der Sache. Sie spielen frisch, hellwach und konsequent. Wie unsere Jungs da unten auf dem Eis auftreten, lenkt mich erfolgreich von den nicht enden wollenden Mannheimer Gesängen hinter mir ab.

Aber dann kommt es doch, wie es kommen soll. In den tosenden Jubel der Adler-Fans mischt sich die nüchterne Stimme des Hallensprechers:

»In der achten Spielminute Tor für die Adler Mannheim. Torschütze mit der Nummer sieben Michel Picard, der Assistent mit der Nummer achtzehn Devin Edgerton. Neuer Spielstand null zu eins.«

Dann ist es wohl so. Wir sind bereits erlegte Beute. Nur Sekunden später: Aufruhr hinter uns. Der Puck liegt schon wieder im Kölner Kasten, aber der Schiedsrichter erkennt das Tor nicht an. Wüste Beschimpfungen hageln über unsere Köpfe hinweg auf den Unparteiischen hernieder. Dem Haie-Fan neben Manu wird es zu viel. Mit geschwollenen Halsadern springt er auf und brüllt den Mannheimern zu:

»Macht die Augen auf! Der Puck ging vorher voll an den Helm von Rogles!«

Diese Information scheint ihre Wirkung zu tun. Allmählich flaut der Sturm der Hetztiraden gegen den Schiedsrichter ab. Manu stupst den Mann neben sich an.

»Darum zählt das Tor nicht?«

»Natürlich nicht! War ja auch längst abgepfiffen!«

Aber obwohl der Treffer nicht gegeben wird, scheint er endgültig den Siegeszug der Adler eingeläutet zu haben. Zudem verlässt Hicks gerade das Eis in Richtung Strafbank. Zwei Minuten in Unterzahl gegen die Offensivmacht Mannheim. Anstatt ihre Mannschaft weiter anzufeuern, verlegen sich die Adler-Fans hinter uns nun auf Schmähgesänge gegen die Haie:

»Ihr seid nur ein Karnevalsverein, Karnevalsverein, Karnevalsverein!«

Es fällt mir schwer, darüber hinwegzuhören. Auch in Rita scheint es allmählich zu brodeln. Die Haie fangen unterdessen den nächsten Angriff der Adler ab. Unsere Nummer siebenundvierzig startet mit dem Puck an der Bande entlang aus dem Kölner Drittel. Sehr gut. Das nimmt den Adlern wertvolle Zeit, ihre Überzahl auszuspielen. Es ist nur ein Verlegenheitsschuss, der da auf Mannheims Keeper Rosati zukommt. Ich verfolge den Puck, wie er an der Torwartkelle abprallt und Richtung Mitte über das Eis rutscht. Aber genau da steht unser Kapitän. Es kostet ihn nicht mehr als einen lässigen Schlenzer aus dem Handgelenk, um die Scheibe im Kasten der Adler zu versenken. Und mit ihm reißen achtzehntausend Haie-Fans die Arme in die Luft. Ein gewaltiger Jubelsturm bricht los. Da ist es wieder, das schwarz-weiß-rote Fahnenmeer! Die Halle bebt im wahrsten Sinne des Wortes. Die Leute hüpfen und klatschen. Sie toben vor Freude und lassen ihre Schals durch die Luft kreisen. Es ist viel Erleichterung dabei. Der Bann ist gebrochen.

»In der elften Spielminute: Tooooooor für die Kölner...«

»... Haie!«

»Gildenkölsch präsentiert den Torschützen mit der Nummer zwölf: Mirko ...«

»... Lüdemann!«

»Neuer Spielstand: Köln ...«

»... eins!«

»Die Adler...«

»... eins zu viel! Viel zu viel! Scheiß-Adler-Mannheim!«

»Danke schön!«

»Bitte schön!«

Trash-Talk. So geht das also. Der Mannheimer Block scheint von dem Treffer wahrhaftig geschockt zu sein. Und als ob die Haie-Fans das spüren würden, streuen sie noch ein bisschen Salz in die Wunden:

»Wir sind nur ein Karnevalsverein, Karnevalsverein, Karnevalsverein!«

Die Party nimmt kein Ende. Die Stimmung in der Halle ist gigantisch. Auch Manu, Rita und ich singen ununterbrochen alles mit, was wir von den anderen Fans aufschnappen. Ich mache mir überhaupt keine Sorgen, ob wir das über sechzig Minuten durchhalten. Erst die Pausensirene lässt Ruhe einkehren.

Die Ausgeglichenheit der Kräfteverhältnisse beschränkt sich im zweiten Drittel ausschließlich auf das Geschehen auf dem Eis. Auf den Rängen regieren mit erdrückender Übermacht wir, der Haie-Anhang. Das Spiel wird von Minute zu Minute spannender. Hier ist überhaupt noch keine Beute erlegt. Im Gegenteil. Die Beute spielt hier knallhart auf Sieg. Und da ist auch wieder das Kribbeln in meinem Bauch. Die Adler werfen alles nach vorne. Sie wollen mit aller Macht die Führung zurückerobern. Rogles pariert einen weiteren Schuss. Lüdemann schnappt sich den Puck, sieht unseren Stürmer Sundblad starten und schickt ihn mit einem präzisen Zuspiel auf die Reise. Die Zuschauer erheben sich in gespannter Erwartung von ihren Sitzen, haben den Torschrei quasi schon auf den Lippen. Mannheims Verteidiger nehmen sofort die Verfolgung auf, aber auch sie können nur noch zusehen, wie Sundblad im Alleingang auf das Adler-Tor zustürmt und den Puck eiskalt an Torwart Rosati vorbei in die Maschen hämmert.

Ich hätte nicht für möglich gehalten, dass der Jubel nach dem Ausgleichstreffer noch steigerungsfähig ist. Weit gefehlt. Was jetzt auf den Rängen abläuft, ist der schiere Wahnsinn. Manu wirft sich dem Mann neben ihr an den Hals. Auch die Haie-Fans in meiner Reihe und ich fallen uns wahllos in die Arme. Wo Rita abgeblieben ist, kann ich in dem Durcheinander nicht sehen. Auf dem Eis dasselbe Bild. Ein Knäuel von weißen Trikots um den Torschützen. Der Mann muss Kopfschmerzen kriegen von den vielen Schlägen auf seinen Helm. Das Herz schlägt mir vor Freude bis in den Hals. Ich stehe immer noch völlig verstrahlt da und klatsche, als die Verkündigung des Torschützen vorbei ist und der Rest der Halle längst im Sitzen weitersingt.

»Hinsetze!«

Der mir durch Achim nur allzu vertraute Dialekt dieser Ansage lässt mich kurz zusammenfahren. Ich drehe mich um und suche nach dem Verursacher. Durch die Sprossen des Eisengeländers starrt mich mit bitterbösem Blick ein Mannheimer an, der, flankiert von seiner Brut und der dazugehörigen Ehefrau, direkt hinter mir sitzt. Alle vier in Adler-Trikots. Er gefällt mir nicht, sie gefällt mir nicht, die Kinder gefallen mir nicht, und sein Ton gefällt mir schon gar nicht.

»Redest du mit mir?«

»Isch sachte, hinsetze!«

»Nicht in dem Ton!«

»Jetzt räum disch endlisch aus der Sonn, du blöde Kuh!«

»Du kannst mich mal!«

»Isch komm da gleisch runner!«

»Wir können das auch gerne vor der Tür regeln!«

Rita zupft an meinem Ärmel. Mein Blutdruck ist auf hundertachtzig.

»Lass mich! Ich will mich jetzt aufregen!«

Aber sie macht gar keine Anstalten, mich zu besänftigen. Im Gegenteil.

»Prügel dich ruhig. Ich hab meine Kreditkarte dabei. Wir lösen dich nachher aus.«

Die Halle feiert während meines kleinen Privatstreits in voller Lautstärke weiter. Das nächste Lied wird angestimmt:

»Steht auf, wenn ihr Kölner seid! Steht auf, wenn ihr Kölner seid!«

Spitzentiming! Um mich herum erhebt sich alles, was Rot-Weiß trägt. Jetzt kann er sich auf den Kopf stellen, der Blödmann! Hier räumt sich so schnell keiner aus der Sonne. Ich wende mich wieder dem Spiel zu. Und natürlich bin ich die Letzte in unserem Block, die sich nach den Standingovations wieder hinsetzt. Mit der Zwei-zu-eins-Führung und hoch erhobenen Hauptes geht es in die Pause vor dem Schlussdrittel.

Manu kommt mit drei Bechern Kölsch vom Bierstand zurück. Rita amüsiert sich immer noch über meinen Ausraster.

»Wie kannst du dich wegen so 'nem Kleinkram nur so aufregen!«

Wir nehmen Manu unsere Becher ab. Sie hat den kleinen Disput vorhin gar nicht mitbekommen.

»Echt? Bist du so richtig abgegangen?«

»Der hat blöde Kuh zu mir gesagt!«

»Ob der nun blöde Kuh zu dir sagt oder in China fällt ein Sack Reis um.«

»Der kann bei sich zu Hause blöde Kuh nennen, wen er will! Aber nicht in unserer Arena!«

»Wir führen mit zwei zu eins, und du schiebst hier so 'ne Welle. Mit der Wut im Bauch hast du doch gar nichts vom Spiel.«

»Da hat die Rita Recht.«

Da hat die Rita wirklich Recht.

Als wir gegen Ende der Pause auf unsere Plätze zurückkommen, sitzt die ganze Sippe bereits wieder da. Ich strafe sie mit Nichtachtung. Und ich will mich nicht mehr über sie ärgern, sondern unsere Jungs dieses Spiel gewinnen sehen. Wer hätte das gedacht? Wir können dieses Spiel wirklich gewinnen!

Das letzte Drittel beginnt für die Haie noch in Überzahl. Eine Strafzeit, die die Mannheimer am Ende des zweiten Spielabschnitts kassiert haben, ist noch nicht abgelaufen. Ein drittes Tor wäre jetzt Gold wert. Das sehen unsere Jungs anscheinend genauso, denn sie starten mit viel Zug zum Tor. Vielleicht ein bisschen zu viel Zug. Die Adler kämpfen mit großem Einsatz im eigenen Drittel und erobern ein ums andere Mal den Puck. Und dann tauchen sie beängstigend schnell vor dem Tor von Chris Rogles auf. Bei jeder seiner Paraden bin ich noch ein bisschen stolzer, sein Trikot zu tragen. Die Strafzeit gegen Mannheim läuft ab, ohne dass die Haie ihren Vorsprung ausbauen können. Mit voller Mannschaftsstärke auf dem Eis erhöhen die Adler den Druck. Als sie wieder einen dieser gut sortierten Angriffe fahren, erzielen sie den Ausgleich. Es fühlt sich an, als würde der gesamte Mannheimer Block nur mir persönlich den Torschützennamen »Brad Bergen!« ins Ohr brüllen. Die Haie scheinen von dem Treffer weit weniger beeindruckt zu sein als ich. Keine Spur von Resignation. Noch fünfzehn Minuten zu spielen. Auf den Rängen wird in unverminderter Lautstärke weiter unser Team angefeuert. Die Mannheimer Fans versuchen dagegenzuhalten, aber selbst ich höre nur noch KEC-Gesänge. Auf dem Eis geht es hin und her. Torchance Haie, Torchance Adler im direkten Gegenzug. Immer wieder Strafzeiten auf beiden Seiten. Ich merke, wie Rita sich in meinen Ärmel krallt. Die Anspannung steht allen ins Gesicht geschrieben. Nicht nur für die Spieler auf dem Eis ist das hier eine Sache der Nerven. Noch gut sechs Minuten. Manu und ihr Nebenmann zerkauen synchron ihre Fingernägel. Mal wieder eine Strafe gegen Mannheim. Die Haie nehmen ihre Überzahlformation ein. Schnelle Pässe rund um das Abwehrviereck der Adler. Gerangel vor dem Tor von Rosati. Mittendrin sehe ich Norris. Und genau in dem Moment, als er sich einen knappen Meter Platz verschafft hat, bekommt er den Puck zugespielt. Er schaut nicht hin, er stoppt ihn nicht, er haut ihn einfach direkt ins Tor.

Der DJ könnte jetzt statt Blurs ›Song No. 2‹ auch irgendwas anderes einspielen. Man hört es eh nicht. Auf den Rängen gibt es kein Halten mehr. Die Arena erzittert in ihren Grundfesten. Fahnen, Jubel, Freudentränen – ein einziger Rausch.

Unterstützt von den ununterbrochenen Anfeuerungsrufen ihrer Fans, verteidigen die Haie den knappen Vorsprung mit unbändigem Willen. Die Adler versuchen alles, um doch noch mal den Ausgleich zu schaffen. Aber vergebens. Die letzten zehn Sekunden laufen ab, und die ganze Halle zählt mit. Die Schlusssirene geht in dem erneut aufbrandenden Jubelsturm fast unter. Mit einem breiten, zufriedenen Grinsen werfe ich einen Blick auf die Anzeigetafel am Videowürfel. Da steht schlicht und ergreifend: »3:2«. Nüchterne Zahlen. Aber dahinter steht ein großer Kampf, Spannung pur und am Ende verdient geschlagene Adler. Wie ich so dastehe, mich über den Sieg freue und Mike Stevens auf dem Eis noch eine völlig überflüssige Schlägerei anzettelt, tippt mir jemand von hinten auf die Schulter. Der Vater der Adler-Familie hält mir die Hand hin.

»War net so gmeint vorhin. Die Emotione beim Spiel. Weißt ja, wie des is.«

Er lächelt, als ich einschlage.

»Passt schon. Ging mir ja nicht anders.«

Einer seiner Söhne hält mir eine Tüte mit Bonbons hin.

»Magst auch eins habe?«

Das ist zu viel. Jetzt sind auch noch die Kinder nett. Ich

nehme ein Bonbon aus der Tüte, bevor ich seinem zweiten Sohn zum Abschied die Hand schüttele.

»Kommt gut nach Hause!«

Seine Frau verabschiedet sich gerade herzlich von Rita.

»Vielleicht sieht man sisch ja am Freitach! Also, mir sin auf jede Fall wieder da.«

Weder Rita noch ich schalten gleich. Sie hilft uns auf die Sprünge:

»Zum vierte Spiel!«

Dann winken sie alle noch einmal und verschwinden in dem Strom blauer Trikots durch den Ausgang. Ich sehe Rita mit ernster Miene an.

»Total unberechenbar. Genau wie Achim. Das muss an der Stadt liegen.«

Rita zeigt mir einen Vogel.

»Was für ein Quatsch. Ich fand die nett.«

Manu kommt fröhlich grinsend über die Sitzlehnen in unsere Reihe geklettert.

»So, Mädels! Wer geht denn die Karten fürs nächste Spiel holen?«

»Lasst uns das auf dem Heimweg bequatschen. Mein Wecker klingelt morgen früh um drei.«

Während der Bahnfahrt beschließen wir, für den Kartenkauf auf die bewährte Verfahrensweise zurückzugreifen. Manu fährt, ich springe in den Laden, und Rita zahlt dafür jetzt noch einen Absacker im »All In One«.

Der Montagmorgenblues trifft mich nicht so hart wie erwartet. Und auch die Show läuft extrem geschmeidig. Das wird ein guter Tag. Als ich das Studio verlasse, ist Achim noch immer nicht im Sender aufgekreuzt. Also muss ich auch niemandem erklären, warum ich jetzt schnell mal in die Stadt fahre. Manu steht wie verabredet mit dem Taxi vor der Tür. Den Weg zur Kartenvorverkaufsstelle legen wir heute zur Abwechslung mal streng nach den Regeln der Straßenverkehrsordnung zurück. Wie zur Belohnung lacht uns nur wenige Meter vor dem Geschäft eine Parklücke an. Manu kann mich also zum Kartenkaufen begleiten und tut es auch.

Es ist Viertel vor zehn, der Laden noch zu und die Schlange auf dem Bürgersteig bereits gut und gerne zwanzig Meter lang. Wir stellen uns brav an und beobachten fasziniert, wie die Menschenkette hinter uns rasant anwächst. Manu ist echt erleichtert:

»Wie gut, dass wir schon so früh hier sind.«

»Wie gut, dass mein Chef nicht weiß, dass ich hier bin.«

Wir wenden uns erwartungsvoll in Richtung Eingang. Direkt vor uns stehen ein paar vierzehnjährige Mädchen, die in eine sehr ernste Diskussion vertieft sind. Manu und ich lauschen amüsiert ihrer Erörterung der wichtigen Frage, ob der Tino nun eine feste Freundin hat oder nicht.

»Die reden vom Boos, oder?«, flüstert Manu mir zu.

»Denke schon.«

»Wie niedlich.«

In diesem Moment sehe ich etwas, was mir den Atem stocken lässt. Eine mir sehr vertraute Gestalt marschiert an der Schlange entlang auf das Ende zu. Er ist mit seinem Handy beschäftigt und schaut nur zufällig auf, als er fast schon an uns vorbei ist. Er sieht mich und bleibt stehen. Und ich sehe ihn. Manu folgt meinem und seinem Blick. Der Ausdruck in ihren Augen verrät ihre Hoffnung auf einen magisch-romantischen Moment zwischen dem Mann und mir. Gespannt wartet sie auf seinen Eröffnungsspruch:

»Des glaub ich ja net!«

Ein verklärtes Lächeln legt sich über Manus Gesicht. Sie weiß nicht, dass wir Achim gegenüberstehen.

Der Klassenlehrer erwischt mich gerade beim Schwänzen. Gibt es in so einem Moment irgendetwas Sinnvolles zu sagen?

»Hallo!«

Nicht einmal diese beiden harmlosen Silben bringe ich ohne Stottern über die Lippen. Manu ist offensichtlich der festen Überzeugung, ›Schlaflos in Seattle‹ live zu erleben. Ihr fehlt nur noch eine Schüssel Popcorn zu ihrem Glück. Achim wirft einen Blick auf seine Uhr.

»Wie kann des sein, dass ich dich jetzt hier treff?«

Manu entweicht ein viel zu lauter Seufzer, während ich versuche, meine Haut zu retten.

»Wir holen nur schnell Karten fürs Spiel am Freitag. Dann bin ich auch sofort wieder weg.«

Manu stutzt. Dieser Satz steht so nicht im Drehbuch. Flüsternd macht sie mich auf meinen Fehler aufmerksam:

»Sofort wieder weg? Ich glaub, es hakt! Jetzt steig halt drauf ein!«

Aber erst mal steigt Achim ein. Und zwar ziemlich laut.

»Des Spiel dürft's gar net gebe! Des zweite Tor hätte gestern zähle müsse! Dann wär des alles ganz anders gelaufe! Dann hätte mer die Haie aus der Halle geschosse und könnte morge in Mannem Meister werde! Schiebung, sach ich! Alles Schiebung!«

Manu bemüht sich sichtlich, Ordnung in ihre verwirrten Gedanken zu bringen. Ich kann mich nicht erinnern, warum das zweite Tor der Adler gestern nicht gegeben wurde. Der Tino-Boos-Fanclub vor uns hat Achims Ausbruch natürlich mitbekommen. Eines der Mädchen sorgt für Klärung:

»Der Schuss von Stevens hat Rogles vorher voll an der Maske getroffen. War deutlich zu sehen. Wir standen genau dahinter. Völlig regulär abgepfiffen.«

Erstaunt sehe ich die Teenies an. Manu ist inzwischen mit den Korrekturen am Drehbuch fertig und fest entschlossen, diesem skurrilen Szenario ein Ende zu setzen.

»Hör zu! Du bist aus Mannheim? Dein Problem! Du bist Adler-Fan? Dein Problem!«

»Manu, nicht!«

Mein verzweifelter Versuch, sie zu bremsen, verhallt im Nirwana.

»Wenn du nicht verlieren kannst, dann such dir ein anderes Hobby! Und jetzt sieh zu, dass du Land gewinnst! Oder noch besser: Geh nach Hause und lass dir von irgendjemandem ein paar Manieren beibringen!«

Erde, tu dich auf und verschluck mich. Mit eingezogenem Kopf und zugekniffenen Augen warte ich auf Achims Gegenangriff. Aber da kommt nichts. Vorsichtig wage ich einen Blick und sehe meinen Chef nach Luft schnappen. Es scheint eine völlig neue Erfahrung für ihn zu sein, dass jemand so mit ihm redet. In diesem Moment öffnen sich endlich die Türen der Vorverkaufsstelle. Langsam schiebt die Schlange sich vorwärts. Allmählich gewinnt Achim seine Fassung zurück.

»Mer sehe uns dann nachher.«

Damit setzt er seinen Weg zum Ende der Schlange fort und stellt sich an. Die Mädels grinsen Manu an:

»Play-offs ohne Trash-Talk ist wie Bonbon lutschen mit Papier, oder?«

Während Manu noch rätselt, was das bedeuten soll, und sich bei den Mädchen schon wieder alles um Tinos Freundin dreht, male ich mir in den schwärzesten Farben die anstehende Standpauke aus. Und dabei hat der Tag so gut angefangen. Manu legt mir tröstend den Arm um die Schultern.

»Ärger dich nicht. So toll hat er nun auch wieder nicht ausgesehen.«

»Manu, das war mein Chef.«

Sie schluckt.

»Dann zahl ich wohl heute das Feierabendbier.«

Dass wir Karten für unsere alten Plätze im Unterrang ergattern, baut mich ziemlich rasant wieder auf. Manu hingegen plagt immer noch das schlechte Gewissen, als sie mich zurück zum Sender fährt.

»Kriegst du jetzt schlimmen Ärger?«

»Wieso ich? Du hast ihn doch beschimpft.«

Manus Handy klingelt. Sie nimmt das Gespräch über die Freisprechanlage entgegen. Es ist Björn.

»Hallo, Schnuffi! Stör ich dich?«

Ich werfe Manu einen entsetzten Blick zu. Schnuffi? Manu zuckt grinsend mit den Schultern.

»Nein, nein. Ich hab nur Nicola im Auto. Kannst reden.«

»Hey, Nicola! Das trifft sich gut! Habt ihr Lust, morgen Abend zum dritten Spiel mit nach Mannheim zu fahren? Bei uns sind ein paar Leute krank geworden.«

Ich wäre nie auf die Idee gekommen, für ein Spiel der Haie irgendwo anders hinzufahren als in die Kölnarena. Aber warum eigentlich nicht?

»Hättest du für Rita auch noch eine Karte? Die können wir unmöglich alleine hier lassen.«

Gelächter vom anderen Ende der Leitung.

»Ihr seid echt ein Hühnerhaufen! Aber das geht bestimmt klar.«

»O.k., ich frag sie und ruf dich dann zurück. Bis später, kleiner Hase!«

Wir halten vor dem Sendergebäude.

»Kleiner Hase?«

»Na und?«

»Du musst es ja wissen.«

Die Redaktionskonferenz ist natürlich längst gelaufen, als ich unsere Büroräume betrete. Marcel und Rainer sitzen an ihren Schreibtischen und bereiten die morgige Sendung vor. Achims Bürotür ist geschlossen. Ich ziehe mir einen Stuhl heran und hocke mich zu ihnen.

»Na, Männer? Was haben wir für morgen auf dem Zettel?«

Die beiden sehen mit einem breiten Grinsen von ihren Papieren auf. Marcel lehnt sich auf seinem Stuhl zurück und verschränkt die Arme vor der Brust.

»Erst musst du erzählen, mit wem du gerade Karten kaufen warst.«

»Mit 'ner Freundin von mir. Wieso? Hat Achim was gesagt?«

»Gesagt? Bis vor zwei Minuten stand er hier und war wie blöd am Schwärmen!«

»Wie bitte?«

»Den hat's voll erwischt. Muss ihm tierisch imponiert haben!«

Oh, mein Gott. Achim in der Familie? Das wäre der absolute Supergau.

»Daraus wird nichts. Die Schnuffi hat den kleinen Hasen. Und daran wird sich auch so schnell nichts ändern.«

In Rainers Blick liegt echte Sorge.

»Vielleicht sollte sie mal zum Arzt gehen?«

Sendung, Redaktionskonferenz, Vorbereitung für die morgige Show, all das läuft an diesem kühlen, verregneten Dienstag ab wie immer. Den ganzen Vormittag gehe ich Achim aus dem Weg. Nicht wegen der zu erwartenden Standpauke, sondern weil ich Angst habe, dass er mich nach Manus Nummer fragt. Ich verbringe viel Zeit in der Nähe der Toilettentür. Wann immer ich auch nur Achims Stimme in der Nähe höre, bietet das Mädchenklo die einzig sichere Zuflucht. Aber trotz des albernen kleinen Versteckspiels geht für mich am frühen Nachmittag ein ganz normaler Arbeitstag zu Ende. Zu Hause angekommen, passiert auch Pullover und Trikot anziehen quasi automatisch. Erst als es an meiner Tür klopft und die Mädels mich mit einem »Auf nach Mannheim!« begrüßen, bekommt der Tag einen Hauch von Besonderheit.

Wir fahren mit der Bahn bis zum Ebertplatz, wo Björn uns am Ausgang der Station in Empfang nimmt. Zu Fuß biegen wir in die Neusser Straße ein. Schon von weitem sieht man einen ganzen Haufen Menschen in rot-weißen Trikots auf dem Bürgersteig vor einer Eckkneipe stehen. Ich bin einigermaßen erstaunt:

»Ich dachte, wir fahren nur mit deinen Kumpels.«

»Nee, die Tour ist von einem Fanclub organisiert.«

Es gibt ein großes Hallo, als wir zu der Gruppe stoßen. Berührungsängste sind vollkommen unberechtigt. Schließlich tragen hier alle die Farben der Haie, und mindestens das verbindet uns. Unter den vielen Fans finden wir schnell Björns Jungs. Das Händeschütteln und die Umarmungen sind noch in vollem Gang, als auf der Straße vor der Kneipe ein Doppeldeckerbus hält. In den Fenstern hängen Luftschlangen und Ballons. Als sich die Türen öffnen, schallt uns aus der Anlage im Inneren des Busses »Kölle Alaaf« entgegen. Mit einem Grinsen stupse ich Rita an:

»Die spinnen, die Kölner.«

Manu trägt gerade ein Kölsch-Fässchen an uns vorbei.

»Das hab ich gehört!«

Auch alle anderen helfen mit, die auf dem Bürgersteig bereitstehenden Getränkekisten, stangenweise Becher und noch mehr Kölsch-Fässchen einzuladen. Es ist halb vier, als sich der voll besetzte Bus zu den Klängen von ›Viva Colonia‹ in Bewegung setzt. Karneval mitten im April. Wer hat behauptet, es gebe feste Termine dafür?

Manu und ich sind bei jeder Runde Kölsch dabei, die Björn oder einer von seinen Jungs anschleppen, während Rita sich unters Volk mischt. Die Stimmung könnte nicht besser sein. Da wird aus voller Kehle von »kölsche Mädsche« und dem »treuen Husar« gesungen. Zwischen den Liedern wirft aus irgendeiner Ecke immer mal jemand einen Haie-Schlachtruf ein. Björn macht sich auf, die nächste Runde zu holen. Manu plagt immer noch ein wenig das schlechte Gewissen:

»Hast du eigentlich Ärger mit deinem Chef bekommen?«

»Ärger ist das falsche Wort dafür.«

»Ach du meine Güte! Was ist passiert?«

»Er hat ein Auge auf dich geworfen.«

»Auf mich? Ich hab ihn angebrüllt!«

»Das hat ihm ziemlich imponiert. Sagen zumindest meine Kollegen. Ich seh mich schon mit dir und Achim an deiner Seite meine Freizeit verbringen.«

»Ach, komm! Das ist doch albern.«

»Findest du?«

In diesem Moment kommt Björn mit einem Kranz Kölsch zurück. Manu strahlt ihn an.

»Ich bin mit dem kleinen Hasen sehr, sehr glücklich.«

»Ich hab so gehofft, dass du das sagst.«

»Vergiss den Quatsch mal ganz schnell. Sonst kriegst du noch Alpträume davon.«

Sie reicht mir einen Becher Kölsch. Das Thema ist an dieser Stelle für sie erledigt. Ab jetzt bin ich der größte Fan des kleinen Hasen, wie auch immer er zu diesem Namen gekommen sein mag.

Als wir zu einer ersten Pinkelpause eine Autobahnraststätte ansteuern, gesellt Rita sich wieder zu uns.

»Ihr glaubt gar nicht, wo die Leute alle herkommen! Da hinten sitzt 'ne ganze Truppe aus dem Westerwald. Die beiden Jungs da drüben sind aus Wuppertal. Und jemand aus Bonn hat mir gerade erzählt, dass sein Kumpel aus Unterhaching nach Mannheim anreist, um die Haie zu sehen. Wahnsinn, oder?«

Der Wahnsinn setzt sich fort, als wir auf dem Parkplatz der Raststätte halten. Ich traue meinen Augen nicht. Neben unserem Doppeldecker stehen zwei weitere Busse, vor denen sich scharenweise Haie-Fans tummeln.

Aber das ganze Ausmaß der schwarz-weiß-roten Reisewelle erschließt sich uns erst, als wir etliche ›Viva Colonia‹ später am Eisstadion im Mannheimer Friedrichspark ankommen. Natürlich sind die blauen Trikots mit dem Adler darauf eindeutig in der Überzahl, aber die Menge an Kölnern ist dennoch beachtlich. Ich bin beeindruckt, und Manu ist mal wieder gerührt.

Björn hat irgendwo ein paar Bekannte gesichtet und sprintet mit einem »Lutti, alte Socke!« auf ein frisch eingetroffenes weiß-rotes Grüppchen zu. Weg ist er. Wir heften uns kurzentschlossen an die Fersen unserer übrigen Mitreisenden. Die werden schon wissen, wo es langgeht. Und tatsächlich endet unser kleiner Fußmarsch in einer Ecke der Halle in dem Stehplatzblock, der sich bereits fest in Kölner Hand befindet.

Die Trikots in meiner unmittelbaren Umgebung sind allerdings das einzig Vertraute. Natürlich gibt es eine Eisfläche mit einem Videowürfel darüber, aber sonst ist hier nichts wie bei uns zu Hause in der Kölnarena. Die Halle ist um einiges kleiner, die Decke hängt wesentlich tiefer, und ein eisiger Luftzug weht durch die offenen Seiten hinter den Tribünen ungebremst in den Innenraum. Wir haben April. Mich fröstelt bei der Vorstellung, wie kalt es hier erst im Winter sein muss.

Obwohl die Ränge für meinen Geschmack schon mehr als gut gefüllt sind, strömen immer noch Zuschauer in die Halle. Auch in unserem Block wird es allmählich kuschelig. Dank der Enge spüre ich kaum noch etwas von dem kalten Wind, der durch den Adlerhorst pfeift. Dafür schlägt uns von den Rängen jetzt ein anderer kalter Wind entgegen, als der Hallensprecher die Mannschaftsaufstellung der Haie verliest. Die Pfiffe der Mannheimer schmerzen in den Ohren. Der Schall kommt von der niedrigen Hallendecke verlustfrei reflektiert in betäubender Lautstärke bei uns an. Unsere Kölner Enklave hat nicht den Hauch einer Chance, gegen die Adler-Fans mitzuhalten, als sie ihre einlaufende Mannschaft feiern. Mein Bauchgefühl sagt mir, dass sich daran auch während des Spiels nicht viel ändern wird.

Wie aus dem Nichts taucht plötzlich Björn neben Manu auf. Das verlorene Schaf hat zur Herde zurückgefunden. Die Spieler auf dem Eis gehen in Aufstellung für das Eröffnungsbully. Die Halle ist erfüllt von einem gewaltigen »Heya, heya, MERC!«. Das schüchtert mich mehr ein, als mir lieb ist. Björn gibt mir den Rest:

»Hauptsache, nicht wieder zu null verlieren.«

Sind wir dafür nach Mannheim gefahren? Um nicht wieder zu null zu verlieren? Björn kennt sich aus. Der muss es wissen. Also spare ich mir die Frage nach dem Frosch und den Locken. Das Spiel beginnt.

Angepeitscht von ihren Fans, geht es für die Adler von Anfang an nur in eine Richtung: vorwärts. Mit aller Macht drängen die Hausherren auf das Kölner Tor. Ungestüm rennen sie gegen die Abwehr der Haie an. Ich bin mir vollkommen sicher, dass es jeden Moment hinter Rogles einschlagen wird. Aber der nächste Pass bleibt bei einem Kölner hängen. Und dann rollt der Konter. Mit einem irrsinnigen Antritt ist der Haie-Sturm im Mannheimer Drittel. Der Puck kommt zu Millen, und der fackelt nicht lange. Tor für Köln! Es sind noch nicht einmal vier Minuten gespielt. Manu, Rita und ich sind so überrascht, dass wir erst mit ein paar Sekunden Verzögerung in den Jubel um uns herum einstimmen. Klassenziel erreicht! Wir werden nicht zu null verlieren!

Ungerührt von dem Treffer, ist das Mannheimer Publikum sofort wieder da und treibt seine Mannschaft an. Auch die zeigt sich wenig beeindruckt. Verbissen steigen die Adler in die Zweikämpfe ein. Aber dann wieder so ein Fehlpass. Konsequent starten die Haie ihren Gegenangriff. Und wieder ist es Millen, der den Puck an Rosati vorbei ins Mannheimer Tor befördert. Ich kann kaum glauben, was ich da sehe. Auf der Uhr sind gerade mal fünf Minuten und siebenunddreißig Sekunden abgelaufen. Die Haie führen mit zwei zu null. Ich wage meinen Gedanken kaum zu Ende zu denken. Sollte hier womöglich mehr drin sein als eine Nicht-zu-null-Niederlage? Irgendwie scheint diese Idee allen Haie-Fans gleichzeitig durch den Kopf zu gehen. Ein ganz Verwegener startet aus der Mitte unseres Blocks einen auch mir wohlbekannten Schlachtruf:

»Auf geht's, Haie, kämpfen und siegen!«

Und alle stimmen mit ein. Der ganze Kölner Block

klatscht den dazugehörigen Rhythmus, und jeder holt das Letzte aus seiner Stimme heraus. Obwohl wir wirklich laut sind, übertönt uns das »Heya, heya, MERC!« um Längen. Die Mannheimer interessiert der Spielstand augenscheinlich überhaupt nicht. Mit unverminderter Intensität feuern sie ihre Adler an. Als ob sie unsere Euphorie bremsen könnten, kommt es mahnend von den Rängen:

»Adler geben niemals auf!«

Die Mannheimer Spieler jedenfalls scheinen diese Erinnerung nicht zu benötigen. Mit vollem Einsatz geht es auf dem Eis zur Sache. Aber die Haie stehen gut in der Verteidigung. Bei jedem Zweikampf spürt man Entschlossenheit, bei jedem Angriff den Siegeswillen, bei jedem Torschuss höchste Konzentration. Und zwar bei beiden Mannschaften. Ich traue mich kaum zu blinzeln, aus Angst, eine entscheidende Aktion zu verpassen. Selbst ans Atmen muss ich mich hin und wieder erinnern. Die Pausensirene bringt vorübergehend Erlösung. Manu wischt sich die schweißnassen Hände in der Hose ab.

»Wenn ich rauchen würde, wäre das jetzt der Moment für eine Zigarette.«

Ritas Gesicht ist knallrot vor Aufregung. Ich will gar nicht wissen, wie ich gerade aussehe. Björn ist einfach nur vollauf zufrieden:

»Das schreit doch förmlich nach einem Bier! Soll ich euch Dreien was mitbringen?«

»Wasser.«

»Wasser.«

»Wasser.«

»Mädchen.«

Kopfschüttelnd macht er sich wie viele andere aus unserem Block auf den Weg zu einem Getränkestand. Die Mädels und ich nutzen den frei gewordenen Platz und setzen uns erschöpft auf die Stufen der Stehtribüne. Um mich zu vergewissern, dass ich wirklich nicht träume, werfe ich noch mal einen Blick auf die Spielstandsanzeige. Da steht immer noch eine Null bei der Heim- und eine Zwei bei der Gastmannschaft.

»Kann das wirklich passieren?«

Rita sieht mich von der Seite an.

»Was?«

»Na, dass wir hier gewinnen?«

»Ich trau mich nicht mal, darüber nachzudenken.«

Vier Becher balancierend, kommt kurz darauf Björn zurück. Wir nehmen ihm unser Wasser ab und trinken so gierig, als hätten wir einen Drei-Wochen-Marsch durch die Wüste hinter uns. Allmählich füllen sich die Tribünen wieder. Die Mannschaften laufen auf. Ich atme ein letztes Mal tief durch und sehe aus den Augenwinkeln, wie Manu neben mir die Daumen drückt. Weiter geht's.

Keine Anlaufphase, keine Eingewöhnungszeit in diesem zweiten Drittel. Beide Mannschaften machen genau da weiter, wo sie vor der Pause aufgehört haben. Kampf, Einsatz, Herz, Leidenschaft von der ersten Minute an. Auch die Adler-Fans sind sofort wieder in voller Lautstärke am Start. »Heya, heya, MERC!« Beide Torhüter halten alles, was an Schüssen auf ihren Kasten zukommt. Uns stockt bei jedem Angriff der Atem, denn die Adler machen inzwischen gehörig Dampf. Immer wieder zwingen sie die Haie in ihr eigenes Drittel zurück. Mitten in dieser Sturm-und-Drang-Phase der Mannheimer gibt es eine Strafe gegen unsere Jungs. Auf dezimierte Kölner hagelt es Adler-Angriff auf Adler-Angriff. Die Haie stemmen sich mit einem Mann weniger auf dem Eis tapfer dagegen. Die letzten Sekunden der Strafzeit laufen ab. Vierzehn, dreizehn, zwölf ... Die Unterzahl ist fast überstanden. Zehn, neun, acht ...

Tor für Mannheim. Der Jubel auf den Rängen ist ohrenbetäubend. Wir Haie-Fans wissen, was jetzt zu tun ist. Das ist einer dieser Momente, in denen wir unseren Jungs den Rücken stärken müssen.

»Auf geht's, Haie, kämpfen und siegen!«

»Heya, heya, MERC!«

Übermächtig, erdrückend der Adler-Anhang. Wir haben keine Chance. Aber wir singen und klatschen trotzdem weiter. Das Duell auf den Rängen ist längst entschieden. Das auf dem Eis noch lange nicht. Beide Mannschaften gehen ein enorm hohes Tempo. Jeder Antritt ein voller Sprint. Jeder Puck wird gejagt, jeder Meter Eis umkämpft. Und über allem die donnernde Beschwörungsformel der Mannheimer Fans:

»Adler geben niemals auf!«

Die Haie können immer wieder kontern. Ein paar Mal hält unser ganzer Block den Atem an, aber der nächste Treffer bleibt aus. Immer noch steht es zwei zu eins für Köln. Erst das Ende dieses zweiten Drittels verschafft allen eine Verschnaufpause. Und die ist bitter nötig. Manu ist augenscheinlich kurz davor, wirklich jemanden um eine Zigarette zu bitten. Und als Björn uns nach unseren Getränkewünschen fragt, muss keiner lange überlegen.

»Bier.«

»Bier.«

»Bier.«

»Na also! Geht doch!«

Die Pause vergeht wie im Flug. Das Schlussdrittel beginnt, ohne dass ich mich auch nur ansatzweise erholt hätte. Manu sucht verzweifelt nach einem Fingernagel, den sie noch nicht vollständig abgekaut hat. Ausnahmsweise verstehe ich sie gut. Das Spiel ist an Spannung nicht zu überbieten. Nach der Hälfte des letzten Drittels ist immer noch kein Tor gefallen. Keins für die Haie, aber eben auch keins für die Adler. Ganz allmählich fange ich an zu hoffen, dass unsere Jungs das Ergebnis über die Zeit retten. Ein, zwei weitere torlose Minuten verstreichen. Inzwischen beobachte ich fast mehr die Zeitanzeige als das Geschehen auf dem Eis. Noch sieben Minuten. Die Adler werfen alles nach vorne. Kämpfen, Haie, kämpfen. Noch sechs Minuten. Das Zittern geht weiter. Während die Adler-Fans in ihren Anfeuerungsrufen keine Sekunde nachlassen, ist im Haie-Block Stille eingekehrt. Alle starren mit brennenden Augen auf das Eis. Und alle drücken die Daumen. Noch fünfeinhalb Minuten. Der erhobene Arm des Schiedsrichters zeigt eine Strafe an. Ein Kölner verlässt das Eis. So kurz vor dem Ziel zwei Minuten in Unterzahl gegen eine Mannheimer Mannschaft, die gerade mit allem, was sie hat, auf den Ausgleich drängt. Das wird verdammt schwer. Als ich auf die Anzeigetafel sehe, bleibt mir fast das Herz stehen. Der Schiedsrichter verbannt unseren Spieler nicht nur für zwei, sondern für ganze vier Minuten auf die Strafbank!

»Heya, heya, MERC! Heya, heya, MERC!«

Die Adler-Fans wittern Morgenluft. Und sie peitschen ihr Team noch mal nach vorne. Doch den ersten Angriff der Mannheimer können die Haie abfangen. Der Puck segelt quer über das Eis, raus aus dem Kölner Drittel. Noch fünf Minuten. Jeder in unserem Block schwankt zwischen Hoffen und Bangen. Keine Zeit zum Durchatmen. Schon rollt der nächste Angriff der Adler. Noch viereinhalb Minuten. Da kommt der Pass vor das Kölner Tor, und ein Adler mit der Nummer neunundzwanzig auf dem Rücken versenkt die Scheibe im Netz. Tor für Mannheim. Der Ausgleich.

Auf den Rängen bricht tosender Jubel aus. Die Sitzplatzinhaber springen auf und reißen die Arme in die Luft. Man kann förmlich spüren, wie eine Welle der Erleichterung durch die Halle schwappt. Die macht allerdings vor unserem Block halt. Das Tor trifft mich wie ein dumpfer Faustschlag in den Magen. Den anderen Haie-Fans um mich herum geht es offensichtlich ganz genauso. Aus der Traum. Vor uns liegen weitere zwei Minuten in Unterzahl, und die Adler sind gerade so richtig in Fahrt. Die Halle kocht. Rhythmisches Klatschen, Anfeuerungsrufe. Die Zuschauer fordern das Führungstor von ihren Adlern. Und die sind auf dem besten Wege dazu. Ein weiterer Schuss rauscht nur knapp am Kölner Kasten vorbei. Mir ist vollkommen klar, dass die nächste Granate hinter Rogles in den Maschen zappeln wird. Noch dreieinhalb Minuten zu spielen. Immer noch Unterzahl Köln. Mannheim ist am Drücker. Schnelle Pässe der Adler. Aber der letzte Pass kommt nicht an. Hicks schnappt sich den Puck und sprintet los in Richtung Adler-Tor. In einem Affenzahn quer über die ganze Eisfläche. Er nimmt Maß und feuert den Puck ab. Die Halle hält den Atem an. Rosati pariert den Schlagschuss, aber da ist Norris mitgelaufen! Und eiskalt schiebt der den Abpraller ins Mannheimer Tor! Der helle Wahnsinn! Er reißt die Arme hoch, nimmt noch zwei Schritte Anlauf und rutscht dann jubelnd auf den Knien bis weit über die Mittellinie.

Der Kölner Block rastet vollkommen aus vor Freude. Alles hüpft und klatscht und fällt sich gegenseitig um den Hals. Damit hat keiner gerechnet. Weder wir noch die Adler-Fans. Alles, was man jetzt noch hört, ist rot-weißer Jubel. Keine Adler-Gesänge, keine Mannheimer Anfeuerungsrufe. In diesem Moment gehört die Halle ganz allein dem Haie-Anhang. Ein überwältigendes Gefühl!

Aber noch ist dieses Spiel nicht entschieden. Die letzten beiden Minuten brechen an. Das Mannheimer Publikum gibt nun doch noch mal Gas. Aber das bremst die Sprechchöre aus unserem Block nicht im Mindesten. Noch eine Minute. Torwart Rosati verlässt das Eis. Die Adler versuchen ihr Glück mit einem zusätzlichen Feldspieler. Alles oder nichts. Keine Frage. Der Puck ist im Kölner Drittel. Noch dreißig Sekunden. Die Mannheimer setzen sich fest, suchen ihre Schussmöglichkeit. Bitte nicht! Nicht so kurz vor Schluss doch noch das Tor kassieren! Atmen nicht vergessen. Die Adler versuchen es mit aller Gewalt. Noch fünfzehn Sekunden. Ein Kölner Spieler bringt irgendwie den Schläger dazwischen. Der Puck segelt in die Zuschauer. Die Uhr ist angehalten. Noch zwölf Sekunden. Die Adler nehmen eine Auszeit, versammeln sich zu einer letzten Besprechung an der Bande um ihren Trainer. Gibt es den ultimativen Plan, um in zwölf Sekunden noch einen Treffer zu erzielen? Ich bete darum, dass ihnen keiner einfällt. Meine Kehle ist komplett trocken, und mein Puls rast.

Die Spieler fahren zurück ins Kölner Drittel. Der Schiedsrichter wirft den Puck ein. Aus dem Gerangel kommt die Scheibe irgendwie zu Lüdemann. Der schickt mit einem Traumpass und viel Übersicht Millen auf die Reise. Ein Adlerverteidiger ist ihm auf den Fersen. Aber auch ein weiterer Haie-Spieler ist mitgelaufen, nämlich Faust. Der kriegt den Puck von Millen und schiebt ihn zwei Sekunden vor Schluss ins leere Mannheimer Tor.

In unserem Block gibt es kein Halten mehr. Die Stimmung schäumt über. Man weiß gar nicht, wen man zuerst umarmen soll. Während die Adler-Fans fluchtartig die Halle verlassen, kennt der Jubel bei uns keine Grenzen. Ich habe mit vielem gerechnet, als ich heute Nachmittag in diesen Bus eingestiegen bin. Allerdings mit Sicherheit nicht damit, dass wir mit einem Vier-zu-zwei-Sieg wieder nach Hause fahren. Aber genau das werden wir jetzt tun. Hoffentlich ist noch was von dem Kölsch übrig.

Es ist bereits weit nach Mitternacht, als wir zurück in Köln glücklich und zufrieden aus dem Bus steigen. Mir bleibt nicht mehr viel Zeit zum Schlafen. Manu verabschiedet sich von Rita und mir. Sie wird die Nacht bei Björn verbringen. Wir schauen den beiden noch nach, wie sie Arm in Arm die Straße hinunterspazieren. Rita seufzt.

»Ich glaube fast, dieses Mal ist es ernst.«

Ich würde ihr unglaublich gerne sagen, wie froh ich darüber bin, aber ich bekomme keinen einzigen Ton heraus. Meine Stimme hat sich komplett verabschiedet. Das letzte ›Viva Colonia‹ auf der Rückfahrt war anscheinend zu viel. Rita hört also nur ein asthmatisches Röcheln neben sich. Erschrocken sieht sie mich an.

»Das klingt ja grauenhaft!«

Pantomimisch versuche ich ihr zu erklären, dass ich das selbst nicht besonders lustig finde. Dann schießt uns zeitgleich derselbe Gedanke durch den Kopf, aber nur Rita ist in der Lage, ihn auszusprechen:

»Wie willst du denn morgen früh die Sendung moderieren?«

Sie hat im wahrsten Sinne des Wortes gut reden. Morgen früh ist in ein paar Stunden. Um das zu verdeutlichen, halte ich ihr meine Armbanduhr unter die Nase und tippe hektisch mit dem Zeigefinger darauf. Sie nickt.

»Keine Panik. Das kriegen wir in den Griff.«

Wenig später liege ich mit einem dicken Schal um den

Hals auf ihrem Sofa und bekomme alles eingeflößt, was ich schon immer eklig fand. Heiße Milch mit Honig, Kamillentee mit Zitrone und zwischendurch immer wieder einen großen Löffel irgendeines obskuren asiatischen Hustensaftes. Inzwischen fühle ich mich richtig krank. Als Rita auch noch mit einer dampfenden Tasse Hühnerbrühe aus der Küche kommt, verursacht allein der Geruch bei mir einen kaum kontrollierbaren Brechreiz. Ich sinke noch ein bisschen tiefer in die Kissen und ziehe mir den Schal bis über die Nase. Rita stellt die Brühe vor mir auf den Tisch.

»Die wird getrunken! Oder soll ich deinen Chef anrufen?«

Die Wahrscheinlichkeit, dass Achim Verständnis dafür aufbringt, dass der glorreiche Sieg unserer Haie über seine Adler meine Stimme gekostet hat, ist verschwindend gering. Also her mit der Brühe. Rita ist dabei, den Deckel der Hustensaftflasche ein weiteres Mal abzuschrauben. Verzweifelt winsele ich um Gnade.

»Bitte nicht.«

Es ist nicht viel mehr als ein Krächzen, was ich herausbekomme. Aber für Rita ist es die Bestätigung, dass ihre Therapiemethoden Wirkung zeigen. Gnadenlos füllt sie den Löffel mit einer Portion der Medizin. So langsam kommen mir Zweifel, ob sie mich nicht umbringen will. Vielleicht war ich wegen der Marmeladenfleck-Geschichte doch ein bisschen zu hart zu ihr. Tapfer spüle ich den Hustensaft mit einem Schluck Hühnerbrühe hinunter. Großer Gott, ist das widerlich. Rita wirft einen Blick auf die Uhr. Es ist kurz nach eins.

»So, jetzt schläfst du noch zwei Stunden und trinkst vor der Sendung noch mal ordentlich heißen Tee mit Zitrone. Das sollte funktionieren.«

Als ich mich die Treppe hinauf zu meiner Wohnung schleppe, ruft sie mir noch eine letzte Anweisung hinterher:

»Und lass den Schal beim Schlafen um!«

»Klar, Chef.«

Aber diesen letzten Krächzer hört sie schon nicht mehr.

Es dauert einen Moment, bis ich begreife, dass es sich bei dem durchdringenden Klingeln in meinem Traum nicht um die Schlusssirene des gerade gewonnenen Spiels handelt. Mit geschlossenen Augen taste ich auf dem Nachttisch herum und bringe schließlich den Wecker zum Schweigen. Der erste Versuch zu sprechen fällt ziemlich ernüchternd aus. Bonnie Tyler wird wohl heute die Morningshow moderieren. Im Vertrauen auf Ritas Hausmittel packe ich ein paar Teebeutel und zwei Zitronen in meine Tasche, bevor ich das Haus verlasse.

Mein erster Weg im Sender führt mich nicht – wie sonst üblich – in den Newsraum zu Marcel und Rainer, sondern direkt in die Küche. Erst mit der zweiten Tasse Tee geselle ich mich zu den Jungs. Mein lautes Räuspern hat wenig Damenhaftes.

»Guten Morgen, ihr zwei!«

Ich kann wieder reden! Nur ein leichtes Kratzen verrät noch meine geschundenen Stimmbänder. Marcel horcht auf.

»Huh, Baby, du klingst aber sexy heute!«

Rainer kann sich einen dummen Spruch nicht verkneifen:

»Hast du gestern auch die halbe Nacht unter Robbie Williams' Hotelfenster gestanden und gekreischt?«

Bevor ich mir diese Geschichte anhängen lasse, sage ich den Jungs lieber die Wahrheit.

»Nein, ich war in Mannheim.«

»Doch nicht etwa beim Eishockey?«

»Warum sollte ich wohl sonst nach Mannheim fahren?«

Die beiden sind fast ein bisschen neidisch. Rainers Augen leuchten:

»Ich hab Philipp Walters Live-Kommentar gehört. Das muss ja der Wahnsinn gewesen sein!«

Auch Marcel ist total beeindruckt.

»Kaum zu glauben, dass die Haie am Freitag den Titel holen können.«

So weit habe ich noch gar nicht gedacht. Wie aus grauer Vorzeit höre ich Manus Stimme in meinem Kopf: »Und wer von den beiden Finalteilnehmern als Erstes drei Spiele gewonnen hat, der ist dann Deutscher Meister.« Uns fehlt wahrhaftig nur noch ein einziger Sieg zum Titelgewinn. Wir haben quasi schon die Hände am Pott! Es ist wirklich kaum zu glauben. Ich kriege Gänsehaut. Gar nicht drüber nachdenken.

Nach dem vierten Tee mit Zitrone klingt meine Stimme endlich wieder wie meine Stimme. Das bestätigt auch Ritas E-Mail, die sie mir während der Sendung ins Studio schickt.

Als Achim pünktlich zur Redaktionskonferenz eintrifft, bin ich sehr erleichtert, ihm nicht mehr aus dem Weg gehen zu müssen. Sollte er nach Manus Nummer fragen, werde ich ihm den Zahn direkt ziehen. Und wenn er mir doch noch eine Standpauke wegen Dienstagmorgen halten möchte, bitte schön. Soll er doch. Aber Manus Nummer scheint heute Morgen gar nicht so interessant zu sein. Auch die Gardinenpredigt steht offensichtlich nicht auf der Tagesordnung. Viel mehr ist er darüber verärgert, dass Marcel, Rainer und ich so gute Laune verbreiten. Auch ein sehr fröhlicher Frank gesellt sich gerade zu uns. Natürlich bekommt Achim mit, dass wir über das gestrige Spiel reden. Auf dem Weg zu seinem Platz am Kopfende des Tisches bleibt er kurz bei uns stehen.

»Ihr müsst net glaube, dass unsere Jungs die Meisterschaft schon abgeschriebe habe. Mer habe die ganze Saison über bewiese, dass mer auswärts jeden schlage könne. Also freut euch net zu früh!«

Mit resoluten Schritten marschiert er weiter zu seinem Platz. Seine Unterlagen landen unsanft auf dem Tisch. Marcel, Rainer, Frank und ich sehen uns an.

»Der hat aber Dampf drauf!«

Marcel und Rainer gleiten so geräuschlos und unauffällig wie möglich auf ihre Stühle. Ich halte Frank am Ärmel fest.

»Das ist Trash-Talk, oder?«

Frank wirft einen prüfenden Blick auf Achim.

»Nee, das ist einfach nur seine Meinung.«

Dann sieht er mich an und grinst.

»Du klingst übrigens echt sexy heute.«

»Nein, ich habe nicht unter Robbie Williams' Hotelfenster gekreischt.«

Als ich an diesem Nachmittag nach Hause komme, habe ich nur noch einen Gedanken: Schlafen. Die Kälte des Mannheimer Eisstadions und die viel zu kurze Nacht stecken mir in den Knochen. Für den direkten Weg ins Bett ist es allerdings noch viel zu früh. Da kommen meine beiden treuen Kameraden Sofa und Fernseher ins Spiel. Die perfekte Position irgendwo zwischen Liegen und Sitzen ist schnell gefunden. Mit einer großen Tasse Milchkaffee und der Fernbedienung lässt sich die Müdigkeit vielleicht noch ein Weilchen vertreiben. Das hirnlose Zeug, das um diese Uhrzeit über die Mattscheibe flimmert, ist allerdings kaum zu ertragen. Eine Kochsendung ist das Aufregendste, was ich beim Zappen finde. Aber was auch immer der dicke Mann in dem weißen Kittel da gerade fabriziert, es läuft komplett an mir vorbei.

Meine Gedanken kreisen nur um ein Thema. Kölner Haie, Deutscher Eishockeymeister 2002. Das klingt so gut in meinem Kopf. Wie sehr würde ich es dieser Mannschaft wünschen. Wie sehr würde ich es diesen Fans wünschen. Wie sehr wünsche ich es mir! Das wäre wirklich zu schön, um wahr zu sein. Ein Traum. Aber es fehlt wahrhaftig nur noch ein einziger Sieg, um ihn Wirklichkeit werden zu lassen. Nur noch ein einziges Mal die Mannheimer Festung einnehmen. Da oben auf der Turmzinne steht die Belohnung. Der Meisterpokal. Blitzt im gleißenden Sonnenlicht. Nur noch die Treppen hinaufstürmen, die Hände ausstrecken und danach greifen. Die Fingerspitzen berühren ihn schon fast, da kippt er von der Zinne und fällt in die Tiefe. Er fällt und fällt. Er fällt auf die ausgebreiteten Arme des Mannheimer Trainers zu, der ihn mit einem diabolischen Grinsen im Gesicht erwartet. Ein brennender Schmerz breitet sich auf meinem Bauch aus, und ein lauter Aufprall lässt mich hochschrecken.

Dem Adler-Coach ist nicht der Pokal aus den Händen gerutscht und auf den Boden aufgeschlagen. Mir ist beim Einnicken die Tasse umgekippt und hat ihren dampfenden Inhalt über mein Sweatshirt entleert, um anschließend auf dem Boden laut scheppernd in tausend Scherben zu zerspringen. Obwohl mich eine Riesenschweinerei umgibt, bin ich in erster Linie erleichtert, dass dieser Traum nur ein Traum war. Sehr real hingegen ist der brennende Schmerz, den der heiße Kaffee in meinem Sweatshirt auf der Haut verursacht, und die milchige Lache, die sich zu meinen Füßen ausbreitet und unaufhaltsam Kurs auf meine CD-Sammlung nimmt. In höchster Panik entledige ich mich auf dem Weg in die Küche des Shirts, reiße einen Stapel Geschirrtücher aus dem Schrank, sprinte zurück ins Wohnzimmer und fange im letzten Moment den Angriff des Kaffees auf meine Musik ab. Die größte Gefahr ist gebannt, und ich bin wieder hundertprozentig wach. Vorsichtig sammle ich die Scherben ein und verfrachte sie in den Mülleimer. Während die Rolle Papierküchentücher zum Einsatz kommt, klopft es an der Tür. Draußen steht Rita, die so gute Laune hat, dass sie meinen leicht derangierten Zustand gar nicht zur Kenntnis nimmt.

»Event-Tourismus!«

Das ist das Einzige, was sie sagt, bevor sie an mir vorbei in die Wohnung stiefelt. Ich schließe die Tür und kann ihr nur physisch folgen. Als sie die Sauerei im Wohnzimmer sieht, fragt sie nicht mal, was passiert ist, sondern schnappt sich einen Lappen, geht auf die Knie und fängt an aufzuwischen.

»Ich hab die Idee gehabt! Es war wie eine Eingebung, als ich heute Morgen aufgestanden bin!«

»Event-Tourismus?«

»Ja! Konzerte, Sportveranstaltungen und so weiter. Hast du eine Vorstellung, wie viele Menschen zu so was von weit her anreisen? In Mannheim standen zum Beispiel neun Busse aus Köln!«

»Wow! Das ist 'ne Menge.«

»Dass wir gestern diese Tour mitgemacht haben, war Schicksal. Garantiert. Jetzt stell dir mal vor, man würde so was komplett organisiert anbieten. Anreise, Eintrittskarten, wenn nötig Unterkunft und Transfer zum Veranstaltungsort. Wie klingt das?«

»Verkaufbar.«

So langsam kriegen wir die Brühe in den Griff.

»Das Beste daran ist, dass solche Sachen das ganze Jahr über stattfinden. Sag mal, was war das eigentlich?«

»Milchkaffee.«

»Dann sollten wir feucht nachwischen, sonst stinkt es womöglich irgendwann.«

»Gute Idee.«

Die Feierlichkeiten anlässlich der Rettung von Ritas Reisebüro fallen für mich aus. Eigentlich ein schöner Anlass, die Bar leer zu machen. Die Vorwürfe bezüglich meiner nicht vorhandenen kölschen Tugenden zeigen auch beinahe Wirkung. Ein Kölner kann schließlich immer feiern. Egal wann, egal wo, egal warum. Aber heute ist erst Mittwoch, und mein Schlafdefizit hat jetzt schon den Höchststand erreicht. Es hilft nichts, ich muss ins Bett.

Das Schlimmste daran, um drei Uhr morgens aufzustehen, ist die Dunkelheit draußen. Ich habe immer das Gefühl, mich mitten in der Nacht aus den Federn quälen zu müssen. Das könnte daran liegen, dass drei Uhr morgens schlicht und ergreifend noch mitten in der Nacht ist. Jede Faser meines Körpers wehrt sich dagegen aufzuwachen. Deswegen ist es mir auch vollkommen unmöglich, um diese Uhrzeit schon objektiv einzuschätzen, in was für einer Verfassung ich bin. Dem unruhigen Gefühl in meinem Magen messe ich daher keine besondere Bedeutung bei. Es kommt lediglich – zusammen mit der leichten Kreislaufschwäche und dem Kopfkissenabdruck in meinem Gesicht – auf die Liste der Dinge, die sich von selbst erledigen, sobald ich den Sender betrete. Da die dreistündige Show mir wie immer volle Konzentration abverlangt, denke ich auch keine Sekunde über solche Nebensächlichkeiten nach.

Als ich mich gegen Mittag mit Marcel und Rainer zur Besprechung der morgigen Sendung zusammensetze, ist inzwischen zwar mein Kreislauf auf der Höhe und mein Gesicht mehr oder weniger faltenfrei, aber die Unruhe in meinem Magen meldet sich vehement zurück. Ich kann mir beim besten Willen nicht erklären, woher das kommt. Vielleicht hilft eine Cola. Auf dem Weg in die Küche läuft mir

Achim über den Weg. Er sagt nichts. Es ist nur ein kurzer Blick, den er mir zuwirft. Aber in diesem Moment wird mir schlagartig bewusst, was dieses Gefühl in meinem Bauch auslöst. Angst! Angst davor, dass Achim Recht behält. Angst davor, dass Adler wirklich niemals aufgeben. Angst davor, dass unsere Jungs Angst vor der eigenen Courage kriegen. Angst davor, den Meisterpokal doch noch in die Arme des diabolisch grinsenden Mannheimer Trainers fallen zu sehen. Dabei spürt man den Pott schon so dicht vor den Fingern! Wir sind so nah dran! Ich fühle mich grauenhaft. Mit leerem Blick und leerem Kopf öffne ich den Kühlschrank, nehme eine Dose heraus und schleiche zurück zu Marcel und Rainer. Die beiden sehen mich völlig entgeistert an, als ich mich setze, die Dose öffne und in großen Schlucken trinke.

»Was machst du da um Himmels willen? Das ist ja widerlich!«

»Was? Cola trinken?«

Rainer nimmt mir die Dose aus der Hand und hält mir die Beschriftung vor die Nase.

»Sieht das aus wie Cola?«

Nein, das ist ganz eindeutig Eistee. Eine von den hundert Jahre alten Dosen aus unserem Kühlschrank, die aus gutem Grund kein Mensch anrührt. Jetzt ist mir auch noch schlecht. Wenigstens muss ich nicht darüber nachdenken, warum.

Den Rest des Tages laufe ich herum wie Falschgeld. Rein gar nichts kann mich ablenken. Es ist, als ob in meinem Kopf überhaupt nichts anderes mehr Platz hätte als die nackte Angst vor dem morgigen Spiel. Ich erwische mich dabei, so sinnfreie Dinge zu tun wie Fenster putzen, obwohl es regnet. Der Besuch im Supermarkt beschert mir ein wildes

Sammelsurium nicht miteinander kombinierbarer Lebensmittel. Mein Versuch, Kartoffeln und eine Fertigpastasoße zu kochen, endet mit einer Rauchwolke in der Küche und einer panisch klopfenden Manu vor meiner Wohnungstür. Ohne Eile öffne ich ihr.

»Die Indianer in der Nachbarschaft trommeln schon zum Angriff. Verbrennst du alte Reifen oder so was?«

»Ich wollte nur essen.«

Sie mustert mich besorgt.

»Trägst du das T-Shirt eigentlich absichtlich auf links?«

Das T-Shirt ziehe ich immer zum Putzen an und bin normalerweise nach spätestens zwei Minuten von dem kratzigen Schild im Nacken genervt. Ein bisschen habe ich mich vorhin schon gewundert. Aber eben nur ein bisschen.

»Manu, lass uns was trinken gehen.«

»Nur wenn ich vorher kontrollieren darf, ob dein Herd ausgeschaltet ist.«

Und dann ist er da, der große Freitag. *Judgement day*. Der Countdown läuft. Die Zeit bei der Arbeit fliegt nur so dahin. Kann man die Uhr nicht anhalten oder wenigstens den Spielbeginn noch ein wenig hinauszögern? Nur so lange, bis das dumpfe Gefühl in meinem Magen wieder weg ist? Aber unaufhaltsam rückt der Feierabend näher. Marcel und Rainer sind auffällig still, Frank hingegen steigert seine Quote der Menge dummer Sprüche pro Stunde auf ein kaum noch erträgliches Maß. Ich zerkaue gerade den x-ten Kugelschreiber. Selbst Vanessa hat es anscheinend erwischt. Voller Hingabe sortiert sie zum dritten Mal denselben Aktenordner. Irgendwie flattern sogar die Tauben draußen um den Springbrunnen hektischer durcheinander als sonst. Köln zittert vor Spannung.

Achim verabschiedet sich direkt nach der Redaktionskonferenz. Vergeblich suche ich in seinem Verhalten nach einem Anzeichen von Nervosität. Und das ist fast schlimmer als das dumpfe Gefühl in meinem Magen.

Während der Bahnfahrt zur Kölnarena plappern Rita und Manu ununterbrochen. Über die Frage, ob wir heute gewinnen, sind sie längst hinweg. Es geht nur noch um die Höhe des Sieges und wer die Tore macht. Sie sind nicht nur zuversichtlich, sie sind euphorisch. Unsere Jungs auf eigenem Eis in der eigenen Arena vor den eigenen Fans – was soll da schief gehen?

Als wir unsere Plätze im Unterrang einnehmen, erreicht meine Paralyse ihren bisherigen Höhepunkt. Hätte ich alle im Betäubungsmittelgesetz der Bundesrepublik Deutschland als illegal eingestuften Substanzen gleichzeitig eingeworfen, könnte ich nicht apathischer sein. Alles, was ich sonst vor Spielbeginn so sehr genieße, zieht wie hinter einem Schleier an mir vorbei. Der Blick auf die voll besetzten Ränge, die Pfiffe des Publikums während der Mannschaftsvorstellung der Adler, das Meer von Wunderkerzen, die einsetzenden Klänge von ›Highway to Hell‹, das Einlaufen unserer Haie, die Konfettifontänen beim Eröffnungsbully. Ich sitze nur da und warte. Warte, auf was auch immer da kommen wird.

Was da kommt, sind angriffslustige Haie. Da ist nichts zu merken von Angst vor der eigenen Courage. Die Festung Mannheimer Tor wird konsequent in die Zange genommen. Schon drei gute Chancen und gerade mal fünf Minuten gespielt. Es dauert lange, bis die Adler das erste Mal vor Chris Rogles auftauchen. Aber das ist kein gut sortierter Angriff, den die Mannheimer da fahren. Irgendwie bringen sie den Puck aber trotzdem vor das Kölner Tor. Da stehen viel zu viele Spieler auf viel zu engem Raum. Ein einziges, undurchsichtiges Gewühle. Aus diesem Knäuel von Menschen und Schlägern rutscht die Scheibe in Richtung Tor. Und Rogles selbst gibt ihr den entscheidenden letzten Kick. Eins zu null für Mannheim. Manu, Rita und die anderen achtzehntausend Haie-Fans in der Halle sind vor Schreck verstummt. Der Adler-Anhang feiert jemanden namens Dave Tomlinson als Torschützen, und ich summe ›Jesus Christ Superstar‹. Warum auch immer.

Wie von diesem Tor beflügelt, sind die Adler plötzlich aufgewacht und machen Druck. Ich sitze nur da und warte. Warte auf das nächste Mannheimer Tor. Das und nichts anderes liegt in der Luft. Aber das erste Drittel geht ohne einen weiteren Treffer zu Ende.

Beim Pausenkölsch ist die Euphorie von Rita und Manu deutlich eingekocht. Als Björn sich zu uns gesellt, könnte ich schwören, ihn etwas wie ›Don't cry for me, Argentina‹ summen zu hören. Auch nicht unbedingt ein Zeichen größter Zuversicht. Aber er bemüht sich zumindest um ein Lächeln. Geredet wird wenig bis gar nicht. Die Anspannung ist viel zu groß, als dass man nette kleine Belanglosigkeiten austauschen möchte.

Das zweite Drittel beginnt. Ich wundere mich nicht darüber, dass die Adler sofort wieder Vollgas geben. Ich wundere mich nur, wie achtzehntausend Menschen eine so beklemmende Stille schaffen können. Man kann sogar die Schlittschuhe über das Eis gleiten hören. Unsere Jungs wirken nervös, fast hektisch. Sie schaffen es nicht, wirklich gute Chancen herauszuspielen. Im Gegensatz zu den Adlern. Rogles ist mehr als gut beschäftigt. Die Mannheimer Stürmer verlangen ihm einige Glanzparaden ab. Der Schiedsrichter zeigt eine Strafe gegen die Adler an. Auf die Strafbank verabschiedet sich für zwei Minuten jemand namens Dave Tomlinson. Es ist bereits das vierte Mal in diesem Spiel, dass die Haie mit einem Mann mehr auf dem Eis sind. Aber die Adler haben trotzdem kein Tor kassiert. Ich sitze nur da und warte. Warte, dass die zwei Minuten ablaufen und die Mannheimer wieder komplett sind.

Von der Strafzeit sind noch exakt achtundvierzig Sekunden übrig, als »Hicks, Hicks, Alex Hicks!« den Puck im Adler-Tor versenkt. Und die ganze Arena rastet aus. Der Jubel ist eine Mischung aus Erleichterung, Freude und vor allem einem: Hoffnung. Sogar bei mir wächst der Glaube an eine Chance. Und auch ein leises Kribbeln schleicht sich in meine Magengrube.

»Auf geht's, Haie, kämpfen und siegen!«

Alle stehen und klatschen und feuern die Jungs an. Ein ohrenbetäubender Lärm. Es ist mir egal, ob ich morgen noch eine Stimme habe oder nicht. Kurz darauf hat Hicks die nächste Chance auf dem Schläger, aber Rosati im Adler-Tor hält den Puck mit einem unglaublichen Reflex fest. Immer noch Haie-Sprechchöre von den Rängen. Ununterbrochen. Das zweite Drittel ist fast vorbei. Ein Adler-Angriff rollt noch mal auf das Tor der Haie zu, aber unsere Verteidiger stehen bereits in Position. Es sind Kapitän Lüdemann und sein Abwehrpartner Brad Schlegel, unsere erste Garde. Da brennt so kurz vor Drittelende nichts mehr an. Ein Adler hämmert die Scheibe aus völlig aussichtslosem Winkel auf das Tor. Der Puck trifft Lüdemanns Schlittschuh und schlägt den Bruchteil einer Sekunde später hinter Rogles ein. Zwei zu eins für Mannheim. Die fassungslose Stille auf den Rängen wird nur durch den Jubel der Adler-Fans im Oberrang gestört. Sie feiern jemanden namens Wayne Hynes als Torschützen. Die Pausensirene erlöst uns.

Mit schweren Schritten schleppen wir uns zum Bierstand. Die Mädels sind genauso schweigsam wie ich. Was soll man auch sagen zu so viel Pech? Zwei Eigentore in vierzig Minuten. Dass es Eigentore beim Eishockey augenscheinlich offiziell nicht gibt, macht es irgendwie nicht besser. Björn lässt sich überhaupt nicht blicken. Verständlich, denn inzwischen ist erst recht niemand mehr in der Lage, das Pausenentertainment zu liefern. Vielleicht muss er jetzt einfach bei seinen Kumpels sein.

Das Schlussdrittel ist gerade mal eine Minute alt, als das Tor fällt. Ein völlig normales, reguläres Tor. Der Puck hat seinen Weg ins Netz ohne das Zutun eines verteidigenden oder torhütenden Spielers gefunden. Nur leider wieder in das der Haie. Drei zu eins für Mannheim. Dafür, dass die Adler-Fans so weit weg da oben unter dem Hallendach hocken, hört man ihren Jubel erschreckend laut. Ich sitze nur da und warte. Warte, bis sie fertig sind, jemanden namens Devin Edgerton als Torschützen zu feiern. Aber das tun sie lange und ausgiebig.

Manu und Rita sind genauso versteinert wie ich und der Rest des Kölner Publikums. Selbst auf den Stehplätzen in Nord- und Südkurve ist es still geworden. Kurz darauf schickt der Schiedsrichter einen Adler-Spieler auf die Strafbank. Überzahlspiel Haie, aber nichts passiert. Nach zwei Minuten voller guter Torchancen für unsere Jungs kehrt der Mannheimer zurück auf das Eis. Nicht viel später sitzen sogar zwei Adler auf der Strafbank. Fünf Kölner gegen drei Mannheimer. Aber nichts passiert. Mike Rosati in seinem Tor steht wie der Fels in der Brandung. Und die Uhr läuft unerbittlich ab. Fünf Minuten vor Spielende kassiert ein Adler eine weitere Strafe. Aber nichts passiert. Als der Hallensprecher den Beginn der letzten beiden Spielminuten ankündigt, glaubt niemand im Publikum mehr an ein Wunder. Sechzig Sekunden vor dem Ende geben auch die Spieler auf. Die Stimmung beim Ertönen der Schlusssirene gleicht der bei einer Beerdigung. Und streng genommen ist es ja auch nichts anderes als das. Die Beerdigung der Titelträume. Und obwohl ich von achtzehntausend Menschen umgeben bin, fühle ich mich in diesem Moment schrecklich einsam.

Allmählich leert sich die Halle. Traurige Menschen stapfen an mir vorbei die Treppen hinauf zum Ausgang. Ich sitze nur da und warte. Warte, dass ich aus diesem grausamen Traum endlich aufwache. Auch Rita und Manu scheinen noch zu kraftlos zu sein, um aufzustehen. In meiner Handtasche höre ich mein Handy ungewöhnliche Geräusche von sich geben. Ein Signalton, der weder einen Anruf noch eine eingegangene SMS anzeigt. Irritiert lese ich, was da im Display steht.

Erinnerung: Ankunft Köln/Bonn, 22:45 Uhr.

Sofort bin ich auf den Füßen und zerre an Manus Ärmel.

»Wir müssen sofort nach Hause und mein Auto holen!«

Rita blickt mich verwirrt an.

»Wir müssen was?«

»Toni in einer dreiviertel Stunde vom Flughafen abholen!«

Wir rennen zur Bahn, so schnell es zwischen den vielen Menschen vor der Arena hindurch nur geht. An der Haltestelle in der Nähe unseres Hauses sind wir die Ersten, die aus dem Zug steigen. Die Rolltreppen nehmen wir in großen Schritten und spurten dann die dunkle Straße hinunter. Um zwanzig nach zehn springen wir in meinen Wagen.

Während der Fahrt müssen alle erst mal zu Atem kommen und den aufgescheuchten Puls wieder beruhigen. Dann kehrt Stille ein. Rita starrt aus dem Beifahrerfenster, Manu sitzt mit weit in den Nacken gelegtem Kopf auf der Rückbank und malt mit dem Finger auf der Heckscheibe herum. Keiner sagt etwas. Ich schalte das Radio ein.

»... Die Entscheidung um die Deutsche Eishockeymeisterschaft ist vertagt. Am Abend vergaben die Kölner Haie auf eigenem Eis durch eine Eins-zu-drei-Niederlage die Chance auf den vorzeitigen Titelgewinn. Das alles entscheidende fünfte Finalspiel gegen die Adler Mannheim findet am kommenden Sonntag um vierzehn Uhr dreißig ...«

Mit einem energischen Knopfdruck würge ich den Kollegen aus der Nachrichtenredaktion ab. Wie kann man ein so bitteres Ereignis in so nüchterne Worte fassen? Hat der Mann kein Herz?

»Jetzt müssen die Jungs noch mal in diesem Hexenkessel in Mannheim ran.«

Rita starrt weiter aus dem Fenster, als sie das sagt. Auch Manu schmiert mit dem Finger immer noch fettige, kleine Kreise auf meine Heckscheibe, während sie sich vom Rücksitz zu Wort meldet:

»Adler geben niemals auf.«

Über den Rückspiegel werfe ich ihr einen ärgerlichen Blick zu.

»Lass das, Manu! Ich kann das jetzt nicht hören!«

Der Blick, der mich vom Beifahrersitz aus trifft, ist nicht nur ärgerlich. Er ist bitterböse.

»Wenn du nicht schon den ganzen Tag schlechte Stimmung verbreitet hättest!«

»Was soll das denn heißen?«

Jetzt wird Rita sogar richtig laut.

»Du hast ja die Niederlage mit deiner Schwarzmalerei quasi ... quasi ...«

»... heraufbeschworen«, kommt es vom Rücksitz.

»Ja, genau! Heraufbeschworen!«

»Ach, jetzt ist es womöglich meine Schuld? Das kann ja wohl nicht dein Ernst sein!«

»Und ob es deine Schuld ist! Mit deiner miesen Laune hast du die ganze Arena verpestet!«

»Die Jungs hätten vorm Finale fünf Tage Ruhepause haben können, wenn du nicht deine dämliche Bluse gewaschen hättest!«

»Dann haben wir ja schon zwei Schuldige«, mischt Manu sich wieder ein.

Gleichzeitig drehen Rita und ich uns zu ihr um:

»Halt du dich da raus!«

Es ist bereits zehn vor elf, als wir am Flughafen aus dem Auto steigen. Und es dauert noch mal gute fünf Minuten, bis wir auf der Ankunftsebene den richtigen Ausgang erreichen. Der Flieger ist längst gelandet. Immer noch schmollend, stellen wir uns zu den anderen Wartenden. Ich bin stinksauer auf Rita, Rita ist stinksauer auf mich, und Manu hasst uns alle beide. Keiner würdigt den anderen auch nur eines Blickes. Der totale Zickenalarm. Die ersten Reisenden kommen mit schwer beladenen Gepäckwagen durch die Schiebetür und werden von Freunden oder Familienangehörigen herzlich empfangen. Dann taucht auch Toni auf. Braun gebrannt, gut erholt und mit einem strahlenden Lächeln im Gesicht, als sie uns sieht. Während sie ihren Gepäckwagen auf uns zusteuert, wird aus dem Lächeln ein lautes Lachen.

»Wie seht ihr denn aus? Ist schon wieder Karneval?«

Einen Moment lang weiß ich nicht, was sie meint. Aber dann fällt der Groschen. Natürlich ist es eine Überraschung für Toni, dass sie nicht von Rita, Manu und Nicola abgeholt wird, sondern von Hicks, Norris und Rogles. Ich überlege angestrengt, wie ich ihr am einfachsten in kurzen, leicht verständlichen Sätzen die Sache mit den Trikots erkläre, die wir wie selbstverständlich immer noch tragen. Manu und Rita fällt augenscheinlich auch spontan keine Entschuldigung ein. Also sage ich es, wie es ist.

»Wir kommen quasi direkt vom Spiel.«

»Spiel? Was für'n Spiel?«

»Viertes Finalspiel Kölner Haie gegen die Adler Mannheim.«

»Wie bitte?«

»Eishockey, weißt du? Wir sind Fans.«

In diesem Moment fährt Rita mir in die Parade.

»Pah! Du? Ein Fan? Du bist nichts weiter als ein Miesmacher!«

Bevor ich etwas erwidern kann, ist Manu schon zur Stelle:

»Waschzwang-Tussi! Waschzwang-Tussi!«

Rita keift sofort zurück:

»Ja, schlag dich noch auf ihre Seite! Ganz toll!«

Wir genießen die ungeteilte Aufmerksamkeit der anderen Leute im Terminal. Selbst ein paar Zöllner sind auf ihrem Kontrollgang verwundert stehen geblieben. Toni spricht ein Machtwort:

»Schluss jetzt! Merkt ihr eigentlich nicht, weshalb ihr euch gerade streitet? Wegen ein paar Jungs auf Schlittschuhen, die einem Puck hinterherlaufen! Seid ihr noch gesund im Kopf?«

Das kann ich so nicht stehen lassen.

»Nein, Toni! Es ist so viel mehr als das!«

»Nein, es ist genau das! Es gibt auf der ganzen Welt nichts, was auch nur ansatzweise so belanglos und egal ist! Und jetzt will ich kein Wort mehr davon hören!«

Das Schweigen im Walde. Sie sieht uns der Reihe nach an.

»Wie wär's mit einem: Hallo, Toni! Schön, dass du wieder da bist! Gut siehst du aus! Wie war der Flug?«

Endlich nehmen wir sie zur Begrüßung in den Arm und schämen uns dabei in Grund und Boden für diesen lieblosen Empfang.

Auf dem Weg zum Auto erzählt sie wie ein Wasserfall von den vielen Eindrücken ihrer Reise.

»Und Strände, sag ich euch, Strände wie aus dem Bilderbuch! Und das Essen! Ich hab fast nie im Hotel gegessen, weil es an jeder Straßenecke so kleine Reisküchen gibt. Total gesund und super lecker! Ich hab jede Menge Gewürze mitgebracht.«

Das Gepäck verschwindet im Kofferraum. Während ich mich hinters Steuer setze und Toni sich auf den Beifahrersitz fallen lässt, spüre ich Ritas und Manus Blicke in meinem Nacken. Bei aller Wiedersehensfreude ist die Schuldfrage über das verlorene Spiel weder geklärt noch vergessen. Toni scheint davon nichts zu bemerken.

»Ich muss euch unbedingt was damit kochen. Vielleicht mach ich am Sonntag statt meines üblichen Geburtstagsbrunchs irgendwas Balinesisches. Und das am neuen Tisch! Haben die den eigentlich geliefert?«

Sonntag? Geburtstag? Brunch?

»Äh, jaja. Der Tisch ist da.«

Ist am Sonntag etwa der 21. April? Und wenn ja, warum haben wir dann noch kein Geschenk für Toni besorgt? Im Rückspiegel sehe ich Rita und Manu tuscheln. Scheint so, als wäre ich dieses Mal nicht die Einzige, die etwas Wichtiges vergessen hat.

»Ich hab euch übrigens allen was mitgebracht. Aber das gibt's auch erst am Sonntag! Vielleicht schaffe ich es ja morgen noch, die Fotos zum Entwickeln zu bringen. Hat der

Stundenservice am Friesenplatz eigentlich samstags auf? Ach, Mädels! Ihr habt mir echt gefehlt!«

Eine halbe Stunde später liefern wir Toni samt Gepäck vor ihrem Haus ab. Auf dem Heimweg zu uns schließen Rita, Manu und ich einen vorübergehenden Waffenstillstand. Die Situation erfordert ein funktionierendes Team. Außerdem haben wir an dieser Misere alle gleich viel Schuld. Und völlig verdient wartet die Höchststrafe auf uns: Ein weiterer Samstag auf Shopping-Tour in der Kölner Innenstadt.

Am nächsten Morgen sitzen wir schon um acht Uhr bei einem konspirativen Milchkaffee in Manus Küche. Geschenke-Brainstorming steht an. Rita notiert unsere Ideen auf der Rückseite einer alten Zeitschrift.

»Ein Wok.«

»Eine Pflanze für ihren Balkon.«

»Ein Wellness-Wochenende.«

»Ein Hund.«

»Ein Hund?«

»Bewertet wird später. Aufschreiben!«

Von den achtundzwanzig Dingen auf der Liste werden einundzwanzig wegen Schwachsinnigkeit sofort wieder gestrichen. Weitere fünf kommen nicht in Frage, weil sie zu direkt mit Tonis Erzählungen von gestern Abend in Verbindung stehen. Dann würde sie merken, dass wir uns erst heute Gedanken über ihre Geschenke gemacht haben. Auch wenn sie sich über einen Seidenkimono bestimmt freuen würde. Bleiben die Balkonpflanze und der DVD-Player. Unromantisch, aber sinnvoll. Als Letztes müssen wir sicherstellen, dass uns Toni während der Besorgung ihrer Geschenke nicht über den Weg läuft. Rita wird beauftragt, sie so lange aus der Innenstadt fern zu halten, bis Manu und ich die Einkäufe erledigt haben. Der Plan steht. Alle Fragen sind geklärt. Bis auf die wichtigste von allen.

»Wie machen wir es mit dem Spiel morgen?«

So aussichtslos unsere Lage auch sein mag, so chancenlos unsere Jungs auch nach Mannheim fahren, man muss es sehen. Da steht Tonis traditioneller, liebevoll zubereiteter Geburtstagsbrunch gegen das alles entscheidende fünfte Finalspiel der Kölner Haie. Beides unter einen Hut zu bringen, sieht nach einem hoffnungslosen Unterfangen aus.

»Wir melden uns einfach alle bei Toni krank!«

»Rita, das ist kein Arbeitsessen.«

Manu ist vollkommen meiner Meinung:

»Wenn sich an meinem Geburtstag jemals einer von euch krankmeldet, dem kündige ich die Freundschaft!«

Überhaupt darüber nachzudenken, am Sonntag nicht bei Toni zu erscheinen, ist eigentlich ein Unding. Menschliche Abgründe tun sich auf. Die Lösung dieses Problems wird auf später vertagt. Die Geschäfte in der Stadt öffnen bald, und wenigstens Geschenke sollten wir für eine gute Freundin besorgen.

Unser schlechtes Gewissen scheint ungeheuren Einfluss auf unsere Großzügigkeit zu haben. Manu und ich schleppen einen Baum aus der Gartenabteilung eines Baumarktes, der niemals im Leben in das Taxi passt. Weder längs noch quer. Ein paar Zweige müssen beim Verladen dran glauben, aber wenigstens kann man ihn so transportieren. Wir diskutieren gerade, ob eher Manus oder meine Wohnung als Zwischenlager für das Riesenteil fungieren soll, als Manus Handy klingelt.

»Hallo, kleiner Hase!«

Ihr Lächeln ist ansteckend. Dieses Mal ist es ihr scheinbar wirklich ernst. Ich imitiere einen Geigenspieler.

»Morgen? Das ist so ’ne Sache mit morgen. Ich würde ja gern, aber eine gute Freundin hat Geburtstag … Toni? Zum Eishockey? Mitnehmen? Keine Chance … In der Kölnarena? Aha. Dann weiß ich ja im Zweifelsfall, wo ich dich finde … Ich dich auch.«

Damit legt sie auf und lächelt noch ein bisschen mehr. Aber für die Schmetterlinge in Manus Bauch kann ich mich gerade trotzdem nicht so richtig interessieren. Da sind andere Sachen viel wichtiger.

»Fährt er morgen nach Mannheim?«

»Nein, er geht in die Kölnarena. Da wird die Übertragung des Spiels auf dem Videowürfel gezeigt. Was sollen wir denn bloß machen?«

»Ich glaube, wir haben nicht so wirklich eine Wahl. Es ist Tonis Geburtstag.«

»Das wird echt hart.«

Es wird richtig hart, das Spiel nicht sehen zu können. Aber ändern lassen wird es sich wohl nicht. Kümmern wir uns also lieber um die anderen akuten Probleme.

»Sag mal, hast du nicht noch Ritas Reserveschlüssel?«

»Ja, wieso?«

»Dann stellen wir den Baum in ihrer Wohnung ab.«

Die Sonne scheint aus allen Knopflöchern, kein Wölkchen am Himmel. Der Tag verspricht angenehm warm zu werden. Ungewöhnlich warm für einen 21. April. Frisch geduscht stehe ich vor meinem Kleiderschrank und suche nach einer bequemen Brunch-Klamotte. Mein sehnsüchtiger Blick wandert zu dem immer noch ungewaschenen Pullover, der auf seinem Bügel an der Tür hängt. Unvorstellbar, das Spiel heute Nachmittag zu verpassen. Unvorstellbar, unsere Jungs alleine zu lassen. Unvorstellbar, ab halb drei irgendetwas anderes zu tun, als im Kings wie ein hypnotisiertes Kaninchen auf die Leinwand zu starren. Unvorstellbar grausam. Das Rogles-Trikot liegt auf dem Stuhl am Fußende meines Bettes. Wenn ich es heute schon nicht anziehen darf, muss es wenigstens mit. Auf das platzsparendste Maß zusammengerollt, verschwindet es in den Tiefen meiner Handtasche.

Um halb zwölf stehen Manu und Rita vor meiner Tür, um mich abzuholen. Die Stimmung ist gedrückt. Der von uns allen so geliebte Geburtstagsbrunch bei Toni wird in diesem Jahr zu einer unumgänglichen Pflichtveranstaltung. Es bleibt uns nichts anderes, als sich dem Schicksal zu ergeben.

Als wir mit Baum und aufwendig verpacktem DVD-Player vor Tonis Wohnungstür ankommen, fällt mein Blick auf Manus Handtasche.

»Die Fransen von deinem Schal gucken raus! Mach das weg!«

Hektisch stopft sie ihn tiefer in die Tasche, bis wirklich nichts Schwarz-Weiß-Rotes mehr zu sehen ist. In diesem Moment öffnet Toni uns die Tür. Nacheinander nehmen wir sie in den Arm und gratulieren. Dann schleppen wir unsere Geschenke hinter ihr her in die große Wohnküche.

Die Fenster zum Hinterhof stehen weit offen, eine sanfte Brise weht herein. Warmes Sonnenlicht durchflutet den Raum. In der Mitte steht der neue Tisch und biegt sich förmlich unter der Last der zahllosen Köstlichkeiten. Es gibt alles, was man sich überhaupt nur vorstellen kann. Die liebevoll dekorierten Teller und die Vielzahl der Speisen lassen nur erahnen, wie viel Mühe und Zeit Toni auch dieses Mal wieder investiert hat, um das alles für uns vorzubereiten. Zu allem Überfluss stehen da auch noch drei kleine Päckchen in geschmackvoller Verpackung. Geschenke für uns.

»Meine Güte, Toni! Wie früh bist du denn heute aufgestanden?«

»Spielt doch keine Rolle! Hauptsache, wir haben es schön, und es fehlt an nichts! Setzt euch doch! Ich hol nur noch schnell den Sekt aus dem Keller.«

Sie eilt zur Tür hinaus. Ich fühle mich richtig mies. Was sind wir doch für ein undankbares Pack. Undankbar und niederträchtig. Manu lässt sich mit hängenden Schultern auf einen Stuhl sinken.

»Wir sollten uns was schämen.«

Das tun wir. Allen voran Rita.

»Und ich wollte ihr absagen. Tolle Freunde sind wir.«

Minuten später ist Toni mit dem Sekt zurück. Der Korken knallt unter die Decke. Wir stoßen auf das Geburtstagskind an und machen uns dann gierig über all das gute Essen her. Es gibt viel zu erzählen, Fotos anzugucken und eine Menge zu lachen. Toni ist aus dem Urlaub zurück, und alles ist genau wie vorher. Zumindest für Toni. Nur zufällig werfe ich einen Blick auf die Uhr. Es ist genau halb drei, als ich feststelle, dass in Wirklichkeit überhaupt nichts mehr so ist wie vorher. In dieser Sekunde berührt im Mannheimer Friedrichspark der erste Puck das Eis. Und bei diesem Gedanken setzt alles gleichzeitig ein. Das Kribbeln in meinem Bauch, die Anspannung und der dazugehörige Schweißausbruch in meinen Händen. Rita wirft mir einen verstohlenen Blick zu und rutscht unruhig auf ihrem Stuhl herum. Toni erzählt gerade von ihrem radebrechend Englisch sprechenden Tauchlehrer, als Manus Handy piept. Sie liest die eingegangene Nachricht und lässt ihr Telefon schnell wieder in der Tasche verschwinden. Toni ist neugierig.

»Wer war das?«

Manu bemüht sich um einen gleichgültigen Tonfall.

»Ach, nur Björn. Der sitzt grad in der Kölnarena.«

Toni schüttelt lachend den Kopf.

»In der Kölnarena? Bei dem Wetter? Schön blöd.«

Und schon geht es weiter mit der Tauchlehrergeschichte, auf die sich keiner von uns mehr konzentrieren kann. Sie redet und redet und bekommt dabei unsere nervösen Blicke auf die Uhr zum Glück nicht mit. Während Toni erzählt, verteilt sie den Rest aus der Sektflasche in unsere Gläser. Für ihr eigenes Glas bleiben nur ein paar Tropfen, also verabschiedet sie sich kurzerhand Richtung Keller, um Nachschub zu holen. Manu wartet, bis sie aus der Tür ist.

»Ich halt das keine Minute länger aus.«

»Manu, reiß dich zusammen. Es ist halt nicht zu ändern. Und Toni hat sich solche Mühe gegeben.«

»Was soll ich machen? Ich schwör's euch, ich dreh gleich durch!«

Niemand versteht Manu besser als Rita und ich. Es ist kurz vor drei und das erste Drittel mit Sicherheit so gut wie vorbei. Nicht zu wissen, wie es steht, ist die Hölle. Toni kommt beschwingten Schrittes mit einer neuen Flasche Sekt zurück in die Küche, als Manus Handy wieder piept. Rita und ich starren sie an, während sie die neue Nachricht liest.

»Von Björn?«

Manu nickt. Toni entkorkt derweil die Flasche.

»Meine Güte, der ist aber anhänglich.«

»Null zu null nach dem ersten Drittel!«

Rita und ich atmen erleichtert auf. Toni scheint diese Mitteilung gar nicht zur Kenntnis zu nehmen. Und dann fasst Manu sich ein Herz:

»Toni, sei mir nicht böse, aber ich muss das Spiel sehen. Ich krieg die Krise, wenn ich das verpasse.«

Rita und ich sind total baff. Gespannt warten wir auf Tonis Reaktion.

»Was für ein Spiel?«

»Die Haie in Mannheim. Die Mädels können dir das erklären. Ich muss jetzt los.«

Sie springt auf, schnappt sich ihre Tasche, umarmt Toni im Vorbeilaufen und ist Sekunden später aus der Tür. Fassungslos starren Rita und ich ihr hinterher. Toni versteht die Welt nicht mehr.

»Was genau ist bitte los?«

Kann jemand die Euphorie und die Begeisterung für Eishockey im Allgemeinen und die Haie im Speziellen nachvollziehen, der die letzten Wochen nicht miterlebt hat? Wie hatte Toni es genannt? Belanglos und egal? Ein hoffnungsloser Fall. Ich sehe Rita hilfesuchend an, die die Angelegenheit herunterspielt:

»Ach, ich glaube, Manu hat da einen Termin, den sie verschwitzt hat.«

Immer noch irritiert und mit dieser Auskunft nur mäßig schlauer, sieht Toni uns mit großen Augen an.

»Am Sonntag? Aber ihr bleibt doch, oder?«

»Jaja, selbstverständlich! Ist ja schließlich dein Geburtstag.«

Rita und ich wissen, dass der Zug damit abgefahren ist. Aus der Nummer kommen wir nicht mehr raus. Und es ist ein bisschen Resignation dabei, als wir Toni unsere Gläser zum Anstoßen entgegenstrecken. Ich könnte heulen. Die Sonne scheint, die Vögel zwitschern im Hinterhof, wir werden fürstlich bewirtet, und für mich ist das der schlimmste Tag in meinem Leben. Verkehrte Welt.

Rita und ich bemühen uns redlich, zu normaler Konversation zurückzufinden. Also reden wir über Dinge wie Event-

Tourismus, vernichtende Niederlagen beim Poolbillard und wie wichtig es ist, verschüttete Milch sofort aufzuwischen. Das Thema Eishockey wird weiträumig umschifft. Mitten in unser Gespräch hinein piept nun Ritas Handy.

»O nein!«

Erschrocken sehen Toni und ich sie an.

»Ist was passiert?«

Rita nimmt sofort eine bemüht entspannte Haltung ein.

»Nein, nein. Nichts Wichtiges.«

Toni greift den Gesprächsfaden wieder auf.

»Aber ein bisschen mehr Werbung solltest du für dein Reisebüro trotzdem machen. Ich hab dir doch schon mal von dem Bekannten bei der PR-Agentur erzählt.«

Während Rita ihr zuhört, schiebt sie mir so unauffällig wie möglich ihr Handy zu. Im Display steht die gerade eingegangene Nachricht.

27. Minute, 1:0 für Mannheim durch Picard. Bestimmt 8000 Haie-Fans hier in der Arena. Gruß, Manu.

Ich nehme einen großen Schluck Sekt. Rückstand. Und das in Mannheim. Keine Frage, was da gerade auf den Rängen abgeht. In Gedanken sitze ich gerade nicht an diesem Tisch. In Gedanken bin ich sogar nicht mal mit Manu, Björn und achttausend Haie-Fans in der Kölnarena. In Gedanken stehe ich im Gästeblock des Mannheimer Eisstadions. Und ich bin so sehr in Gedanken, dass mir fast ein »Kämpfen, Haie, kämpfen!« rausrutscht.

»Möchte jemand noch einen Milchkaffee?«

Toni hat meine Tasse bereits in der Hand und macht sich damit auf den Weg zur Espressomaschine. An der Wand über ihr zeigt die Uhr kurz nach vier. Das letzte Drittel hat bestimmt schon angefangen. Und dann kommt mir die rettende Idee.

»Hast du was dagegen, wenn wir nebenbei das Radio laufen lassen?«

Toni schäumt unbekümmert Milch auf.

»Nein, nein, mach nur.«

Mit einem Satz bin ich an ihrer Anlage und schalte sie ein. Natürlich ist auch bei Toni Radio Köln auf Platz eins gespeichert. Einen Moment später höre ich die vertraute Stimme unseres Sportkommentators Philipp Walter live aus Mannheim.

»... aber noch ist hier alles drin. Es kann auch noch kippen. Das wissen die Haie-Fans an den Radiogeräten. Wenn wir alle Daumen drücken, dann könnte das noch klappen. Jetzt Bully vor dem Tor von Mike Rosati ...«

Über die Schulter sehe ich Rita an, die über das ganze Gesicht strahlt. Ich drehe die Lautstärke noch ein klein wenig höher, immer mit dem Blick auf Toni. Keine Reaktion. Rita gibt mir die High Five, als ich mich wieder auf meinen Platz setze. Unsere Laune bessert sich schlagartig.

»... Jetzt wird es natürlich von Sekunde zu Sekunde spannender. Und wir hoffen mit den Haien. Zwei Minuten vorbei im letzten Drittel im fünften Finale um die Deutsche Eishockeymeisterschaft. Mannheim führt immer noch mit eins zu null.«

Als Toni mit meiner vollen Tasse zurück zu uns an den Tisch kommt, leitet der Kollege im Studio gerade zum nächsten Musiktitel über. Rita wirft einen Blick auf meinen frischen, dampfenden Milchkaffee.

»Ich glaube, einen kann ich auch noch vertragen. Ist ja auch noch früh.«

Toni nimmt ihr die Tasse ab und macht sich an die Zubereitung. In diesem Moment wird die Musik ausgeblendet, und der Moderator gibt eilig zurück nach Mannheim. Rita und ich starren wie die hypnotisierten Kaninchen auf die Anlage. Philipp Walter ist völlig außer sich:

»Tor für den KEC! Alex Hicks! Er hat sich die Scheibe genommen, hinter dem Kasten von Mike Rosati, und hat sie alle umkurvt! Corey Millen hat da noch einen Gegner weggeblockt, und dann war die Bahn frei für Alex Hicks! Und der hat den Puck unter Mike Rosati durch in den Kasten reingeknipst! Und der Jubel im Haie-Block ist grenzenlos! Der KEC ist zurück im fünften Finale! Und ich krieg Gänsehaut! Die Haie sind dran! Eins zu eins! Und jetzt ist es wieder völlig offen! Was für ein Jubel in Köln! Ich kann es mir vorstellen! In den Kneipen, in den Küchen, in den Autos, wo auch immer!«

Auch der in Tonis Wohnküche ist grenzenlos. Sie lässt vor Schreck fast die Tasse fallen, als Rita und ich mit hochgerissenen Armen laut schreiend um den Tisch hüpfen. Verängstigt macht sie einen Schritt rückwärts, denn natürlich wird auch der Torschütze von uns gebührend gefeiert:

»Hicks, Hicks, Alex Hicks!«

Vorsichtig nähert Toni sich ihrem Stuhl und wartet, bis wir uns wieder einigermaßen beruhigen. Freudestrahlend nimmt Rita ihr die Tasse aus der Hand und setzt sich. Auch ich lasse mich überglücklich auf meinen Stuhl fallen. Toni sieht uns an, als wären wir nicht ganz richtig im Kopf.

»Geht's euch gut?«

»Und wie!«

Mir ist völlig klar, wie das für Toni aussehen muss. Und es wird höchste Zeit für eine Erklärung.

»Toni, kannst du dich an unser Gespräch im Kings erinnern?«

Sie überlegt kurz.

»Beim letzten Mal Burger und Fritten? Wo du vor den

vielen Leuten Reißaus genommen hast? Da hat dich dein Leben ziemlich angeödet, glaub ich.«

»Ja, genau! Alles war langweilig und unspannend und leidenschaftslos. Und das ist es jetzt nicht mehr!«

Toni sieht mich ein wenig sparsam an, also fahre ich fort:

»Die Kölner Haie stehen da gerade in Mannheim im alles entscheidenden Spiel um die Deutsche Meisterschaft.«

Sie versucht zu kombinieren:

»Eishockey?«

»Genau. Die haben völlig überraschend Krefeld im Viertelfinale besiegt. Und dann gab es ein unglaublich spannendes Halbfinale gegen München. Fünf hochdramatische Spiele. Der Wahnsinn! München war der haushohe Favorit! Und jetzt stehen unsere Jungs im Finale gegen die Adler Mannheim!«

Toni zieht verwundert die Augenbrauen hoch.

»Unsere Jungs?«

»Ja, unsere Jungs! Unsere Stadt, unsere Farben, unsere Jungs! Natürlich unsere Jungs!«

Rita steuert nun auch ihren Teil zum besseren Verständnis bei:

»Die letzten Wochen waren ein einziges Wechselbad der Gefühle. Das war wirklich unglaublich spannend. Ich hab so was noch nicht erlebt.«

Wie aufs Stichwort meldet sich in diesem Moment wieder Philipp Walter aus dem Lautsprecher:

»Dieses Spiel, es ist an Dramatik kaum zu überbieten. Alex Hicks hat ausgeglichen. Die KEC-Spieler haben jetzt mehr Sicherheit in ihren Aktionen. Dieses Tor, es war so, so wichtig. Jetzt kommen die Haie erneut. Über Norris auf Young! Der spielt vors Tor!«

Toni betrachtet stirnrunzelnd die beiden hypnotisierten

Kaninchen, die mit ihr am Tisch sitzen, das Radio anstarren und die Luft anhalten.

»Aber ein Haie-Stürmer, es war André Faust, wird hier gerade noch am Schuss gehindert. Er hatte den leeren Kasten vor sich, doch da haben die Adler hart, aber fair verteidigt. Das wäre die Führung gewesen für den KEC! Und dann will ich nicht wissen, was in Köln los gewesen wäre!«

Rita und ich atmen wieder aus. Toni nimmt amüsiert noch einen Schluck Sekt.

»Mädels, das ist nicht euer Ernst, oder? Für so was könnt ihr euch begeistern?«

»Man hat gar keine Wahl! Es reißt einen einfach mit!«

Sie nickt wohlwollend.

»Schon klar.«

Ob wir ihr wohl gerade den Geburtstag ruinieren?

»Stört's dich, wenn wir das noch zu Ende hören?«

Sie winkt lachend ab.

»Nein, nein! Lass ruhig laufen! Ist ja ganz lustig. Besonders, euch dabei zu beobachten!«

Ich bin beruhigt. Rita traut sich sogar, das Radio noch ein bisschen lauter zu drehen.

»... Noch siebeneinhalb Minuten, und im fünften Finale kann es spannender nicht sein. Eins zu eins der Stand. Köln mit dem Angriff, vielleicht mit der Führung? Aber nein! Die Scheibe geht am Tor von Rosati vorbei. Und da sind sie verstummt, die Adler-Fans hier! Die achttausendzweihundert im Friedrichspark, die aufgestanden sind, um ihr Team anzupeitschen. Es geht hin und her. Beide Teams mit Großchancen! Es ist völlig offen, wer dieses Spiel und damit die Deutsche Meisterschaft gewinnt. Dreizehn Minuten vorbei im Schlussdrittel. In einem hochdramatischen, in einem hochspannenden fünften Finalspiel zwischen den Adlern

Mannheim und den Kölner Haien. Und wer jetzt noch cool vor dem Radio sitzt, dem ist nicht mehr zu helfen.«

Rita hält inzwischen ihre Handtasche fest umklammert. Toni rührt in ihrer Tasse herum und grinst sich eins:

»Jetzt pack's halt aus. Ich hab's vorhin schon gesehen, als du das Handy rausgeholt hast.«

Während ich mich noch wundere, was sie meint, zaubert Rita mit einem seligen Lächeln ihr Hicks-Trikot aus der Tasche und zieht es an. Keine zehn Sekunden später sitzt selbstverständlich auch mit der Nummer einunddreißig Chris Rogles am Tisch. Toni rührt weiter in ihrer Tasse herum.

»Wir bleiben jetzt in dieser hochdramatischen Phase bis zum Ende hier im Friedrichspark. Vierzehn Minuten sind gleich vorbei. Die Adler versuchen's erneut! John Miner versucht hier, den Stürmer an die Bande zu checken. Da wird natürlich hart gearbeitet. Lüdemann! Nimmt sich den Puck und startet! Er ist schon an der Mittellinie! Will vielleicht *from coast to coast* durchgehen, wie man im Basketball sagt!«

Das Tassenrührgeräusch neben mir ist verstummt. Ich sehe Toni an. Und die starrt wie ein hypnotisiertes Kaninchen auf das Radio.

»Versucht's mit einem Schuss! Aber Mike Rosati ist da und kann die Scheibe fixieren. Das nächste Tor kann hier schon die Entscheidung bringen. Der nächste Treffer hier im Friedrichspark wird wohl darüber entscheiden, wer heute Abend feiern darf und wer in die Röhre guckt. Sekt oder Selters heißt es jetzt natürlich.«

Den Löffel unbewegt in ihre Tasse getaucht, sitzt Toni völlig regungslos da. Ich stupse sie an.

»Ist doch ganz schön spannend, oder?«

»Pssst!«, zischt sie von der Seite zurück, ohne mich auch nur anzusehen.

»Noch fünf Minuten. Der nächste Angriff der Adler. Da ist Todd Hlushko! Spielt die Scheibe mit der Rückhand tief ins Kölner Drittel! Sie wollen wahrscheinlich wechseln, tun dies aber erst mal nicht. Jetzt die Kölner. Aber man merkt schon, bei jedem Angriff kaum mal Überzahl- oder Unterzahlsituationen. Da muss schon mal eine Scheibe glücklich springen. Schussmöglichkeit jetzt für Köln! Rosati unsicher! Scheibe frei! Tor! Tor für Köln! Tooor füüüür Kööööln! Dwayyyyyne Norris! Und der hüpft! Der hüpft!«

Genau das tun auch die eben noch hypnotisierten Kaninchen in Tonis Küche. Und zwar alle drei. Philipp Walter ist unter unseren Jubelschreien kaum noch zu verstehen.

»Dwayne Norris hat getroffen! Die Haie führen! Fünfzehn Minuten sind gespielt im letzten Drittel! Tor für die Gäste, steht in nüchternen Lettern auf dem Videowürfel im Friedrichspark. Aber wer kann jetzt schon nüchtern und cool bleiben! Rosati hat die Scheibe prallen lassen, und im Nachstochern war Dwayne Norris da! Und Sie sollten mal sehen, was jetzt im Block des KEC los ist! Die reißen die Hände in den Himmel, schwenken die Fahnen! Sie wissen wirklich nicht, wohin mit der Anspannung!«

Die Anwohner der umliegenden Häuser jedenfalls entladen ihre Anspannung in den Hinterhof. Aus allen Ecken hallt der Jubel wider. Alle, alle verfolgen dieses Spiel. Die ganze Stadt scheint mitzuzittern.

»Jetzt heißt es natürlich verteidigen. Kämpfen, Haie, kämpfen! Drücken Sie die Daumen für den KEC! Der ist noch gut vier Minuten weg von der Deutschen Meisterschaft! Jetzt müssen sie ackern, denn die Adler kommen natürlich. Die werden jetzt Druck machen, werden schießen aus allen Lagen. Da kommen sie!«

Toni zündet sich eine Zigarette an und legt das Feuerzeug besonders leise wieder auf den Tisch, um auch ja nichts zu verpassen.

»Jetzt bloß nicht den Ausgleich kassieren! Ich will mir gar nicht vorstellen, was in Köln heute Abend los ist, wenn der KEC tatsächlich dieses Eishockeymärchen vollenden würde! Was für ein Happy End wäre das! Aber noch können wir nicht träumen. 16:52 zeigt die Uhr. Die Haie-Fans hüpfen, jubeln und klatschen.«

Rita dreht sich mit Tränen in den Augen zu mir um.

»Man kann sie hören!«

Tatsächlich! Haie-Sprechchöre im Hintergrund! Gänsehaut! Da wird die Stimme aus dem Radio plötzlich hektisch:

»Jetzt aber die Mannheimer! Vorsicht! Schussmöglichkeit für Ustorf! Da ist Racine, der ist frei!«

Mir bleibt fast das Herz stehen.

»Aber Rogles! Im Stile eines NHL-Keepers fischt er die Scheibe mit dem Handschuh weg und hat sie in seinem Handschuh begraben!«

Atmen. Nicht das Atmen vergessen.

»Nicht mal mehr drei Minuten. Das werden die längsten drei Minuten der Eishockeysaison. Köln führt immer noch mit zwei zu eins. Aber Bill Stewart, dem abgezockten Adler-Coach, dem wird vielleicht noch irgendein Psychotrick einfallen. Sollte es noch einige Sekunden bei diesem Spielstand bleiben, dann wird er Torwart Rosati vom Eis nehmen, dafür einen weiteren Feldspieler bringen, und dann heißt's noch mal: Kämpfen, KEC!«

Rita und ich stimmen synchron den standesgemäßen Schlachtruf an:

»Auf geht's, Haie, kämpfen und siegen!«

Aus den offenen Fenstern im Hinterhof fallen etliche Stimmen mit ein und klatschen den Rhythmus mit. Toni ist sprachlos. Wir verstummen augenblicklich, als Philipp Walter wieder laut wird:

»Noch zweieinhalb Minuten. Jetzt vielleicht die Chance zur Entscheidung! Aber Alex Hicks scheitert im Alleingang! Das wär's gewesen! Da war er völlig allein durch! Die Adler natürlich weit aufgerückt! Das wär die Entscheidung für Köln gewesen! Alex Hicks hatte sie auf dem Schläger, lief allein auf Mike Rosati zu! Versuchte es mit einer kleinen Finte. Versuchte, mit der Rückhand den Puck an Mike Rosati vorbeizuspielen! Aber das gelang ihm nicht.«

Aus Tonis Richtung kommt überraschend ein herzliches »Mist!«, während ein Raunen den Hinterhof erfüllt.

»Die Mannheimer kommen! Schlagschuss angetäuscht! Vorsicht! Da kommen sie! Knapp vorbei am Tor! Das sah schlimm aus, wenn man für die Kölner die Daumen drückt! Noch mal Schlagschuss! Jetzt machen die Adler höllisch Druck! Aber Rogles scheint der Turm in der Schlacht zu sein!«

Ein kleines Lächeln huscht über meine Lippen. Natürlich ist Rogles der Turm in der Schlacht! Ich trage das tollste Trikot der Welt!

»Noch zwei Minuten werden angezeigt. Der Stadionsprecher peitscht die Fans noch mal nach vorn. Todd Hlushko! Über den rechten Flügel! Fast schon mit einem Verzweiflungsschuss von der Mittellinie! Rogles ganz, ganz sicher. Wenn sie jetzt cool bleiben und die Nerven behalten, dann ist das Eishockeywunder perfekt!«

Toni ist bei der nächsten Zigarette.

»Irgendwie kann ich's noch nicht glauben, dass der KEC

hier tatsächlich führt! Jetzt aber Vorsicht! Chance für Mannheim! Rogles hat ihn drübergewehrt! Und erneut ist das Spiel unterbrochen. Ich hab's Ihnen gesagt. Das werden die längsten drei Minuten dieser Saison! Ich hab das Gefühl, das werden die längsten drei Minuten meines Lebens!«

»Wem sagt er das?« Rita kaut nervös auf einem Stückchen Brot rum.

»Jetzt gibt's erst mal Strafe. Und zwar Disziplinarstrafe. Und es wundert mich nicht, dass es Mike Stevens trifft. Er hat die Nerven nicht im Zaum gehalten. Das Raubein der Adler Mannheim. Er schreit und flucht auf der Strafbank. Ist natürlich ein emotionsgeladener Bursche. Dem geht das natürlich gehörig gegen den Strich, dass die Mannheimer hinten liegen. Noch mal Blick auf die Uhr. 18:34. Rosati steht wie versteinert in seinem Kasten. Weiß er, dass er den entscheidenden Fehler in diesem fünften Finalspiel gemacht hat, der zum zwei zu eins durch Dwayne Norris geführt hat?«

Rita dreht das Radio noch ein bisschen lauter, während meine Finger sich ohne mein Zutun mit Origami-Arbeiten an einer Serviette beschäftigen.

»Jetzt gibt's Bully vor dem Tor von Rogles. Die Haie können sich befreien, die Scheibe erst mal rausschlagen. Die Sekunden ticken, aber ich habe das Gefühl, die Uhr läuft langsamer als normal.«

»Ja, wem sagt er das?« Toni hat in bester Manu-Manier ihre Fingernägel entdeckt.

»Lüdemann hat die Scheibe, spielt auf den linken Flügel. Sie machen nicht den Fehler, sich zu sehr hinten reinzustellen. Das ist clever. Das ist gut. Die Uhr tickt weiter runter. Jetzt laufen gleich die letzten Sekunden. Aber Mannheim kommt! Mannheim kommt über Racine! Spielt die Scheibe tief! Edgerton ist auf dem rechten Flügel! Spielt auf Picard, der das eins zu null gemacht hat! Aber die Haie arbeiten gut! Jetzt können sie alles geben, was sie haben. Jetzt gibt's keine Reserven mehr. Bergen mit dem Schlagschuss! Am Tor vorbei! Die Haie kämpfen wie die Löwen!«

Von wegen die längsten drei Minuten meines Lebens. Ich hab das Gefühl, die besten Jahre meines Lebens auf diesem Küchenstuhl zu verbringen!

»Noch vierzig Sekunden. Mike Rosati ist vom Eis. Racine mit dem Querpass! Schuss! Aber zu unpräzise! Hoffnung für den KEC! Drücken Sie alle Daumen, die Sie haben!«

Was glaubt der, was wir die ganze Zeit tun? Bis auf Toni. Die kaut Fingernägel.

»Mannheim kommt. Aber Köln hat die Scheibe! Vielleicht die Entscheidung durch *empty net*! Dwayne Norris auf dem Flügel! Die Scheibe kullert am Tor vorbei.«

Das kann nicht wahr sein.

»Aber die Uhr tickt für Köln! Noch genau fünfzehn Sekunden! Mannheim vielleicht mit dem letzten Angriff! Schiere Verzweiflung! Sie dreschen den Puck rein! Aber sie können ihn nicht sichern! Und die Uhr läuft runter!«

Das können nur die Haie-Fans sein, die da im Hintergrund die letzten zehn Sekunden mitzählen! Und in diesem Moment kapitulieren Philipp Walters Stimmbänder:

»Ich hole tief Luft! Und jetzt ist es amtlich! Der KEC ist Deutscher Eishockeymeister 2002!«

Das träume ich doch nur, oder? Auch Rita und Toni starren ungläubig auf das Radio, das immer noch genauso aussieht wie vor einer Stunde.

»Ich krieg kaum noch einen Pieps raus! Ich hoffe, Sie verzeihen mir das! Ich kann's nicht glauben! Köln ist Deutscher Eishockeymeister 2002! Die Fans liegen sich weinend in den Armen! Das Eishockeywunder ist perfekt!«

Mit genau derselben Zeitverzögerung wie bei uns schallt grenzenloser Jubel durch den Hinterhof. Und auch wir nehmen keine Rücksicht auf Tonis lärmempfindliche Nachbarn. Man muss jetzt rumspringen und schreien und klatschen und heulen. Besonders Toni heult. Und ich hab Gänsehaut für zwei. In all dem Jubel hätte ich beinahe das Telefon überhört. Es ist natürlich Manu, und sie ist kaum zu verstehen.

»Die Haie sind Deutscher Meister! Die Haie sind Deutscher Meister!«

»Ich weiß! Wir haben's im Radio gehört!«

»Ihr müsst hier herkommen! Die ganze Arena tobt und feiert! Das ist der Wahnsinn, was hier abgeht! Ihr müsst sofort herkommen!«

Natürlich müssen wir da sofort hin. Das sieht auch Toni ein. Das Radio läuft immer noch, während wir in aller Eile die Lebensmittel in den Kühlschrank stopfen.

»Der Jubel auf dem Eis kennt jetzt natürlich keine Grenzen mehr! Sie haben alles von sich geworfen! Schläger, Handschuhe, Helme und was auch immer! Eine Menschentraube auf dem Eis! Alle haben dran geglaubt! Ganz Köln hat dran geglaubt! Und deshalb hat's der KEC geschafft! Jetzt natürlich faire Geste auf dem Eis. Beide Mannschaften schütteln sich die Hände. Und jetzt gehen sie zu ihren Fans, die sie so treu unterstützt haben! Springen an das Plexiglas, jubeln dem KEC-Anhang zu! Gehen Sie in die Kneipen, gehen Sie auf die Straße und begießen Sie diesen unglaublichen Erfolg der Kölner Haie! Der KEC ist Deutscher Eishockeymeister 2002!«

Das ist das Letzte, was Philipp Walter uns mit auf den Weg gibt, bevor wir aus dem Haus stürzen. Aber wir fahren jetzt nicht einfach nur zu einer Party in die Kölnarena. Wir fahren zu Menschen, die diesen Moment genauso empfinden wie wir. Menschen, die genauso sind wie wir. Fans der Kölner Haie.

Zwanzig nach zehn.

Mikro auf, Regler hoch, Luft holen, los geht's.

»Guten Morgen, Köln! Ich bin's noch mal, Nicola Brinkmann von ›Hallo Wach‹, Ihrer Morningshow auf Radio Köln 107,1. Und hier sind die Veranstaltungstipps für heute, Freitag, den 6. September 2002. Gefeiert werden kann heute Abend ohne Ende in der Stadt. Partys gibt's im Alten Wartesaal, in den Rheinterrassen und im Filmhaus. Beginn ist jeweils um 20 Uhr. Eine neue Ausstellung gibt es ab heute im Museum Ludwig zu sehen. Gezeigt wird junge Kunst aus Japan. Das Ganze läuft noch bis einschließlich 17. Oktober. Und auf dem Neumarkt gastiert an diesem Wochenende das Stuttgarter Weinfest. Es gibt ein buntes Rahmenprogramm. Unter anderem mit Live-Musik und vielen Gewinnspielen.

Aber eigentlich gibt es nur einen wichtigen Termin. Heute passiert endlich das, worauf wir alle einen endlosen Sommer lang gewartet haben. Saisonauftakt für die Kölner Haie! In der Kölnarena geht es gegen den ERC Ingolstadt. Erstes Bully ist um 19:30 Uhr. Da werde ich zum Beispiel heute Abend sein.

Was auch immer Sie tun, viel Spaß dabei! Ich wünsche Ihnen noch einen charmanten Resttag! Machen Sie's gut! Wir hören uns, wenn Sie mögen, am Montag wieder in diesem Lautsprecher!«

Regler runter, Mikro zu.

Frank kommt zu mir ins Studio, um für die nächste Sendung zu übernehmen, als Achim seinen Kopf durch die Tür steckt.

»Ich hab übrigens Karten für uns besorgt, falls du net schon mit wem anders zum Spiel gehst.«

»Karten für uns? Du meinst, für dich und mich?«

»Ja, sicher. Wieso net?«

»Aber du bist doch ein Adler und ich ein Hai!«

Achim zuckt mit den Schultern.

»Im Grund sind mer doch alle gleich.«

Damit verschwindet er durch die Tür. Mit einer Mischung aus Besorgnis und Verwunderung im Blick wende ich mich an Frank:

»Wie meint er das denn nun schon wieder? Als ob wir auch nur eine einzige Gemeinsamkeit hätten!«

Frank grinst sein breitestes Grinsen:

»Ganz einfach: Wir sind alle Eishockey-Fans.«

Dank

Für die freundliche Unterstützung ein großes Danke an:

Kölner Eishockey Gesellschaft »Die Haie« mbH
und
Radio Köln 107,1

Sowie im Besonderen an:

Claudia Barbonus
Mirko Lüdemann
Holger Rathke
und »the one and only« Philipp Walter